名家解读古典名著·

侠义公案小说 上

解读

《水浒传》
《三侠五义》
《儿女英雄传》

侯忠义 主编

辽宁教育出版社

ⓒ侯忠义 2013

图书在版编目（CIP）数据

名家解读古典名著.侠义公案小说.上 / 侯忠义主编. —沈阳：辽宁教育
出版社，2013.1

ISBN 978-7-5382-9963-2

Ⅰ.①名…　Ⅱ.①侯…　Ⅲ.①侠义小说—小说研究—中国—古代　Ⅳ.
①I207.41

中国版本图书馆 CIP 数据核字（2013）第 018464 号

辽宁教育出版社出版、发行

（沈阳市和平区十一纬路 25 号　邮政编码 110003）

沈阳新华印刷厂印刷

开本：710 毫米×1010 毫米 1/16　字数：207 千字　印张：12.25

印数：1—5000 册

2013 年 1 月第 1 版　　　　2013 年 1 月第 1 次印刷

责任编辑：唐日松　严中联　　　　责任校对：金玉华

封面设计：谭慧丽　张　瑞　　　　版式设计：王　萌

ISBN 978-7-5382-9963-2

定价：24.00 元

目 录

名家解读古典名著

侠义公案小说(上)

解读《水浒传》

李 泉 著

作者以其细腻的笔触,不但上探来龙,下疏去脉,从《水浒传》的一百二十回本、百回本、七十回本,追溯到它的续书《水浒后传》《后水浒传》和《结水浒传》,而且综合百年来的研究成果,探究了《水浒传》的作者之谜、史实依据及其故事演变,解读了《水浒传》深刻的思想内容和高超的艺术手法,解开了为什么"不读《水浒》,不知天下之奇""独有《水浒传》,只是看不厌"的千古疑团。

一　丰碑一座文气凌千古——一代奇书《水浒传》

（一）《水浒传》唱了一支什么样的歌？

《水浒传》唱了一支什么样的歌？是忠奸斗争的悲歌？农民革命的颂歌？市井细民的心歌？还是混声合唱的英雄交响乐歌？不管人们给这支歌下什么样的定义，它那声震霄汉、昂扬激荡的美妙旋律，都使古往今来无数读者为之心醉神迷、折服倾倒。明代散文家袁宏道就曾记录下一个十分生动的事例：

一位好读书的秀才缄默了十年。有一天，他忽然拍案狂叫起来："异哉，卓吾老子吾师！"听者大吃一惊，连忙发问，他回答："人言《水浒传》奇，果奇。予每检《十三经》或《二十一史》，一展卷，即忽忽欲睡去，未有若《水浒传》之明白晓畅，语语家常，使我捧玩不能释手者也。若无卓老揭出一段精神，则作者与读者，千古俱成梦境。"（《东西汉通俗演义序》）

这位被圣贤之书折磨得头脑昏沉、精气枯竭的儒生，借助于李卓吾批点的指引，在《水浒传》美妙乐声的震颤下，竟然使封闭十年的心海，一下子奇迹般地动荡豁朗了起来。那么，使这位读书人如此痴狂的李卓吾所揭出的"一段精神"又是什么呢？

明、清两代众多的《水浒传》批评家中，有两位大家是值得我们注意的：一位就是被封建文坛视为异端之尤的明代卓越思想家李贽（字宏甫，号卓吾），他开创性地高度评价了《水浒传》。针对封建卫道者"诲盗""倡乱"的恶声诬骂，李贽以反传统的超凡识见和勇气，突出强调了《水浒传》"忠义"的思想内容。他认为："《水浒传》者，发愤之所为作也。"作者"虽生元日，实愤宋事"，愤慨于宋朝"大贤处下，不肖处上"颠倒混乱的时政。因此梁山义士不是造反的强盗，而是被驱逼的"大力大贤有忠有义之人"。他们"身居水浒之中，心在朝廷之上，一意招安，专图报国"（《忠义水浒传序》）。

李贽在这里已经指出了《水浒传》"乱自上作""逼上梁山"的这一思想倾向。不过，他把"逼"和"被逼"双方的矛盾，仅仅归结为"贤"与"不肖"的冲突，是忠于君国、有才有识的热血义士与欺君罔民、妒贤忌能、贻祸国家的奸佞肖小的斗争。所以，他把蓄意招安、至死不忘效忠君王的宋江，奉为"忠义"的最高典范。

《水浒传》谱写的是一曲"忠奸"斗争的悲歌。李贽的评点"无恶不归朝廷，无美不归绿林"，批判的锋芒无情地指向了封建专制礼法和贪酷官僚政治，把同情与赞美毫无保留地给予了受迫害的反抗英雄，对广大读者冲破封建正统文坛的思想藩篱，正确认识、理解《水浒传》的思想和艺术，起到了震聋发聩的作用。但是，尽管李贽是一位杰出的反礼法斗士，他对《水浒传》的认识也只能达到他所生活的那个时代的历史高度，无法超越阶级和时代的局限。很显然，他赞颂《水浒传》的"忠义"主题，立脚点是忠于君义于友，报效朝廷。封建伦理观念和正统皇权思想的束缚，影响了李贽对《水浒传》思想价值的更为全面科学的发掘和把握。

继李贽之后，《水浒传》评论史上的另一位大家是明末清初的著名文学家、文学批评家金圣叹。他以卓异颖敏的识见和鉴赏力，对《水浒传》进行了更为细致、全面、深入的评点。他对《水浒传》文学创造上的成就做出了极高的评价："天下之文章，无有出《水浒传》右者；天下之格物（指作者通过对客观事物的深入接触、研究而获得对事物深刻认识的一种方法）君子，无有出施耐庵先生右者。"为此，他把一部《水浒传》授给年刚十岁的儿子，作为日后打开经史文库的一把钥匙来阅读："《水浒传》之文精严，读之即得读一切书之法。"（《水浒传序三》）

然而，他却是最竭尽全力反对李卓吾"忠义"说的一个。他认为《水浒传》中的英雄都是"揭竿斩木之贼"，如果冠以"忠义"美名，那么就要产生使"已为盗者读之而自豪，未为盗者读之而为盗"（《水浒传序二》）的不利于封建统治的严重恶果。当然，他们也就不配享有受招安的待遇。于是，他对《忠义水浒传》的原本进行删削批改，砍掉七十回后的招安等全部内容，添上了卢俊义做噩梦，梦见一百单八将全部被杀的结尾，制作了一部七十回本的《水浒传》。可是金圣叹批改后的七十回本《水浒传》，却并没有因他要竭力删除"忠义"精神而使梁山义士贼面可憎，反倒使原本《水浒传》的民主性精华更加突出，抗争性、鼓动性更为强烈。更由于他批改后语言文字益趋精粹、情节结构更为洗练紧凑、人物性格愈加鲜明统一，而使《水浒传》的传播出现了空前的盛况："一时学者爱读圣叹书，几乎家置一编。"（清·梁章钜《归田锁记》）

怎样解释金圣叹评批《水浒传》所出现的这种奇怪的现象呢？问题的答案存在于金圣叹社会政治观复杂多元的矛盾之中。金圣叹绝不可能改变维护封建君权统治的地主阶级根本立场，由此出发，他坚决反对给"盗贼"戴上"忠义"的桂冠。他认为"盗贼"与朝廷是对立的两极，忠义只能在朝廷而不能在水浒，否则就是"名实牴牾，是非乖错"（《水浒传序二》），破坏了"杀人者死，造反者族"的封建大法，使朝廷"从此无治天下之术"（《宋史目批语》），后果不堪设想。在这里，我们看到的是一个扮演封建卫道者角色的昏庸的金圣叹。

然而，事物还有另外的一面。清寒的门第，放荡不羁的个性，再加上明清之际个性解放等人文主义新思潮的浸润，诸种元素化合发酵的结果，就使得金圣叹这位地主阶级文人在竭力鼓吹君权神圣、维护封建伦理核心"忠义"观的纯洁的同时，清醒地看到了封建统治危机的社会根源——腐败的吏治是迫使受害良民挺身为盗的罪恶渊薮。他说：

"盖盗之初，非生而为盗也。父兄失教于前，饥寒驱迫于后，而其才与其力，又不堪以郁郁让人，于是无端入草……然其实谁致之失教，谁致之饥寒，谁致之有才与力而不得自见？'万方有罪，罪在朕躬'。成汤所云，不其然乎？"

强盗不是天生的，是由于父兄失教、饥寒驱迫所致，然而造成这种局面的根子，则在于天子没有尽到"养民、爱民、教民"的职责，在于只知盘剥良民、"俨然为盗"的各级赃官昏吏。（均见《宋史纲批语》）

现在，闪耀在我们眼前的则是金圣叹思想情感中，批判黑暗统治、同情人民反抗的一束叛逆之光。正是这种有悖于封建正统伦理观的"异端"言行，使金圣叹在他所批的七十回本《水浒传》中，揭示出了"乱自上作""被官所逼"（第一回批语）的水浒英雄造反的社会政治根源，对梁山义军惩处贪官污吏、抗击劣绅恶霸的正义行动，以及好汉们见义勇为、同生共死的豪侠品性，予以热烈赞扬、深情叹美。而他为维护纯洁"忠义"观对《水浒传》招安内容所进行的删砍，客观上减弱了原作所宣扬的忠君思想，使梁山的"聚义"本质得到突现。由此看来，金圣叹通过批改评点，着重强调的是《水浒传》中所蕴含的义侠颂的英雄旋律。

金圣叹对《水浒传》的精辟分析、独特见解，为人们认识理解《水浒传》的思想意义和美学价值做出了巨大贡献。但是，和李贽一样，由于历史的局限，他也不可能对《水浒传》的思想主题、社会意义做出全面正确的总结。

与李贽、金圣叹不同，我们认为《水浒传》所描写的"逼上梁山"的斗争，反映的是发生在我国封建社会中期的一场农民武装起义。通过对这场起义发生、发展和失败过程的完整叙写，作品深刻地揭露了封建统治阶级的凶残腐朽，颂扬了受压迫人民反抗斗争的无畏英勇。

（二）《水浒传》的主导思想

尽管《水浒传》的内容繁富复杂，有着众多的人物、曲折的故事、纷纭的细节、枝叉的头绪，但"官逼民反"却是作者纵横铺展、结构全书的中心轴线，提炼情节、刻画人物的主导思想。请看一百回《水浒传》所提供给我们的形象描绘的实际：

魔殿为何"遇洪而开"？

梁山聚义的正文是从第二回开始的。然而，作者为什么要虚构一个"洪太尉误走妖魔"的故事，作为百万字大书的开篇第一回呢？此中深意，细心的读者是不应忽略的。

撇开这一回中所描绘的道教天师禳灾消祸等宗教迷信内容和曲意渲染的蛇虎试探、黑气滚动等神秘色彩，这一回中所着力描写的人物就是殿前太尉洪信了。此人怎么样？是否真如他自己所说的，具有那救济万民的"一点志诚之心"？

我们看，他才走了数个山头，二三里路，刚有点儿腿脚酸软，便心中犯起了嘀咕："我是朝廷贵官，在京师时，重裀而卧，列鼎而食，尚兀自倦怠，何曾穿草鞋，走这般山路！知他天师在哪里，却教下官受这般苦！"这个锦衣玉食惯了的朝廷贵官，上山路上出尽了丑态洋相，而一旦到了权势所及之时，却又骄横跋扈，判若两人。对违背他旨意的道士，他构陷"煽惑军民百姓"的罪名，"追了度牒，刺配远恶军州"，真是不假思索，轻易拈出。难怪金圣叹作了这样的夹批："看他随口诌出人罪案来，前后太尉一辙也。"不错，这个洪太尉与正文中的泼皮高俅正是一对孪生兄弟。

洪太尉所做的唯一一件要事，就是打开了"伏魔之殿"，导致镇锁在万丈地穴中的一百单八个魔君冲天出世，使赵宋王朝"社稷从今云扰扰，兵戈到处闹垓垓"。这里有两个问题耐人寻味：一是魔殿中石碑上有四个正楷大字"遇洪而开"。如此奇巧，难道真像作者所说的凑巧遇着洪信，"岂不是天数？"

所谓"天数"反映了作者唯心主义的宿命思想，我们当然不能相信。剥去这一层神秘的表衣，小说所要揭示的应是这样的一层意思，即一百单八个魔君的出世，完全是由上层统治者一手造成，也就是金圣叹所批示的"乱由上作"之意。因为社会斗争的规律表明，封建专制统治的经济剥削和政治迫害，总是要制造出无数反抗他们的"魔君"，而"魔君"虽遭镇压，却永远是镇而不服，一有时机就要冲天而起，所以"遇洪而开"看似偶然，实质上是历史的辩证规律在起作用，寓含着必然的因素。

那么，为什么要让洪信来担承起放走魔君的责任呢？这里蕴含着作者艺术构思的深刻用意。洪太尉是朝廷的钦差大臣，其身份代表着最高执政集团，他的行为品性又是刁滥恶吏高太尉的影射，而高俅则是水浒英雄被逼聚义的罪魁祸首，是封建统治集团罪恶行径的前台表演者。这样，"遇洪而开"的四字真书，非但不是什么"天数"，反而与正文中"逼上梁山"的情节主线，隐喻暗示地连接了起来。

第二个耐人寻味之处是，被洪信放走的一百单八个魔君，竟都是宋王朝奉为国教的道教所尊奉的星神——北斗星丛中的三十六天罡和七十二地煞。既然如此，他们与祈禳消灾、保国安民的张天师本是同源一家的了。这意味着什么？

很显然，魔君的出世也像张天师一样，是为了"替天行道"，帮助赵宋王朝整治朝纲，保国安民，也就是第四十二回中，作者通过九天玄女之口所竭力宣扬的"为主全忠仗义，为臣辅国安民"的忠义原则的体现。由此也可弄清另一个问题，那就是"受招安""征辽""平方腊"等故事情节，绝非如金圣叹所说，是古本《水浒传》所无，罗贯中"狗尾续貂"，而是从娘胎里就带来的一种无法消除的基因。从这也可看到《水浒传》思想倾向的复杂性、矛盾性。

因此，可以说，第一回绝非是游离正文之外、只为增加阅读兴趣而虚拟的文字，它与长篇《水浒传》所描绘的历史画卷的主旨，有着经脉相关的联系。通过它，预示着一场风雷激变将要在现时人间兴起。

气毬与高俅

第二回正文开始，作者一上来就描述了一部高俅的发迹史。这不仅揭了当朝太尉高俅的老底，而且也把他的后台靠山宋徽宗拉出来亮了相。

高俅原是个敲诈勒索、吃喝嫖赌的流氓，由于作恶太多，"东京城里人民不许容他在家宿食"，他被驱逐出境。可他做梦也没有想到，给他带来出头好运的竟会是一只小小的气毬。他因为一个"鸳鸯拐"而大受"浮浪子弟门风帮闲之事，无一般不晓，无一般不会"的端王的赏识，从此遭际端王，每日跟随寸步不离。端王登基称帝后，不到半年时间，就抬举高俅做了殿帅府太尉，执掌朝廷军政大权。这正是"抬举高俅毬气力，全凭手脚会当权"。通过这幅流氓升官图，我们看到的是封建统治集团政治上的腐朽昏庸和生活上的骄奢淫逸。

在最高统治者皇帝的纵容下，高俅与蔡京、童贯等狼狈为奸，把持朝政，无恶不作。高俅在书中，是作为腐朽的封建统治集团的代表出现，作为梁山义军的镇压者进行活动的。他与梁山英雄的关系，体现了封建统治者与被压迫人民的矛盾和斗争。小说也正是这样来展开故事的：

高俅来而王进去。高俅殿帅府上任所做的第一件事，就是滥施淫威迫害王进，以报当年被王进之父一棒打翻的私仇。王进是个忠孝两全的栋梁之材，本应尊之荣之，而高俅却挟仇施暴，逼使其离家外逃，完全置国家利益于不顾。

高俅的第二桩劣迹是对林冲的坑陷。林冲与高俅毫无个人之间的恩仇瓜葛，导致高俅诬屈林冲的唯一原因，就是为了满足其子强占林冲之妻的淫欲。为了这无耻的一己私爱，高俅置朝廷王法于不顾，肆意逞凶，逼使林冲走投无路上了梁山。

鲁智深在野猪林于千钧一发之际救了林冲性命，惹了高太尉，再也不能在东京大相国寺存身了，只好上了二龙山。另一位英雄杨志，也因高俅的排斥打击而流落犯罪，落草二龙山。

情节开展的线索，说明"高俅发迹"乃是全书矛盾的发端。它概括地表现了水浒英雄活动的时代环境：皇帝昏昧，奸佞擅权，贤良遭斥，生民涂炭。它使我们看到，众多英雄的走上梁山，都是由以皇帝为后台、高俅为代表的统治集团的残酷迫害所造成，从而也就令人信服地揭示了"官逼民反"这个封建社会里阶级斗争的客观真理。所以金圣叹的回评说：

"一部大书，七十回，将写一百八人也。乃开书未写一百八人，而先写高俅者，盖不写高俅，便写一百八人，则是乱自下生也；不写一百八人，先写高俅，则是乱自上作也。"

"乱自上作"，也就是说，正是封建统治阶级野蛮的政治压迫和残酷的经济掠夺，才促使这些身世不同、经历各异的四方豪杰，走上聚义造反的共同之路的，他们是被逼的，因而也是正义的。作者成功地写出了"逼上梁山"这一典型情节所由产生的典型环境。

侠义公案小说(上)

不义之财，取之何碍！

如果说高俅对王进、林冲的打击、坑害，体现的是封建高层统治集团野蛮专横的政治迫害，而林冲、杨志等的奋起反抗，也完全是被人逼迫事非得已，表现了被动、分散、个体抗争的特点，那么小说第十四至第二十回这七回书的批判锋芒，就移向了封建王朝统治的基层支柱——地方高级官僚，同时写出了反抗者小规模联合和主动进攻的特点。

梁中书荣膺北京留守的重任，靠的是什么？请看梁氏夫妻的一段对话："相公自从出身，今日为一统帅，掌握国家重任，这功名富贵从何而来？"梁中书回答："人非草木，岂不知泰山之恩，提携之力，感激不尽。"一口招供，靠的是丈人蔡京的提携。

这里，通过对梁中书是蔡太师女婿这一裙带关系的叙写，从封建官僚用人唯亲的组织路线上，把地方与中央牢牢地联结了起来，同时也把经济掠夺与政治权势，两者互为依存的关系揭示了出来。

蔡京坐镇京师，而他诛求膏血的吸管却一直延伸到北京大名府。梁中书则依仗泰山权势，作威地方，肆无忌惮地榨取民脂民膏，每年赠送十万贯财宝给蔡京庆贺生辰。不难设想，年复一年的搜刮，将会使多少穷苦百姓倾家荡产，其间又隐含着多少贪赃枉法的罪孽恶行。王朝政治的腐朽，助长了地方贪酷的经济盘剥，真是上下勾结，沆瀣一气。这种腐败的时势，迫使人民揭竿而起，用特殊的方式手段，与剥削者展开反掠夺的斗争。那就是好汉们说的："不义之财，取之何碍！"把贪官污吏从人民身上榨得的血汗抢夺回来还给人民，这当然是天经地义的正义行为。

我们看，从刘唐报信、晁盖赞许，到吴用说三阮撞筹、公孙道士找上门来，他们的认识和信念是那样的一致，行动充满热情，态度积极主动。尤其是打鱼为生的阮家三兄弟，长期的贫困生活非但没有使他们麻木畏缩安于命运，反而是热血奔涌，有着一股改变现状的强烈冲动和追求。他们对官府公然表示不满："如今那官司，一处处动弹，便害百姓。但一声下乡村来，倒先把好百姓家养的猪、羊、鸡、鹅，尽都吃了，又要盘缠打发他。"而对"不怕天，不怕地，不怕官司；论秤分金银，异样穿绸锦；成瓮吃酒，大块吃肉"的梁山强人生活，则早已心向往之。

反抗火种既早已埋藏于心，自然一点就会火焰熊熊。因此，对于吴用的邀约，他们的回答是如此的豪爽："这腔热血，只要卖与识货的！"于是七星聚义，在黄泥冈演出了一场有声有色的"智取生辰纲"的活剧。

"只因不义金珠去，致使群雄聚义来"。劫夺生辰纲的行动，本来只是一场"损有余补不足"的经济斗争，但是，随着案发后梁中书、蔡太师的政治镇压和军事缉捕，冲突性质也就升格为反镇压、反围捕的政治、军事斗争了。晁盖等七人，在武力抗拒官军胜利后，主动上了梁山。七星聚义显示了被剥夺者初步联合起来反抗官府的特点。

随着他们反上梁山，一座更有规模、纪律，目标明确——"竭力同心，共聚大义"，措施具体——"打造军器枪刀弓箭衣甲头盔，准备迎敌官军"的梁山水泊大寨，初步创建了起来。而一支规模不小、能与官军攻战的武装队伍，也随之组建而成。从此，揭开了梁山义军与朝廷官府对立、斗争的序幕。

值得注意的是，类似梁中书与蔡太师的这种封建官僚裙带关系，在现实生活中绝不是个别孤立的现象，而是极为普遍的存在。《水浒传》对这种腐朽风气的描写，是相当具体而又深刻的。

如：江州知府蔡得章就是蔡京的第九个儿子，蔡京看中江州"钱粮浩大""人广物盈"，于是利用手中之权"特地教他来做个知府"（三十七回），贪酷的用意十分清楚。

又如：在青州任知府的竟是慕容贵妃的哥哥慕容彦达，此人更是"倚托妹妹势要，在青州横行，残害良民欺罔僚友，无所不为"。（三十三回）

再如：高俅的叔伯兄弟高廉被安插在高唐州任知府，不但自己"倚仗他哥哥势要，在这里无所不为"，还纵容他的小舅子殷天锡横行害人。为强占柴皇城的花园住宅，他甚至扬言："便有誓书铁券，我也不怕！"（五十二回）骄纵枉法，令人愤慨。

这种姻亲裙带关系，上下相串，左右勾连，盘根错节，枝蔓无穷。正如金圣叹所批："夫一高俅乃有百高廉，而一高廉各有百殷直阁，然则少亦不下千殷直阁矣。是千殷直阁也者，每一人又各自养其狐群狗党二三百人，然则普天之下，其又复有宁宇乎哉！"（五十一回）普天之下没有宁宇，也就是人民造反天下大乱，这是腐朽统治所带来的必然后果。

撞破天罗归水浒，掀开地网上梁山

《水浒传》为我们绘制的这张封建统治的"天罗地网"是十分严密的。以皇帝为首、高俅等权奸为代表的最高统治集团是网上的纲绳，而遍布全国各地的大小赃官、土豪劣绅、地主恶霸、差拨吏役、狗腿爪牙，则是上下勾连、纵横交织成的无数个网眼网目，它笼盖在广大人民的头上，使他们受尽了欺凌压迫也难于动弹挣脱。然而，随着整个封建统治阶级的日益腐朽衰败，这张罪孽血腥的罗网，终于被神州各处风起云涌的人民抗争烈火，烧出了统治者永难补缀的无数窟窿。这种遍地满布造反火种的起义形势，在小说的七十回前，反映得极其昂扬充分、热烈感人。

梁山泊聚义基地初步创建后，《水浒传》作者的视线便撒向了大江南北更为广阔的社会。他择取了各种具有典型意义的生活事例，通过纷繁复杂的情节铺展，对各路英雄汇聚梁山的壮伟行径，作了全方位、多层次的立体化描叙，从而生动具体地勾绘出了梁山义军及其基地发展、壮大、巩固、成熟的形象过程。

这一过程显现出了以下的特点：英雄们以初建的梁山水寨为反抗的立脚基地和斗争胜利后的落脚归趋，或分散单干，或串联结合，用暴力武装的方式，对作恶多端的酷吏赃官地主土豪，给予无情打击，使封建王朝赖以统治的各级官僚机器出现故障断痕，赖以生存的阶级基础发生分化裂变。共同的斗争目标和理想产生了强大的吸附力和凝聚力，各处英雄好汉纷纷投奔梁山，梁山队伍就在抗官军打地主的激烈斗争中，迅速地发展壮大了起来。

第四十回"梁山泊好汉劫法场，白龙庙英雄小聚义"是值得注意的一回书。它是梁山基地形成后，第一次向封建王法所进行的大规模武力挑战。这次军事行动以梁山义军为主力，在江州众好汉的配合下，取得了辉煌的胜利。劫法场的成功，不仅灭了统治者不可一世的威风，使梁山声名大振；令人更加振奋的是一大批义士的入伙，使梁山头领增加到四十位，像李逵、李俊、张顺等骨干都是在这次联合行动中上山的；特别是宋江的上山，使梁山获得了一个众望所归的出色领袖。因此，"劫法场"是梁山发展过程中具有关键意义的一次行动。而这一步，英雄们走的是那样的坚决果敢，表现出了"兀自要和大宋王朝作个对头"的无畏气慨。

如果说晁盖等人上梁山"于法度饶不得"，那么这次行动"闹了两座州城，杀死许多官军人马"，朝廷惊动，犯下的该是弥天大罪了。因此，从"劫法场"开始，梁山义军与封建武装两军对垒、生死相搏的严峻局面已经形成，一场具有反封建性质的农民革命战争实际也已开始了。李逵虽是粗鲁，却对这一形势有着阶级的直感，在庆功筵上提出了"放着我们有许多军马，便造反，怕怎地？晁盖哥哥便做了大皇帝，宋江哥哥便做了小皇帝，吴先生做个丞相，公孙道士便做个国师，我们都做个将军，杀去东京，夺了鸟位"（四十回）的夺取政权的要求。

由于众英雄才刚上山，一切还未就绪，因而李逵的提议没有引起反响。但是，梁山义军的最终斗争方向和目标问题，在这一回书里已经是需要考虑的了。是杀去东京推翻赵宋王朝，还是仅仅局限于杀贪官惩恶吏？对此，《水浒传》的作者是毫不含糊的。他绝不赞同这支英雄队伍走上称王称霸的道路，因为那是"不忠不义"的。所以尽管在此之后，作者仍以饱满的热情讴歌了梁山义军武装反抗斗争的巨大胜利，但用意却是在为义军受朝廷招安制造条件，把梁山的斗争纳入"忠义"的轨道，表现了作者思想中反封建民主因素与正统皇权观念的复杂矛盾。

从宋江上山到一百零八将大聚义，这之间东征西战、攻城略地，与政府官军、地主武装共进行了八次大规模的战争：三打祝家庄，两攻曾头市，破高唐、青州、华州、大名、东昌、东平。祝家庄和"曾头市"都是强固的地主豪强的武装堡垒，他们与梁山义军誓不两立。祝家庄前赫然飘着一对白旗，上书"填平水泊擒晁盖，踏破梁山捉宋江"的联语。曾家五虎则高喊"扫荡梁山清水泊，剿除晁盖上东京；生擒及时雨，活捉智多星！"的口号。在这里，地主与农民两大阶级的对抗是多么严酷鲜明！祝氏父子、曾家五虎如此仇恨梁山义军，不就是因为梁山义军是一支无情打击地主恶势力、代表农民利益的武装力量吗？

要注意，作者并没有把这两座地主堡垒写成是纸糊的，而是充分刻画了他们的顽固、凶悍和强大，以至于艺高胆大的梁山英雄都无法轻易取胜，要"三打""二攻"才解决问题。而祝家庄之所以在第三次能被攻破，却是依靠了另一股造反英雄的里应外合之功。

高明的作者在叙写攻打祝家庄的严酷、紧张、复杂斗争中，忙里偷闲，腾出笔来追插了一段"毛太公混赖解珍解宝老虎"的故事。登州城外的毛太公是个奸刁狠毒的地主形象。他不仅用计赖取了老虎，而且还勾结官府要斩草除根结果二解的性命。为救二解，顾大嫂、孙立等串联一起，杀了毛太公一家，造反上梁山。

这个插曲，在大故事中套小故事，使情节一波三折更加生动，尤为重要的是使"三打祝家庄"的反封建性更加鲜明。正是由于毛太公之类地主老财的作恶多端，才导致了祝家庄的被攻破和梁山义军队伍的扩大。天下乌鸦一般黑，祝太公、毛太公、曾长者是一丘之貉；四海之内皆兄弟，受迫害者只有团结抗争才能取得胜利。这就是这幅画卷所显示的生活真理。

梁山义军对高唐、青州、大名等城池的攻打,矛头直接指向了封建王朝的基层官僚机制,给王朝统治造成了实际的威胁,"搅扰得道君皇帝龙盘椅上魂惊,月凤楼中胆裂"。反封建的政治意义也是很清楚的。

因此,这一个时期里,梁山英雄们虽然还没有形之于文、传之于口的明确的斗争目标和攻击方向,往往是救战友、惩恶官等一些外因的促使,无计划地去攻城略地,但这些战斗活动的实际效果和客观意义,却是有力地打击了封建王朝的政治统治和地主阶级的经济盘剥,因而具有了农民战争的反封建的民主革命性质。至于作者在叙写中流露出来的为义军受招安积累资本的主观创作意图,则并不影响我们对这一时期梁山义军斗争意义的形象感受和理性认识。

"聚义厅"与"忠义堂"

人们都注意到了,晁盖曾头市中箭身亡,宋江做了山寨之主后所做的第一件事,就是把"聚义厅"改为"忠义堂"。这虽是个一带而过的细节,却意蕴很深,它预示着宋江今后要把这支造反队伍带向何方。所以李贽说:"改聚义厅为忠义堂,是梁山泊第一关节,不可草草看过。"(六十回评语)

如果我们再往前追溯,那么宋江这一改名易帜措施的思想依据,在第四十二回中就已经露了端倪。这就是九天玄女娘娘下给宋江的法旨:"宋星主,传汝三卷天书,汝可替天行道,为主全忠仗义,为臣辅国安民,去邪归正。"并留下"遇宿重重喜,逢高不是凶。外夷及内寇,几处见奇功"的天言,暗埋下第七十一回后"受招安""征辽""征方腊"等情节发展的喻示性伏笔。

宋江是《水浒传》中的核心人物,是作者理想的化身。九天玄女"替天行道""全忠仗义""辅国安民"的法旨,直接说出了作者创作《水浒传》的指导思想。那么,什么叫"替天行道"?

"天"即是君王、朝廷,作者认为它应是国家和民众利益的代表者、保护者。"道"即是贤人在位的清明政治,作者认为它应是使人民安居乐业的正常的社会秩序。这本是圣君贤臣的职责。然而,由于天子昏庸、奸佞当朝,以至滥官恶吏横行,渔肉人民,迫使作者把"替天行道"的热望,寄托在宋江等梁山好汉身上。宋江等怎样来"替天行道"呢?也就是说,用什么方法、途径来实现这一政治奋斗目标呢?没有别的妙方,只有身体力行,坚持"忠义"二字。

"忠"是忠于君主,报效朝廷,这是最高理想,终极目的。"义"比较复杂，《水浒传》中写了两种不同质的"义"——"聚义厅"突出的义与"忠义堂"标榜的义，其实践内涵是不尽相同的。前者，如智取生辰纲晁盖等八人聚义，劫法场白龙庙英雄聚义，大劫牢顾大嫂等的结义等，体现的是梁山英雄们在对待义军内部和受压迫者关系上，所采取的蔑视王法、生死相助的原则。可以说，这种"义"是封建社会里农民阶级反抗压迫、团结战斗的思想武器之一，是进步的、革命的，当然是不"忠"的。但是，由于农民小生产方式的制约以及封建伦理思想的影响，农民不能自觉地用阶级观点看问题，这种"义"又往往陷于个人恩怨的泥坑，而被封建统治者所利用，作为分化瓦解被压迫者的手段。梁山义军跟着宋江全体受招安，并被利用去打方腊，即充分说明这种"义"的落后性。

"忠义堂"中的"义"是服从于"忠"的，"忠"是灵魂，是核心，"义"只是实现"忠"的一种手段。使"聚义厅"的"义"改变为"忠义堂"的"义"，宋江正是利用了前一个"义"中"知恩报恩""朋友义气"等超阶级的落后性。而"义"一旦与"忠"紧密挂钩，也就失去了革命的内容，成为"忠"的附属品了。"忠为君王恨贼臣，义连兄弟且藏身。不因忠义心如一，安得团圆百八人。"（五十五回）这首诗是"忠义堂"中"义"和"忠"的关系的典型概括，而宋江正是通过"忠"和"义"的这一层关系，把一支农民起义队伍和平地转化为"顺天护国"的保皇大军的。

《水浒传》中对两种"义"的讴歌，就使它的思想内容呈现出一种非常矛盾的情况：当作者的如椽大笔挥洒出一幅幅气势磅礴、风云激荡的"逼上梁山"的艺术画面时，我们感受到的是水浒英雄反抗封建黑暗统治的无比气势和巨大威力，以及作者深切同情人民、赞扬正义抗暴、鞭挞腐朽统治所显露的强烈的叛逆精神和民主平等的理想之光。然而，当我们的视线接触到作者对自己所创造的英雄造反行为的理性评说时，却又看到作者在竭力维护封建的皇权统治，把好汉们的造反行为规范在"忠义"的伦理界限之内，即又造反又保皇，随时准备投降。请看第三十二回武松与宋江分手时的对话。武松说："只是由兄弟投二龙山去了吧。天可怜见，异日不死，受了招安，那时却来寻访哥哥未迟。"宋江鼓励道："兄弟既有此心归顺朝廷，皇天必佑。"在作者的导演下，二人合唱了一曲与造反相背的投降小调。

如果说第七十一回大聚义前，作者的"忠义"观主要还是通过书中的某些人物，特别是理想人物宋江的口来加以表露，或者是通过一些诗词等叙述性文字来显示的，它的影响作用还比较隐蔽，被闪耀在水浒英雄反封建斗争画面上的光彩所掩盖,那么到了此回以后,"忠义"思想迅猛扩张,成了构思情节、塑造人物的主导思想。于是,前面那令人神往的"禅杖打开危险路,戒刀杀尽不平人"的气魄神威,以及梁山泊平等乐园的理想光彩,都渐渐地褪尽消失,呈现出来的则是一幅暗淡无光、惨酷血腥的画面了。作者力图用"忠义"来协调梁山起义与封建统治的矛盾,矛盾双方由对立向统一转化的途径,则是招安道路的选择。这样,一场震惊千古的历史悲剧,也就不可避免地发生了。

应该怎样看待这种矛盾的现象呢?这里用得着马克思的一句名言:"统治阶级的思想,在每一时代都是占统治地位的思想。"作为封建社会的文人,施耐庵站到了时代的高峰,但他最终还是无法超越时代和阶级带给他的局限。他不可能把梁山义军的斗争,提高到推翻封建统治、消灭压迫剥削的阶级斗争的理性高度,无法对他所反映的这场农民革命的客观现实,作出符合阶级斗争规律的正确的认识和评价。而作者的这一思想局限,也不可避免地渗透在《水浒传》的形象体系中,使这部书的思想内容呈现出一种极为复杂多元的特点,从而也就造成了人们理解《水浒传》思想主题的分歧。对此,我们是不应苛求作者的,而且应该像马克思所说的:"把某个作者实际上提供的东西,和只是他自认为提供的东西区分开来,是十分必要的。"(《致马克西姆·马克西莫维奇·柯瓦列夫斯基》)把作品的形象实际与作者的主观评说两者区分开来。

一个轮回怪圈——煞曜罡星今已矣,谗臣贼子尚依然!

现在让我们的视角再转回到水浒艺术长卷的第一幅画面:被镇锁在万丈地穴中的魔气,冲天散作百十道金光,撒向四面八方。这就是日后降临人世的、作者寄予变革黑暗现实厚望的天罡地煞一百单八个魔君。魔君出世后,也确实高扬"替天行道"大旗,杀赃官、抗朝廷,闹腾得"一朝皇帝,夜眠不稳,昼食忘餐",金銮殿的宝座很不好坐。不仅如此,他们还创建了一个历史上从未有过的,"八方共域,异姓一家""都一般儿哥弟称呼,不分贵贱""患难相扶,各无异心"的梁山泊理想世界。

"剥削的存在,永远会在被剥削者本身和个别知识分子代表中间,产生一些与这一制度相反的理想。"梁山泊理想王国的出现,是长期处于政治上受压迫、经济上受剥削的农民阶级,要求改变不合理现状的强烈愿望在艺术世界里的实践。它鲜明地体现了政治上"等贵贱"、经济上"均贫富"的农民阶级的平等、平均思想。对此，列宁曾这样分析："在反对旧专制制度的斗争中，特别是反对旧农奴主大土地占有制的斗争中，平等思想是最革命的思想。农民小资产者的平等思想是正当的和进步的，因为它反映了反对封建农奴制的不平等现象的斗争。"（《列宁全集》十三卷 217 页）

《水浒传》的作者通过他的艺术创造，热情地歌颂了这一在当时历史条件下最革命的思想，并把它化作了梁山英雄行动的共同准则：杀富济贫、除暴安良、仗义疏财、平等互爱。尽管由于历史条件的限制，农民阶级既提不出超越封建时代的先进政治纲领，也无法在现实土地上实现他们那种绝对平等的政治理想，梁山王国只不过是一个农民空想社会主义的乌托邦，但是在《水浒传》的现实世界中，梁山水泊的出现，毕竟是在赵宋官家的地盘内，另建起了一个与民不聊生的黑暗现实形成鲜明对照的"平等乐园"。它对于受压迫人民的反抗斗争，无疑起着巨大的鼓舞作用。而基于这一理想所产生的要解放、要反抗的思想，则成了农民革命斗争的精神武器。《水浒传》的作者能够如此客观地叙写出这两种世界的对立（当然是暂时的），并以满腔的热情讴歌这种农民阶级的平等、平均理想，不能不说是对传统伦理意识、君权神圣观念所产生的怀疑思想的伟大闪光。

遗憾的是，这种闪光太微弱了。施耐庵没能最终冲破"君权神圣"的思想藩篱，而是为自己心爱的英雄选择了一条"改邪归正"受招安的道路。他把"招安"看作是忠义精神的最高升华，是英雄们"报效朝廷，辅国安民"的唯一途径。所谓辅国安民，一是破大辽，一是征方腊。破辽的行动虽反映了宋元民族灾难深重时期，人民寄抗敌希望于绿林好汉的民族意识、爱国观念，但就全书主题来看，这方面的内容是游离的、次要的。至于征方腊，则是充当朝廷鹰犬去镇压另一支起义队伍，在光辉的梁山大旗上抹下了可耻的一笔。而作者却把这种背叛行动作为大忠大义来歌颂，表现了他忠义观中极为反动的一面。

然而，现实是无情的，施耐庵也是伟大的。尽管他主观上赞颂招安，肯定征剿方腊，却仍然遵循现实主义的创作原则，没有回避生活中的矛盾冲突，如实地反映了梁山义军受招安后的险恶处境和惨痛结局。我们看到，招安后的英雄并不被朝廷信任，倒是处处受挟制，在奸佞的鼻息下忍气吞声地讨生活。"陈桥驿挥泪斩小卒"的风波，形象地喻示了政治迫害的风暴正兴起于青萍之末。这种被歧视、限制乃至被翦除的危险，就像一把达摩克利斯剑，始终悬在义军们的头上。因此，破辽的胜利，带给英雄们的并不是欢乐，而是内心的苦闷、压抑和怨愤。黑旋风李逵甚至提出了"放着兄弟们都在这里，再上梁山泊去"的动议，出现了众多将领"尽有反心，只碍宋江一个"的严峻局面。（九十回）

为摆脱这种既不能进又不能反的困境，梁山英雄主动争取征剿方腊，从此踏上了一条屠杀阶级兄弟的罪恶之路，并为此付出了死伤过半的惨重代价。等到宋江吃下奸佞的药酒，临死前又亲手毒杀李逵，梁山火种也就被彻底扑灭，曾经是轰轰烈烈的水浒事业，至此烟消云散，成了历史的遗迹。

施耐庵为我们描绘了一幅多么惊心动魄的艺术画面，它让人们从水浒英雄自投罗网走向毁灭的血的教训中，加深了对封建统治者反革命两手及其凶残伪善本质的认识。

由"遇洪而开"到"神聚蓼儿洼"，历史转了一个大圆圈。梁山英雄曾经带着作者改良黑暗现实、创建清明世界的理想愿望，进行了战果辉煌的斗争，但所有的一切都又得而复失，现实的终局又几乎回到了原来的起点。作者所向往的好皇帝始终没有出现。他所看到的是，君主仍然昏聩，奸佞照样弄权，政治依旧黑暗。"煞曜罡星今已矣，谗臣贼子尚依然！"

作者的感叹无限悲愤，然而又无可奈何。不管作者的主观认识如何，严酷的现实生活，阶级斗争的客观规律，宣告了作者"忠义"观的破产。历史的出路究竟在哪里？施耐庵当然无法找到。然而，透过作者深沉的历史反思和浓烈的悲剧意识，我们感受到了他对现存秩序的困惑、迷惘和疑虑，从而显示了他反封建的民主精神的深刻性。

（三）"不读《水浒》，不知天下之奇"

明清两代评论家对《水浒传》思想意蕴的认识虽不尽相同，但有一点却是完全一致的，那就是他们都被《水浒传》深厚丰富的社会内容和无与伦比的艺术摹写能力所倾倒，异口同声地惊呼这是一部旷古未有的"绝世奇文"。

是的，《水浒传》确实可以称得上是一代奇书。这不仅因为它是我国古代仅见的一部农民造反史诗，有着独特的思想认识价值，而且还由于在此之前，我们还看不到一部白话巨著，能熔铸一代社会的宏大丰富于艺术具象之中。它那犹如百科全书似的文字内容，前代学者曾有过精彩的概述：

"载观此书，其地则秦晋燕赵齐楚吴越，名都荒落，绝塞遐方，无所不通。其人则王侯将相、官师士农、工贾方技、吏胥厮养、驵侩舆台、粉墨缁黄、赭衣左衽，无所不有。其事则天地时令、山川草木、鸟兽虫鱼、刑名法

律、韬略甲兵、支干风角、图书珍玩、市语方言，无所不解。"（明·天都外臣《水浒传》序）

当然了，对于一部浑然有机的艺术杰构，仅平面地罗列其地域人事的广阔是远远不够的。应该看到，《水浒传》作者在铺叙梁山聚义主脉的同时，也有意识地把笔触伸向了广阔的现实世界，如同设置无数条与主脉相联的细小血管，通向肢体上下左右的各个部位，从而对宋元时期的整个社会形态，从政治经济、伦理道德、世态人情、宗教习俗等方面，作了全方位立体性的描绘。也就是说，《水浒传》作者的审美创造，并不局限于英雄传奇这一主要层面，平凡的世俗生活，缤纷的大千世界，也都在作者的热情关注之中。

女性世界的悲剧

水泊梁山是一个顶天立地的男子汉王国。虽然地煞星位列里，也点缀似地摆上了三把女头领交椅，然而这几位巾帼英雄，却是心性木讷、形象苍白。相比之下，有几位世俗女性的音容笑貌，倒是深印在人们的脑海，几百年来令人为之唏嘘慨叹、思索不断。

潘金莲是最令人难忘的一个。作者用了整整三回书，描写她与武松的情仇瓜葛。武松吃官司是因为杀了潘金莲和西门庆，然而逼他上二龙山的，还是由于他砍了张都监等十五条人命所致。他与潘金莲的矛盾，只是万花筒似的生活中一段普通人际关系的冲突，与"官逼民反"的主题有着一定的距离。然而，由于作者对市井细民生活的熟悉与兴趣，这一场男女风情的仇杀事件，被铺写渲染得淋漓尽致，十分生动。故事中的人物，无论是主要角色潘金莲、西门庆、武大郎，还是次要人物拉皮条的王婆、帮捉奸的郓哥，一个个全都刻画得形态逼真，呼之欲出。

作者通过这场精心叙写的情杀风波，想要告诉读者什么？而读者从这幅风情画中，实际感受到的又是什么？

作者笔下的潘金莲是个搔首弄姿的荡妇、毒杀亲夫的恶妇，这已经被定型在《水浒传》里了。然而，有一个问题我们必须要发问：潘金莲是怎样堕落到这个地步的？好汉们上梁山，是因为受到封建势力的逼迫，那么潘金莲呢？

她本是清河县一个大户家的婢女，因抗拒大户纠缠遭报复，被强嫁给了武大郎。一个奴婢竟敢蔑视主人生杀予夺的权势、令人艳羡的财富，身为奴才而没有奴性，潘金莲高傲的心气令人刮目。为此，毁灭性的惩罚也就不可避免地落到了这个"身为下贱心比天高"的弱女子头上。大户把她赏给了"三分像人七分像鬼"的武大郎。疯狂的报复虐杀了一个青春美丽的生命。对潘金莲这种痛苦难忍的婚姻，如果再用"三从四德"的封建礼教、嫁鸡随鸡的愚顽世俗去禁锢、要求她，那将是更违反人性的恶行。性刚气傲、年轻貌美的潘金莲，不甘于封建祭坛牺牲品的命运，于是发生了她对婚外情爱的畸形追求；这种追求是人性复苏的必然结果，是对中世纪"存天理灭人欲"理学教条的一种冲撞。由此我们说，酿成潘金莲悲剧的罪魁应是万恶的封建制度。潘金莲由一个敢于反抗恶主、维护自身尊严的女奴，堕落为杀夫的荡妇，除了她本人应负的罪责外，挞伐的皮鞭主要应该抽打在逼迫她的封建恶势力的身上。

然而，《水浒传》作者却不是这样看的。他把悲剧的根源完全归于潘金莲的"美色"和不安本分的情欲追求。按照这一逻辑，当初潘金莲如果不恃重自己的青春美貌，做了大户小妾，日子自然安稳，就像被鲁智深救出的金翠莲，欢欢喜喜做赵员外外房一样。于是，作者对潘金莲人性觉醒的闪光面，只轻描淡写一笔带过，却以千钧笔力鞭挞她的情欲追求，让污秽浊行伴随她的短暂一生。这样，作者也就写出了一个既令人十分同情，又让人无比厌恶的性格矛盾的潘金莲。正是这种复杂因素的存在，使得现代作家有可能写出一篇又一篇的翻案文章。

由潘金莲的悲剧我们自然会联想到书中另外几个女性——阎婆惜、潘巧云、卢俊义之妻等人的生活遭遇。这三个也都是清一色的"淫妇"，死在了梁山好汉的刀头之下。不管这些被杀女性的具体行为如何，总括起来，她们都是有夫之妇，却又都不安于妇道，放纵情欲，以致做出许多"伤风败俗"的逆伦之事。至此，一个疑问涌了出来：这个社会"淫妇"为何如此之多？在回答这个问题之前，需要对宋元时期的社会状况作些简略审视。

宋元王朝是我国封建社会由全盛转向衰落的过渡期，这时候礼教的统治更为严酷。程朱理学所宣扬的"饿死事小，失节事大"的伦理观，成为钳制广大妇女的道德天条，对妇女人格身心的摧残是前所未有的。同时，宋元时期也是商品经济迅速发展，城市生活日趋繁荣，市民意识日渐抬头的时期，它带来了人性的朦胧复苏——突出地表现为对以自然生理为基础的男女情爱的追求。

《水浒传》中所反映的大量婚外恋的发生，就是这种严酷的礼教压制与热烈的人性追求冲撞结晶而成的畸形的时代之果，是受迫害最深的妇女们为争取婚姻幸福所进行的激烈抗争的一种表现。由于礼教压力重如泰山，也由于市民意识中纵欲享乐的庸俗自私，这些妇女们的抗争往往演变为私通、奸杀等罪恶的秽行，于是结下了一颗颗恶浊畸形的生活之果。

例如，阎婆惜给宋江当外室，完全是主动送上门的。因为她受过宋江的救济之恩，所以这桩婚姻应该说是合理的。但这只是表面现象，追究一下它的实质，则仍然是一笔用肉体作酬谢的买卖式姻缘，这一点从阎婆惜勒索宋江的第一条"将原典我的文书来还我"也可以作证。显然，风流俊俏的阎婆惜对黑矮刻板的宋江，只有感恩之情而没有男女之情。但感恩与情爱毕竟是两码事，于是一场婚外恋的悲剧也就不可避免地演出了。作者由此把这个形象刻画成了一个恩将仇报、十恶不赦的刁赖泼妇。

总之，对《水浒传》所叙写的这类女性悲剧，我们应该用历史唯物主义的观点，如实分析其形成的复杂的社会因素，而不能像其作者那样，在陈腐的"美色是祸水""情欲是犯罪"观念指导下，一味地挥舞伦理道德的大棒，把罪责全部落实到妇女头上，一律冠以"淫妇"恶名，请她们吃"板刀面"。

如果我们把《水浒传》中的这类描写，与宋元话本中某些同类题材的作品加以对照，那么对《水浒传》作者在妇女婚姻观上的思想局限，就看得更为清楚了。

宋元话本《志诚张主管》，写的也是一位女性对婚外恋的追求。年轻的"小夫人"因为得罪了主人，被主人倒贴房奁"白白里把与人"，嫁了一个"须眉皓白"的张员外。"小夫人"在烦恼痛苦之中，爱上了年纪三十来岁的主管张胜，并大胆地向他表露了情意。后来，"小夫人"因窃取原主人的数珠串事发自杀，死后化作鬼魂也要归随张胜。小说的作者不无同情地写了她的不幸遭遇和悲惨命运，引得读者也为之怅然若失、感慨良久。不同婚姻观的作家，为同类题材所描绘的人生图像，美丑何其不同。

怀林和尚说："世上先有《水浒传》一部，然后施耐庵、罗贯中借笔墨拈出。"（明·容与堂刻《水浒传》卷首《水浒传一百回文字优劣》）尽管作者对所写的这类生活事件不能给予正确的评判，但他所描绘的交织着悲欢苦乐、喧嚣繁闹的寻常百姓世界，客观上反映了一个时代的现实，为我们探视宋元时期社会风貌的某一方面，透亮了一扇窗户。

覆盆底下无天日

读者是否注意到，《水浒传》所描绘的五光十色的生活场景中，有一处最昏黑的地方，那就是牢狱。这里可说是封建腐朽肌体中彻底溃烂了的一个部分。梁山好汉林冲、武松、宋江、柴进、解珍、解宝等，全都是受过刑、坐过牢，从暗无天日的地狱中被救援出来而获得再生的。《水浒传》中对封建司法刑狱的精彩描叙，勾勒出了一幅人间活地狱的完整图画，读者从中可看到任何律典刑书上都难以见到的各色骇人听闻的恶行：

权即是法，官衙成了权奸的家府

司法刑狱是封建阶级保障其统治的钢铁机制，它具有整饬吏治、救抑时弊、维护社会安定、调节人事冲突等的独特功能。因而，历代王朝都十分重视律法制度的建设。如《永徽律》《宋刑统》《大元通制》《大明律》等，所制定的法纪条文是极为详尽完备的。宋太宗为戒饬臣属，还下令在府县衙门大堂的正中竖立一块戒石，戒石南面刻"公生明"三字，北面刻"尔俸尔禄，民脂民膏；下民易虐，上天难欺"十六字。可见封建帝王对与他们的统治生死攸关的法纪建设，是绝不掉以轻心的。这些法令条文以其社会性、全民性、公正性的面貌呈现在人们的眼前。

然而，事物的关键并不在于字面上的条文，而是条文内蕴的阶级实质，以及官衙中实际贯彻执行的情况。一般地说，当君主励精图治，王朝政治清明之时，法纪的遵守执行也较为严肃认真；反之，在朝廷不明、奸佞当道的黑暗时期，则法纪混乱，而首先起来公开破坏律令的，又往往是封建执法者自己。

《明史》中有一段文字反映的就是这种情况："因循日久，视为具文。由此奸吏执法，任意轻重。"封建统治者苟安日久，视律条为纸上虚文。而手中有权的奸吏，则可随意行事，肆意践踏。此种情况，在《水浒传》作者笔下，被构思成了与人物命运血脉相关的生动故事，得到了形象的揭示。

《水浒传》中写到的大案有好几起，为首的一桩就是林冲误闯白虎堂事件。高俅以"手执利刃，故入节堂，欲杀本官"的罪名，把林冲监押到开封府。作为天子所在京城中的最高执法机构，堂堂的南衙开封府尹，面对高太尉"仰定罪"的批条，明知林冲遭陷受屈，非但不敢为之鸣冤申雪，反倒杖脊二十刺配到远恶军州服刑。王法何在，公理何存？一位孙姓孔目说得一针见血："谁不知高太尉当权，倚势豪强，更兼他府里无般不做。但有人小小触犯，便发来开封府，要杀便杀，要剐便剐，却不是他家官府！"执法的开封府成了高俅家的官府，权就是法，权豪面前无法可讲。

柴进的叔叔柴皇城是受到特旨保护的功臣之家，他手中握有先朝太祖钦赐的最具法律效力的"誓书铁券"（即丹书铁券，是古时帝王赐给功臣世代保持优遇及免罪等特权的证件。该券用铁制成，用朱砂书字，或刻字而嵌以黄金），然而在高廉妻舅殷天锡的仗势横行前，也只有两眼一闭被活活气死。而当柴进申言要凭"誓书铁券"与殷天锡打官司时，得到的却是"便有丹书铁券，我也不怕"的狂妄回答。殷天锡害死柴皇城可以逍遥法外，而李逵打死这个不法之徒，柴进却要吃官司被打入死囚监牢，柴皇城的家私房屋也全都被抄，成了高廉的私产。法纪维护的是谁家利益，不是很清楚了吗？

上述两例，说明这是一个权豪横行不法、良民含冤受屈的极其黑暗混乱的时世。执法者堕落到了连自己制定的律条也已破坏殆尽的地步，那么它的统治也就岌岌可危、快要寿终正寝了。正如李逵所说："条例，条例，若还依得，天下不乱了！"

贿赂公行，银之所在，朝廷法纲亦维所命

一部以专制权力为轴心的封建司法机器，金钱就是它赖以运转的万能润滑油。只要有了钱，上至主管头脑，下到书办役吏，全都像注射了吗啡似的，精气倍添，手脑并用，飞快地行动了起来。张都监设圈套诬陷武松的手法本是很拙劣的，明眼人一看就清楚，然而孟州知府却尽全力与张都监做主，企图通过"司法"手段结果武松性命。难道是知府糊涂？当然不是。是因为张都监已"连夜去对知府说了，押司、孔目上下都使用了钱"，是由银钱激发出来的联袂快速效应的结果。

《水浒传》中类似的事例太多了：毛太公打通登州知府关节，不仅混赖二解的老虎，而且还可借助司法手段，把他们斩草除根；董超、薛霸野猪林行凶，差拨管营火烧大军草料场，这种疯狂的作恶热情，是由陆谦带给他们的银子撩拨起来的；李固买通节级蔡福谋取卢俊义性命，蔡福的条件就是："你若要我倒地他，不是我诈你，只把五百两金子与我！"有了钱，犯人入门可免打一百杀威棒；没有钱，一百棒打得你七死八活，"撇在土牢，求生不生，求死不死。"（第九回）这些像蝇蛆一样吮吸犯人血汗的狱吏，都长着一

张阴阳脸——有钱笑逐颜开，无钱凶神恶煞。

请欣赏一下《水浒传》作者对此种嘴脸漫画似的勾勒：同是一个林冲，差拨过来时钱未及时拿出，就被骂得狗血喷头："你这个贼配军，见我如何不下拜？却来唱喏！我看这贼配军，满脸都是饿文，一世也不发迹！打不死，拷不杀的顽囚！你这把贼骨头，好歹落在我手里，教你粉身碎骨。"而当林冲取出五两银子奉上时，美妙的赞颂话语立时就从差拨口中连珠似的吐了出来："林教头，我也闻你的好名字，端的是个好男子！想是高太尉陷害你了。虽然目下暂时受苦，久后必然发迹。据你的大名，这表人物，必不是等闲之人，久后必做大官。"命运让林冲落到了这帮丧失人性的恶奴手里，无怪英雄也要气短，慨叹"有钱可以通神""端的有这般的苦处"了。

吊拷逼供，有一整套野蛮的刑讯手法

主官既已受贿，被告罪名也早就判定，审讯的目的就只是瞒上欺下，使非法定罪合法化而已，因而野蛮的刑讯逼供就成了贪酷官衙与生俱有的胎记。请看第三十回，武松被押上孟州府大堂，刚要开口分说，知府就当头大喝："这厮原是远流配军，如何不做贼，一定是一时见财起意。既是赃证明白，休听这厮胡说，只顾与我加力打！"

主审官既不听取被告的自诉抗辩，更不进行罪赃的勘验取证，不问虚实，不论律条，断案的逻辑依据竟然是一个"一定是见财起意"的想当然，而制服被告的方法则是"只顾与我加力打"。在劈头竹片雨点般的毒打下，任武松再是英雄盖世，也不得不屈招就范了。

然而这大堂上的拷打逼供还算是明里摆着的，那牢狱中神鬼不觉的暗害虐杀，却尤为令人毛骨悚然："到晚……趁饱带你去土牢里，把索子捆翻着，一床干稿荐把你卷了，塞住了你七窍，颠倒竖在壁边，不消半个更次，便结果了你性命。这个唤做盆吊。""再有一样，也是把你来捆了，却把一个布袋，盛一袋黄沙，将来压在你身上，也不消一个更次，便是死的。这个唤做土布袋。"（第二十八回）什么"盆吊""土布袋"，哪一部刑律书上记载过？可说是闻所未闻。

《水浒传》以其生动的形象刻画，揭露了封建法纪、刑狱律条的虚伪野蛮，有着深刻的社会认识价值。

《水浒传》所再现的现实人生真相，绝不止于上述的两个侧面。例如，它对当时店铺酒馆林立、百行贸易发达的商品经济繁荣盛况的描叙，就被有的学者看作是研究古代商业发展的珍贵史料，而"三打祝家庄"等某些行军布阵的战例，则被军事学家当成学习军事辩证法的形象教材。毛泽东同志就曾给"三打祝家庄"以很高的评述：

"《水浒传》上宋江三打祝家庄，两次都因情况不明，方法不对，打了败仗。后来改变方法，从调查情形入手，于是熟悉了盘陀路，拆散了李家庄、扈家庄和祝家庄的联盟，并且布置了藏在敌人营盘里的伏兵，用了和外国故事中所说木马计相像的方法，第三次就打了胜仗。《水浒传》上有很多唯物辩证法的事例，这个三打祝家庄，算是最好的一个。"（《矛盾论》）

如此等等。用一句话作归结，那就是《水浒传》确实无愧于它"一代奇书"的美誉，无论是它所特具的基本内容、主要精神，还是由此而涉及的深切广泛的社会现实性、厚实丰富的知识性，都是历史上其他任何一部小说所无法与之相拟的。

（四）"独有《水浒传》，只是看不厌"——《水浒传》精湛绝妙的艺术特色

《水浒传》诞生于明初，在中国小说发展史中处在承上启下、继往开来的历史地位。它之所以能使读者捧卷在手爱不忍释，与它取鉴于前人而又突破前人的卓越的艺术创造性是分不开的。

"说烈汉便像个烈汉，说呆子便像个呆子"——典型形象的成功塑造

文学是人学。一部小说的艺术生命力的长短，取决于其人物形象的塑造。《水浒传》之所以几百年来盛传不衰，就在于它成功地刻画了一系列具有独特个性的英雄形象。可以说，在中国小说发展史上，《水浒传》是率先以人物性格的塑造作为艺术制作中心的一部巨著。

一部反映复杂生活的长篇小说，必然要叙写出众多的人物。有人统计，活动在《红楼梦》里的人物就有四百多个。虽无人对《水浒传》人物作过精确计算，但也有文章指出，系列形象的塑造和配制，是《水浒传》人物刻画的创新之处。

宋江等一百零八位好汉是主体形象系列，宋徽宗、高俅等组成封建势力的形象系列，店小二、武大郎等三教九流属底层人物系列。三个系列的形象交织成了复杂的社会人际关系网，作者通过对发生于其间的各种性质的矛盾纠葛的准确把握与描述，成功地完成了创作主题的表达和对社会面貌的全景式展现。《水浒传》人物创作上的这一整体特点，是前代任何一部小说所不

具备的。

三大系列人物中，梁山英雄是其中的脊梁，其他人物服务于主体形象的刻画，因而作者在用笔的分量、刻画的方法上存在着主次轻重的差异。尽管如此，作者对各类人物进行了曲尽情状的摹写，使之形神兼备，成为实实在在的活生生的这一个，则是一体同视的。所以在《水浒传》中，不仅英雄形象光彩耀目，而且即使不起眼的小角色，也都栩栩如生，令人难忘。历代评论者们对作者刻塑人物的超凡功力赞叹备至：

"说淫妇便像个淫妇，说烈汉便像个烈汉，说呆子便像个呆子，说马泊六便像个马泊六，说小猴子便像个小猴子。但觉读一过，分明淫妇、烈汉、呆子、马泊六、小猴子光景在眼，淫妇、烈汉、呆子、马泊六、小猴子声音在耳，不知有所谓语言文字也。"（李贽《水浒传》二十四回评语）

金圣叹对此也作过类似的评述：

"盖耐庵当时之才，吾直无以知其际也。其忽然写一豪杰，即居然豪杰也；其忽然写一奸雄，即又居然奸雄也；甚至忽然写一淫妇，即居然淫妇也；今此篇一偷儿，即又居然偷儿也。"（五十五回评语）

那么，《水浒传》作者运用了哪些艺术手法，以使形象塑造刻画成功的呢？

通过"困境"中的行为刻画展现人物性格

《水浒传》中主要英雄形象的塑造大都采用此法。例如，少年英雄史进，书中对他的叙述性介绍，只有"刺着一身青龙，银盘也似一个面皮，约有十八九岁"的简略几句。单凭这几句描述，人物形象是扁平的。作者为他设置了行为表现的两次机遇：一次是使棒时，棒法受到王进批评。好强的他口喊："你来，你来！怕的不算好汉！"抡着风车儿似的转棒与王进比武，不料被王进一棒打翻，虽然尴尬难堪，却并不恼羞成怒，而是爬将起来，立即虚心拜王进为师。这时，一个年少气盛而又心地纯正的英俊少年，才站立在读者的面前。

然而，他更为感人的英雄特征——侠胆义气，则是在一次更大的"困境"中，通过独有的行为显现出来的：他以义气为重释放了少华山的陈达，之后便与朱武等热情结交常相往来。中秋之夜四人同在史进庄上赏月饮酒，消息走漏，被华阴县官兵团团围住。此时的史进陷入极其困难的境遇之中，面临着最为棘手的难题，然而这却是刻画人物性格的最佳时机。史进是卖友的猪狗，还是义深似海的好汉，在这场困境面前，可以立见分晓。交出朱武等三人，史家产业、清白名声都可保全，抗拒不交遭受到的必将是家毁人败。两种完全不同的前景、后果的选择，体现的是截然相反的人格境界。史进果然情重如山，他义无反顾地烧毁庄院，杀散官兵，救出三人，实践了"我若是死时，与你们同死，活时同活"的铿锵誓言。从此，作为上中人物的史进，便以其独有的个性特征活动在梁山群雄之中了。

其他如林冲、武松、宋江等骨干英雄形象的性格塑造，也都主要是在棘手、不幸的困境中，通过人物壮烈行动的描述来完成的，读者可以举一反三，在此就不多赘述了。

"大处写不尽，却向细处描点出来"——运用细节刻画显示人物性格

生动典型的细节是使人物获得血肉灵气，让人物活起来的不可忽视的艺术手段之一。《水浒传》作者在准确把握人物基本性格的前提下，善于描绘人物的某一细小动作或某种隐蔽的神态变化，以突出人物的某一方面特征。

如第三回中，鲁智深、史进、李忠在潘家酒楼遇到受辱卖唱的金老汉父女，鲁智深掏出随身所有银子相赠，并要求史、李也以银相助。请看作品描写两人的取银动作：史进"去包裹里取出一锭十两银子，放在桌上"，而李忠则"去身边摸出二两来银子"。一个爽快地一取就是十两，一个慢慢地摸才拿出二两来银子。史进重义轻财的豪爽气质与李忠小气扣索、精神境界不高的个性特点，逼真地传达了出来。

又如第九回，林冲与洪教头比武，柴进拿出二十五两一锭的银子作为比赛赏头。洪教头一则要争这个大银，再则求胜心切，于是"把棒来尽心使个旗鼓，吐个门户，唤做把火烧天势"，而林冲则"横着棒，使个门户，吐个势，唤做拨草寻蛇势"。通过两种不同棒势的细节描叙，生动地展现了前者"骄愤之极"与后者"敏慎之至"的个性特点。

再如第二十五回，作杵头子何九叔被请去验武大郎的尸体。他揭起千秋旛，定睛看时，忽然"大叫一声，往后便倒，口里喷出血来"。何九叔乔装中恶的行为细节，透露了他既不敢得罪恶棍西门庆，又害怕武松回来问罪的复杂心态，活活刻画出一个混迹市井、老辣圆滑的下层市民形象。

《水浒传》的细节设计，符合人物的身份秉性，因而是真实的、富有生活气息的。它能增强艺术形象的生动性、逼真性和感染力。

"不惟能画眼前,且画心上"——运用心理描摹技法揭示人物性格

人物的言行是人物内在心灵的外在表露,而人的内心世界与客观生活一样,充满着复杂矛盾,处在不同的境况条件下,就会有不同的心态表现。因而要塑造出活生生的人物形象,作者的笔就必须深入人物的心灵,揭示出支配其言行的心理因素。《水浒传》作者的心理摹写技巧是十分高明的,他在运用心理描写刻画人物性格方面所取得的成就,可说是我国早期长篇小说中最为突出的一部。

例如对梁山泊第一任头领王伦的刻画。王伦是个落第秀才,既无文绣又没武功,完全是个绊脚石人物。作者对此人着墨不多,而其形象却极其鲜明,用的就是揭其肺腑心肝的手法。林冲之前,王伦也曾收容过不少犯大罪来避难的好汉,唯独对柴进举荐的林武师,他左推右辞不肯收留。什么因素在作怪?这里,有一段较长的文字,对人物难以明言的复杂心境作了深刻揭示:

"我却是个不及第的秀才。……我又没十分本事,杜迁、宋万武艺也只平常。如今不争添了这个人,他是京师禁军教头,必然好武艺。倘若被他识破我们手段,他须占强,我们如何迎敌?不若只是一怪,推却事故,发付他下山去便了,免致后患。只是柴进面上却不好看,忘了日前之恩,如今也顾他不得。"

原来他担心林冲的武艺高强,日后要碍及他的寨主权位。可是,说也奇怪,当武艺与林冲一样不凡的杨志出现时,他却又一反前态,千方百计地想把杨志留下。请看王伦这一行为矛盾的心理依据:

"若留林冲,实形容得我们不济,不如做个人情,并留了杨志,与他作敌。"

原来他要利用杨志对抗林冲,变消极为积极、变被动为主动。硬要赶走林冲,不仅阻力重重,也有损于自己的声誉;搞一个力量对消,既使各方面满意,又有利于巩固自己的寨主地位。可叹,这位秀才的学识心计,全都用在如何对付山寨内部争权夺利的歪道上了。通过对王伦的一副小肚鸡肠的描述,一个嫉贤妒能、胸襟浅狭、忘恩弃义而又狡狯刁猾的陋儒形象,就深深地刻印在读者脑海中了。

用长段文字对人物内心作静止深入剖析的方法,在《水浒传》中是不多的,其中大量的则是通过人物行为动作的白描,以透露人物深曲隐蔽的内心世界。

请看第二十一回，宋江被阎婆生拉硬拽至家，楼上的阎婆惜原本无聊地倒在床上，突然听得母亲一声"我儿，你心爱的三郎在这里"，便飞也似地跑下楼来，等看清来的是宋江，旋即转身上楼又倒在床上了。这就是李贽所评"不惟能画眼前，且画心上"的一段以形传神的绝妙文字。阎婆惜一下一上的行动，把她厌弃宋江热恋张三的心思透露无遗。

再看宋江在此处境下的心态：想要脱身已被阎婆盯住，勉强留下又遭到婆惜的冷淡厌恶，尴尬难堪的同时又存着一线希望。僵持到二更天后婆惜上床自睡，他这才彻底绝望，叹了口气，睡在婆惜的脚后跟。宋江这一晚上的内心折腾是很激烈的，书中有时以"寻思道"的第一人称方式，对其心理做客观直接的表述，有时则借助特定环境下的动作细节，如"叹口气"等，加以披露。

而这场戏的总导演、窗上跳下的阎婆，又在想些什么呢？"若是今夜兜得他住，那人恼恨都忘了，且又和他缠几时，却再商量。"完全是虚情假意笼络宋江。

通过这场纠葛中相关人物的心理描叙，小说写活了阎婆的爱财、婆惜的泼狠和宋江的大度宽容。

第四十五回"石秀智杀裴如海"中的心理描写更有特色。作者把石秀当做一个监察哨，通过他的眼睛让一幕幕故事演化出来，随后又以心理剖析的方式，写出他对眼前所见情况的分析判断。

他从潘巧云赞美裴如海的神情语气中，感觉到了某种不正常的苗头，"自肚里有些瞧科"。接着，他从布帘里张看到"和尚两只眼涎瞪瞪只顾看那妇人身上，妇人也嘻嘻笑看着这和尚"的情景，进一步证实了怀疑，于是做出了"原来这婆娘倒不是良人"的判断。等到潘、裴相约，潘去报恩寺烧香回来，石秀对二人的私情已是一本清账"自肚里已知了"。但是证据还没有抓着。在石秀高度警惕的心态下，头陀五更敲响的木鱼声，使他一下从床上跳了起来，于是一场奸情全让他从门缝里张见了。由于杨雄的糊涂，石秀反被潘巧云诬屈，为辨明真相，他终于智杀裴如海，大闹翠屏山。石秀精细、冷峻、狠辣的性格也就在事件演化与人物心理的交织促进中，得到了精彩的刻画。

"相形对写"——比衬艺术在性格刻画中的魅力

金圣叹总结《水浒传》十四种创作手法中，有正犯法、略犯法二条。如，

27

武松打虎后又写李逵打虎；江州劫法场后又写大名府劫法场；林冲起解后又写卢俊义起解，等等。这些都是作者故意把题目写重，却又有本事出落得无一点一画相借。这里，金圣叹指出作者具有把同类故事写得新颖别致的高超本领，是慧眼独具的。但是，还可补充一点，那就是作者是在有意识地运用比衬手法，使发生在不同时间、地点的相同相似故事遥相映照，同中显异或相得益彰地表现出人物的丰富个性及彼此间的细微差别。

试以武松与李逵的打虎为例：武松打虎是不得已的自卫。山神庙前看到官司榜文，得知真的有虎时，武松曾想转回酒店。实在是怕酒家耻笑有失好汉脸面，他才使性带酒硬着头皮上山的。所以风过虎来时，他不是镇定迎击，而是叫声"啊呀"从青石上翻滚了下来，被半空蹿扑下来的大虫惊得酒都做冷汗出了。由于慌急，他尽平生气力打下去的一棒，竟打在枯树上折做两截。然而，武松毕竟英雄神威，一顿拳脚结果了大虫。老虎打死了，他的手脚也酥软了。这时，他不敢再逞能了，立即决定挣扎着下冈，怕的是"倘或又跳出一只大虫来时，却怎地斗得他过？"由于武松的打虎是被迫自卫，所以作者时时扣住了打虎过程中人物瞻前顾后的矛盾心态，从而既写出英雄的神力，又显示了他机警沉着、快捷过人的个性特点。

再看李逵，他千辛万苦地把老娘背上了沂岭，一个疏忽，老娘惨死虎口。怀着极度的悲愤，李逵一夜之间连杀了子母四虎，杀得主动积极、干脆利落。他甚至钻到大虫洞内，尽平生气力朝母大虫粪门一戳，连刀靶都送进虎肚中去了。这的确是李逵的杀虎方式，显示出他不顾一切的胆量和蛮勇，同时也烙上了他所独有的粗鲁莽撞的印记。

金圣叹评得好：

"二十二回写武松打虎一篇，真所谓极盛难继之事也。忽然于李逵取娘文中，又写出一夜连杀四虎一篇，句句出奇，字字换色。若要李逵学武松一毫，李逵不能；若要武松学李逵一毫，武松亦不敢。各自兴奇作怪，出妙入神。"（四十二回评语）

又如，第八回写了林冲发配，董超、薛霸野猪林行凶，林冲得鲁智深相救的故事，第六十二回又写卢俊义起解，董超、薛霸故伎重演，林中杀人，幸得燕青救援。前后二段押解文字，几乎完全相同。然而，前一段薛霸手起棍落之时，飞出来的是一条铁禅杖，后一段飞过来的则是一枝急似流星的雕翎弩箭。"鲁智深大闹野猪林"与"放冷箭燕青救主"，同中显异遥相映衬，鲁智深救人救得雄阔威风，燕青救主救得伶俐巧捷。

《水浒传》中的英雄形象，大多是在相互的比衬映照中，更趋丰富完善的。作者有意识地给人物以配对搭档的安排，使二者相映成辉或各显特色。朱仝和雷横是一对，都是郓城县的都头，遇事总是一起出场。他们有两次大的合作行动，即捉拿叛贼晁盖和杀人犯宋江。两人都与晁、宋朋友交厚，出于义气也都有放走晁、宋的心意，然而表现在具体的行事动作中，却是朱仝处处高过雷横一着，不露痕迹地既放了人又见了情，显示出"朱仝巧、雷横拙，朱仝快、雷横迟"的不同个性特色。《水浒传》中运用比衬手法，使人物性格刻画做到"同而不同处有辨"，其艺术手法的成就是十分突出的。

"别一部书，看过一遍即休。独有《水浒传》，只是看不厌，无非他把一百八人性格都写出来。"（金圣叹《读第五才子书法》）写出人物性格，正是塑造"典型环境中典型性格"的现实主义创作原则的体现。《水浒传》作者借助于多种艺术手法的运用，创造出了"人有其性情，人有其气质，人有其形状，人有其声口"的具有鲜明个性的人物典型，无疑应是明初文坛上我国古典小说现实主义创作成熟的一面光辉旗帜。

"天下文章当以趣为第一"——《水浒传》情节的传奇性、惊险性

施耐庵就像一位魔术大师，他能变着法儿吸引住读者，使他们始终怀着巨大的兴趣和热情，关注书中人物的命运，追踪故事演变的结局。能诱发读者如此浓烈兴味的突出因素，乃在于作者情节设计的独特艺术匠心，是在"奇"和"险"上大做文章，不仅重大事件铺排得龙腾虎跃、气势非凡，即使是细小关目也绝不掉以轻心，一样叙写得千曲百折、摇曳多姿。

"文章之妙，无过曲折"——情节的峰回谷转、跌宕多姿

《水浒传》作者运用"倒插跌转""层次递进""节律转换""悬疑设置""戏剧性冲突"等多种方法，筑叠起情节发展的起伏曲折之势，于"情理之中"配制出"意料之外"的传奇色彩。

倒插跌转：宋公明二打祝家庄失利，按理应立即组织兵力进行第三次进攻。然而，作者却于此处突然截住情节发展的趋势，笔锋倒转至登州城二解争虎越狱的叙写，使故事的直线进程来一个回旋跌转，从而筑成文势的屈曲。

又如第六十三至六十六回，叙写的是梁山义军攻破大名府救取卢俊义、石秀的故事。在经过奋战，取得降关胜、擒索超的一系列胜利之后，本应乘胜进军，谁知却节外生枝，主帅宋江背上长起了痈疽。于是作者中断主线情节发展，插进张顺去建康请神医安道全的一大段文字，使文势一波三折。这种方法，被金圣叹形象地叫做"横云断山法"。

层次递进：用徐徐入扣、节节递进、渐趋过渡的方法，铺演出情节的细腻层次，使文势迤逦起伏，金圣叹称之为"月渡回廊法"。

第十五回吴用对阮氏三兄弟的试探说服工作，就是在这种渐渐写来、层层铺叙的笔墨中展开的。吴用来到石碣村阮小二家，看到的是"枯桩上缆着数只小渔船，疏篱外晒着一张破鱼网，倚山傍水，约有十数间草房"，一派衰破的渔村景象，文气舒缓。接着，作者又细细地勾描出三兄弟的长相、穿戴以及各自的个性特色。这一段文字已是很细致曲折的了，但还未进入正题。

水阁饮酒，吴用提出要十多斤重的鲤鱼，是为谈话向正题过渡设下一个悬扣。然后从解开悬扣着手，步步递进，直逼到三阮主动说出"若是有识我们的，水里水里去，火里火里去"才正式进入主题。

然而刚一接触正题，话锋就又被吴用从正面试探引向反面测验，他提出了抢夺晁盖财富的建议，这自然遭到三阮拒绝。经过一正一反的探察考验，证明三阮确实是可信赖的伙伴，到这时吴用才把请三阮入伙的底牌亮出。

一场以谈话为主的思想说服工作，竟然写得如此波诡云谲、引人入胜，难怪金圣叹要赞为"非人之所能"的鬼斧神工之杰作了。

再请看第五十四回"黑旋风探穴救柴进"的叙写。高唐城破后，救柴进该是小事一桩了，简单些，几百字即可交待清楚。可是，施耐庵却绝不马虎，他笔意恣肆写得极富波折层次：第一层，释放了监中所有狱犯，就是不见柴进；第二层，搜遍牢房，找到了柴皇城、柴进的一家老小，就是没有柴进；第三层，从狱卒口中得知柴进在一口八九丈深的枯井里，却是不知死活；第四层，李逵下井，摸到的先是一堆骸骨，然后才摸着口内微微声唤的柴进；第五层，李逵第二次下井，这才救上了"头破额裂，两腿皮肉打烂"的柴进。层层推进的文字，使读者在极度焦虑渴望中期待着结局的到来。

金圣叹赞赏"鲁智深野猪林救林冲"的情节，写得"诡谲变幻"："第一段先飞出禅杖，第二段方跳出胖大和尚，第三段再详其皂布直裰与禅杖戒刀，第四段始知其为智深。"要知道，这样分明的层次刻画，完全是由现实生活中的行动逻辑决定的：薛霸高举水火棍朝林冲脑袋劈下去的刹那，棍被隔丢，此时他首先感到和看到的当然是飞到面前的一条铁禅杖。接着和尚跳了出来，然而两个公差于惊心骇目之中，是只能感到和尚形体的胖大而来不及辨认清楚和尚的装束服饰。等两人惊魂稍定，看清了和尚的打扮，却并不认得这个和尚是什么人。最后由林冲"闪开眼看",这才交代出是鲁智深。一步接一步,一层连一层,像生活一样的细腻逼真,又呈现出情节、构思变幻多姿、出人意料的艺术风采,显示了作者无限丰富的生活积累和令人心折的艺术创作功力。

节律转换:通过不同气氛的场面的交错,或者具体冲突形式的转换,使情节布局呈现出张弛、紧松、疏密相间的节奏感,从而使读者在故事的律动中获得愉悦和兴奋。

第十二至十七回是杨志的小传,作者写来是悲喜相继、祸福交加。杨志争取复职的努力受挫,盘缠使尽困居客店。万般无奈,他把祖传宝刀变卖,偏又遇上泼皮牛二纠缠不休,一时性起杀死牛二沦为杀人犯,写尽了壮士穷途末路的失意和悲愤。然而,刺配大名府,杨志却又因祸得福,受到了最高长官梁中书的宠爱。教场比武出尽了风头,前景展现一片灿烂。当然了,从情节主线的发展来看,这一段描写的用意,仅在于为"智取生辰纲"埋下伏线。调配不同气氛的场面,使之形成不同的感观,它的艺术感染力正如金圣叹所说:"天汉桥下,写英雄失路,使人如坐冬夜;紧接演武厅前,写英雄得意,使人忽上春台。咽处加一倍咽,艳处加一倍艳。"(金批《水浒传》第十一回)

再请看第四十二回。金圣叹称赞这回文字写得"险妙绝伦"。其艺术成功主要在于情节铺叙的疏密相间。宋江回家取父,被官兵追赶,逃入还道村,躲进了玄女庙的神橱。搜捉宋江的过程被作者叙写得极为错落有致:第一段写都头赵能、赵得两搜神橱,气氛紧张,情景骇逼,可谓风雨如磐,惊人心魂。第二段宋江梦受天书,耳听莺声燕语,眼观奇花异草,气氛宁静,场面绮丽。第三段李逵等前来救应,宋江逢凶化吉,兄弟相见欢喜,气氛松快,场面喧动。三段文字,三样笔法,熔铸成能有效引发读者审美情感涟漪起伏的情节律动。

悬疑设置:在故事铺叙的紧要关头,突然停拍煞住,构成悬念,从而使情节发展出现一断一续、摇曳多姿的波折。

如第二十八回武松被押上安平寨点视厅,管营喝叫"兜柁的背将起来"先打他一百杀威棒。当执行军汉拿起棍子刚要下手时,管营却忽然改了口——"且寄下这顿杀威棒",一百杀威棒被免掉不打了。之后,他一连几日对武松都是好酒好肉款待,还特意请他进上等牢房安歇。闷葫芦里究竟装的是什么药?不仅武松心里委决不下,"忍耐不住",就是读者也按捺不住,迫切地想知道其中的悬疑奥妙。

"智取生辰纲"的故事，更是作者运用一系列悬念的设置，巧妙地结撰而成：七星聚义商量夺取生辰纲，用什么方法夺取，文中没有明说，只是吴用与晁盖咬耳朵"如此，如此"，设下了一个大悬念。杨志等十五人来到黄泥冈树荫下时，松林里同时也出现了一字儿摆着的七辆江州车，是大悬念下的第一个小悬疑。没半碗饭时又来了一个挑担卖酒的汉子，是第二个小悬疑。七个贩枣子的客人吃了酒没事，而杨志等人却一个个都昏倒在地，是第三个小悬疑。七辆江州车装上十一担金珠宝贝推走了，故事就在这第四个小悬疑中结束。然后，由"我且问你：这七人端的是谁？"的说书人口吻，把大小谜底一一揭开。

这种写法，使文章虚虚实实、真真假假，既成功地写出了"智取"这一特色，又让读者在疑惑期待中怀着极大兴趣来探究事情的原委和真相。杨志醒来，深感有家难奔、有国难投，于是撩衣破步，望着黄泥冈下便跳。这一回的文字到此突然截住，这又是《水浒传》中普遍使用的回末悬念法，它继承自宋元时期的"说话"艺术。

戏剧性冲突：运用"误会""巧合""戏闹"等手法，使情节的设置奇波翻涌，十分富于戏剧性。

第四回，鲁智深打死郑屠，逃到代州雁门县，正挤在人丛里听人读通缉他的榜文，突然有人从背后把他拦腰抱住，扯离人群。原来不是别人，就是鲁智深救助过的金老汉。真是巧遇。但巧而不诞，写得十分自然。

接下去，一场风波由此引出。金老汉请鲁智深至家中用酒食款待。忽然间，二三十个手执木棍、口喊捉贼的汉子打了进来。原来是金翠莲丈夫赵员外因不明真相而造成的一场误会。

可就是这"巧合"和"误会"引起了鲁智深人生道路的极大变化，由一个在逃的提辖军官，成为五台山出家的智深和尚，在情节发展中起到了重要的契机作用。

鲁智深不守戒规大闹了五台山，被智真长老遣送去东京大相国寺。途经桃花村，遇上了小霸王周通强娶刘女一事，他仗义解救，而用的却是"戏闹"的方式：首先，他骗取刘太公相信他会"说姻缘"劝转对方。莽和尚自称会说姻缘，就已令人发噱。怎样"说姻缘"呢？但看他来到新房，将戒刀放在床头，禅杖倚在床边，脱得赤条条地钻进帐子坐在床上。小霸王周通衣帽光鲜来做新郎，迎接他的是黑洞洞、一盏灯也没点的新房，于是只得一头叫娘子一头摸。"摸来摸去，一摸摸着销金帐子，便揭起来，探一只手入去摸时，摸着鲁智深的肚皮，被鲁智深就势劈头巾带角儿揪住，一按按将下床来。""骂一声'直娘贼'，连根带脖子只一拳，那大王叫一声：'做什么便打老公？'鲁智深喝道：'教你认的老婆！'拖倒在床边，拳头脚尖一齐上，打得大王叫救人。"刘太公等闻声前来时，看到的是"一个胖大和尚，赤条条不着一丝，骑翻大王在床前打"。这真是令人叫绝的一幅精彩无比的"说姻缘"图。

"一险未平，骤起一险；一险未定，又加一险"——情节的惊险性

惊险的情节，刺激知觉感官，引起心灵震颤，使读者与书中人物在共处于同一种惊吓紧张的状态下，接受了小说给予的无法抗拒的艺术吸引力。《水浒传》作者构造惊险情节的手法又分两种：

层层追险：第三十七回写宋江在揭阳镇的遭遇，就是这种手法的典型运用。

宋江资助病大虫薛永冒犯了镇上一霸的穆家兄弟，镇上所有的酒铺客店都被通知不许供给宋江等吃喝住宿。第一险：眼看红日西沉，天色昏暗，宋江等无处可以栖身。好不容易投宿到一家庄院，却冤家路窄，偏偏是对头的家里。第二险：宋江等慌忙挖开后壁逃了出去，却是"不到天尽头，早到地尽处"，前面一条大江拦住。后有追兵，前无去路。第三险：绝路中芦苇丛里一只小船摇了出来，宋江等急忙上船。当三人庆幸终于摆脱了这场灾难时，一把明晃晃的板刀已被梢公从舱板下摸出来了。真是"万里黄泉无旅店，三魂今夜落谁家"，定然有死无生了。确是层层追险，险到了绝处。

急事偏用慢笔：第六十五回，宋江领兵攻打北京城，突然背上长痈，生命危急。张顺奉命去建康请神医安道全。救人如救火，救宋江则更非一般，因此"急"是书中人物和读者共同的心理。

急杀人的事情，作者却偏偏要在"慢"字上做文章。他不让张顺一帆风顺直达建康，而是一路之上险情迭起：刚到扬子江边就遭抢劫，差一点吃了板刀面；甫能见到安道全却又被烟花李巧奴阻拦，又不得不行凶杀人；回途的船上则又杀死张旺，除害报仇。几经波折，等安道全赶到梁山时，宋江已是"口内一丝两气"了，正如众好汉所叹，"险不误了兄长之患"。写的就是这个"险"。情节的曲折惊险，把读者焦急忧虑的心情提升到最高度，从而使这一段描写紧扣读者心弦。

又如第四十回。宋江、戴宗被蔡九知府以谋叛罪定为死刑。谋逆之人，决不待时，第二天就要押赴市曹斩首。幸有黄孔目的周旋，延迟了五日。第六日一到，已是山穷水尽了。宋江、戴宗的性命如何，梁山义军能否及时赶来搭救？令读者忧急万分。

可作者此时却偏偏不急于向读者交底，反倒是不厌其详地对宋、戴二人绑赴法场的前后过程，作了方方面面的铺叙。先叙写了牢狱外各种准备布置的情况：清晨打扫法场，饭后点起士兵、刽子手牢前伺候，巳牌时分狱官禀请监斩，孔目呈犯由牌判"斩"字，最后还将贴犯由牌的芦席也写了出来。接着细写如何打扮牢里的宋、戴二人：

把两个辫扎起，将胶水刷了头发，绾个鹅梨角儿，各插上一朵红绫子纸花，青面圣者神前，各与了一碗长休饭、一杯永别酒。

然后再叙宋、戴在法场上的情景：

二人被押到十字路口，枪棒团团围住，宋江面南背北，戴宗面北背南，纳坐在地，只等监斩官来开刀。

接着又把围观众人如何仰面细读犯由牌的情况描述了一番。洋洋洒洒，面面俱到，一笔不漏。终于知府来到，只等午时三刻行刑了。一般地说，写急事笔墨不宜繁多，以免缓解文势，可《水浒传》的作者却反其道而行之，急事偏多用笔，出现了相反相成的艺术辩证效果："使读者乃自陡然见有'第六日'三字便吃惊起，此后读一句吓一句，读一字吓一字，直至两三页后，只是一个惊吓。"（金圣叹《水浒传》三十九回批语）使忧急的情势得到了极度的渲染。

作为"某种性格典型成长和构成的历史"（高尔基《论文学》），情节是为塑造人物性格服务的。因此，决不能脱离情节构思的这一主要宗旨，去单纯地追求故事的荒诞离奇。《水浒传》情节的惊险曲折，是建立在充分展示人物性格的基础之上的，情节和人物血肉连结，因此《水浒传》的情节是真实的、丰富的，也是典型的。

综上所述，《水浒传》的作者成功地运用现实主义创作方法，真实地再现了历史生活中极其深广的社会内容和重大尖锐的现实斗争，在作品的思想内容上取得了前所未有的突破性成就；而在小说的艺术创作上，则以人物典型的成功塑造，故事情节的新颖构思，为明、清白话小说的创作发展，提供了丰富的创造性经验。

《水浒传》人物性格的鲜明独特，情节故事的传奇、惊险，对我国古典小说艺术风格、创作手法的民族特色的形成，产生了深远的影响。如此等等，《水浒传》也就当之无愧地成为了我国古典小说发展史上继往开来、奠基开路的一座时代高峰。

总之，施耐庵凭着深厚的生活积累，丰富的人生经验，高深的文学素养，娴熟的文字技巧，多样化的艺术表现手法，以及对阅读者审美心理的准确把握，终于完成了时代落在他肩上的历史使命，创作出了这样一部千秋传颂的不朽杰作。

然而，读者在击节叹赏《水浒传》动人的艺术魅力时，也应看到它在艺术创作上的某些不足。李卓吾在《水浒传》第九十七回的评语中说："《水浒传》文字不好处，只在说梦、说怪、说阵处，其妙处都在人情物理上。"确实如此，书中某些战争场面的叙写单调繁琐、令人生厌，特别是那些神道迷信、降魔斗法的描述，更是荒诞无稽，违反了现实主义的创作精神。至于人物形象的刻画，则前后有差很不平衡。一般地说，英雄们在上山前描写得都很精彩，上山后就缺乏个性，平庸而无生气。个别英雄形象的风貌甚至遭到严重的破坏。

例如，曾经大闹五台山，热烈追求海阔天空、自由个性的鲁智深，到头来竟然在圣僧罗汉的显灵指引下，活捉方腊建立奇功，随后又于六和寺忽然顿悟，"听潮而圆，见信而寂"，成为"放下屠刀，立地成佛"的圣僧了。这样的描写不能不说是对鲁智深性格发展内在逻辑的严重背反。如此等等，都是有损于全书的艺术光彩的。

二 神州何处觅踪影？——《水浒传》作者之谜

尽管明清两朝的官府都曾下令严禁《水浒传》的刊刻流播，致使"老不读《三国》，少不看《水浒》"的口谚，也在民间盛传了几百年，然而《水浒传》这部亘古未有的长篇白话小说，非但未被销毁禁绝，反倒老少皆知、家喻户晓。

能撰写出这样一部弘扬正义、撼人心魄的英雄史诗的作者，自然是一位具有渊博学识、超凡才智、高尚品格、锦绣文心的杰出人物。那么，他是谁呢？施耐庵？罗贯中？抑或施作罗续？

这几种说法历史上都出现过：现在所能看到的《水浒传》的最早本子——明嘉靖武定侯郭勋刻残本和明万历十七年（1589年）年天都外臣序本，

有关作者都题作"施耐庵集撰，罗贯中纂修"。明代最早著录《水浒传》及其作者的书目——嘉靖十九年高儒自序的《百川书志》卷六，则记为"《忠义水浒传》一百卷。钱塘施耐庵的本，罗贯中编次"。到了明末清初，金圣叹删改的七十回本《水浒传》问世，编著者的署名始改为"东都施耐庵撰"。金圣叹还首次提出了"施作罗续"说（七十一回前为施作，招安、平方腊等为罗续）。而鲁迅先生在《中国小说史略》中，则推断施耐庵可能是《水浒传》的最后加工者。依据上述的题署和载录，我们把《水浒传》的著作权主要归之于施耐庵，该是不成问题的。当然了，也不应忽视罗贯中对《水浒传》成书的编订修润之功。

然而，这两位扬声艺苑、饮誉环海的文坛巨擘，他们是哪朝哪代的人，有着什么样的家世生平？要回答这些问题，可就迷雾重重、十分困难了，因为记载他们的有关史料太少了——不仅宋元著作中找不到他们的踪迹，就连明人著录里，也是"神龙见首不见尾"，只能看到一鳞半爪，难睹真容。

施耐庵的合作者罗贯中的事迹，最早可见于明初贾仲明的《录鬼簿续编》："罗贯中，太原人，号湖海散人。与人寡合。乐府、隐语极为清新。与余为忘年交。遭时多故，天各一方。至正甲辰复会。别后又六十年，竟不知其所终。"

"至正"为元惠宗年号，"甲辰"是公元1364年。根据这段文字我们知道，罗贯中是元末明初太原人。此外也有一些记载说他是"杭人""钱塘人""编撰小说数十种"（明·郎瑛《七修类稿》、田汝成《西湖游览志余》）。这样，对罗贯中的身世，我们可以约略地作如下的勾勒：可能他原籍太原，曾经流寓于书会才人集中的文化商业中心钱塘杭城，在那里较长时间地从事通俗小说的编撰创作。

至于施耐庵，人们几乎找不到一点有关他身世的确切记载，仅有明胡应麟《少室山房笔丛》卷四十一"然元人武林施某所编《水浒传》，特为盛行。……其门人罗本亦效之为《三国演义》，绝浅陋可嗤也"的简略记叙，说施耐庵是元朝武林人（即今钱塘杭州。这与《百川书志》"钱塘施耐庵的本"相一致），罗贯中是他的弟子、门人。我们把这一条内容与《录鬼簿续编》的记载联系起来，至少可以确定，施耐庵的生活年代，大致离不开元末明初这一时期，而他与罗贯中合作编撰《水浒传》的地点，则应在钱塘武林（即今杭州）。遗憾的是，除此之外，施耐庵的生平事迹竟一无所考了。

对于这样一部被誉为能与《史记》媲美的"第五才子书"（金圣叹称

《庄子》《离骚》《史记》《杜甫诗》《水浒传》《西厢记》等著作为"古今六大才子书")——《水浒传》的作者施耐庵，人们是敬佩、热爱的，想见其为人的。他那谜一样的身世拨动着无数文人学者的心弦。于是，从20世纪初以来，学界对于施耐庵其人的探考也就一直不绝如缕。待到改革开放的20世纪80年代，学术研究获得了前所未有的最佳环境气氛，无论是文物史料的搜集考定、信息资材的交流汇集还是创新思想的开拓争鸣，都处在了极为有利的条件之中。这样，一个探索施耐庵身世之谜的热潮，也就顺天应人地在全国范围内兴起，出现了诸说蜂起、纷纭争辩的空前盛况。概括起来，当前主要的分歧说法约有三种：

第一种是托名说。这是20世纪20年代初胡适首创的："施耐庵大概是'乌有先生''亡是公'一流的人，是一个假托的名字。"（《水浒传考证》）鲁迅先生也"疑施乃演为繁本者之托名"（《中国小说史略》）。当代部分学者发展了此说，进一步论证施耐庵是明嘉靖武定侯郭勋门客之托名。其主要论据为：《忠义水浒传》一百回，乃是郭勋指使门客仿《三国志演义》编撰而成。为抬高书的身价，把写作时间拉到《三国志演义》之前的宋元时代，并在罗贯中之外虚构了一个施耐庵。（张国光《水浒祖本探考》）

第二种是说宋末元初《靖康稗史》的编者"耐庵"就是著《水浒传》的施耐庵。因此，施耐庵当为宋末元初钱塘人，曾于元初编集了一本简略的《水浒传》。论据有三：一，施耐庵是元人，《靖康稗史》编成于公元1267年，离南宋亡国只有十二年，可见耐庵也是由宋入元，两人生活的年代完全一致。二，施耐庵是钱塘人，据《靖康稗史》序说，此书五种得之于"临安顾氏"，则耐庵与顾氏当为同城好友，对临安相当熟悉，那么两人的活动地点也大致相同。三，是施耐庵《水浒传》反映的是宋徽宗时的故事，《靖康稗史》所记的是靖康祸乱始末，愤叹徽钦二帝降金之耻辱，民族意识强烈。因此，两书在内容和创作精神上相通一致。由此可证，《靖康稗史》的编者耐庵即《水浒传》的作者施耐庵。（黄霖《宋末元初人施耐庵及"施耐庵的本"》）

第三种是说元末明初江苏白驹场人施彦端即《水浒传》的编撰者施耐庵。这一说的主要依据是大量的文献资料和出土文物。重要的约有：明王道生《施耐庵墓志》，袁吉人《耐庵小史》《施氏家簿谱》，施彦端子《施让地照》，施彦端重孙《施廷佐墓志铭》等。根据这些材料以及大丰、兴化等地有关施耐庵的民间传说，研究者们认为，元末明初，在现江苏兴化施家桥和大丰白驹镇一带，生活着一位施让之父、施廷佐之曾祖名彦端字耐庵的人是可信的，而施彦端就是著《水浒传》的施耐庵。（《对江苏省所发现的关于〈水浒传〉作者施耐庵文物史料考察报告》）

上述三种观点和持论者，都能在掌握一定史料的基础上，通过细致入微地勾稽探考、推论分析，撰成代表一家之言的具有一定分量的研究文章，从而也都对施耐庵身世的探揭，作出了巨大而有效的努力。尤其是"白驹施耐庵"说，以其材料的丰富、观点的鲜明、结论的肯定，震动了论坛，并由此引发了全国水浒研究界空前未有的一场激烈争辩，不同见解的专家学者几乎全都参与了这场热烈非凡的论战。然而在现时的情况下，争论各方也都因缺乏充分过硬的材料实证和无懈可击的严密论证，无法取得能排除任何反证的令人信服的科学结论。

封建文坛对通俗小说家的轻视排斥，造成文献史料的严重缺乏；历史年代的漫长久远，又使得这位伟大小说家的行踪实迹遗亡湮没；要从这朦胧渺茫、如山史案中寻访到施耐庵的踪迹，确实是极为艰巨复杂而又不得不是一个漫长曲折的过程。过程的终点在哪里呢？谁也不得而知，无法给予回答。它有待于水浒研究界的专家学者和广大爱好者，同心协力地寻秘索隐、不懈探求；要求不同观点的持有者们，本着实事求是追求真理的科学态度，通过讨论和争辩消释分歧、取得共识，在不断深入的施耐庵研究过程中，译破一个一个的谜团，从而使中国小说史上的这个百年悬案，有朝一日真相大白。

三　瓦舍勾栏唱彻忠义魂——水浒题材的史实依据及故事的流传演变

毫无疑问，长篇白话小说《水浒传》的成熟诞生，是施耐庵、罗贯中的伟大创造，但它不是他们二人一无依傍的凭空结撰。《水浒传》之所以能在元末明初呱呱问世，是经过了由宋到元二百余年的孕育历程的，凝结着无数下层文士、民间艺人的心血才智。

《水浒传》的题材是有一定的史实作依据的。据史书记载，北宋徽宗宣和年间（1119—1125年），曾爆发了以宋江为领袖的农民起义："淮南盗宋江等犯淮阳军，遣将讨捕。又犯京东、河北，入楚、海州界，命知州张叔夜招降之。"（《宋史·徽宗纪》）"宋江以三十六人，横行河朔、京东，官军数万无敢抗者，其材必过人。"（宋·王偁《东都事略·侯蒙传》）这支队伍攻城略地，"转略十郡，官军莫敢撄其锋"（《宋史·张叔夜传》），表现出了强悍的威力和气势，它惊碎了徽宗皇帝夜夜追欢、朝朝取乐的美梦。于是，朝野震动，四方调兵，遣将讨捕。也有一些统治经验丰富的大臣上书建议："今青溪盗起，不若赦江，使讨方腊以自赎。"（《宋史·侯蒙传》）在武力剿捕与和平诱降双管齐下的镇压中，有关起义的结局，历史记载说法不一：有说是被张叔夜招降，也有说是被捕平定。而据鲁迅先生的考定，宋江等"山泊健儿终局"是被"杀降"的。（《中国小说史略·元明传来之讲史》）

宋江起义的事迹很快在民间流播。人民群众根据自己的审美意愿，编制出了宋江等三十六好汉的种种奇闻异说，它们经过不断地辗转繁变，一种最早的极富传奇色彩的梁山故事便形成了。从南宋遗民龚圣与所写的《宋江三十六人赞》序中，我们可以看到这种传说的盛况：

"宋江事见于街谈巷语，不足采著。虽有高如、李嵩辈传写，士大夫亦不见黜。余年少时壮其人，欲存之画赞，以未见信书载事实，不敢轻为。"

这段文字清楚地说明，不只是南宋民间的"街谈巷语"中流传着宋江的故事，而且宋江的故事还受到下层文士的关注，有高如、李嵩等画手为之传写画像。而故事中人物壮伟的英雄气概又使少年龚圣与无比激动，要为三十六好汉凭画作赞。后来，龚圣与在《东都事略·侯蒙传》中，看到了有关宋江事迹的记载，就果真给三十六人每人写了一首赞辞。赞辞主要是根据人物的绰号制作的，如呼保义宋江："不假称王，而呼保义。岂若狂卓，专犯忌讳?"活阎罗阮小七："地下阎罗，追魂摄魄。今其活矣，名喝太伯。"等等。《宋江三十六人赞》初次完整地记录了三十六人的姓名和绰号，其中三十六人的姓名较之《大宋宣和遗事》所载则稍有变动，改阮进为阮小二，改李海为李俊，改王雄为杨雄，与《水浒传》更为接近。（参见南宋·周密《癸辛杂识续集》）

这些流传于南宋民间的"宋江故事"，可以说便是孕育长篇小说《水浒传》的早期胚芽。

现在我们再来看看，梁山故事是什么时候、通过怎样的形式，由口头流传进入到最初的文字创作的。

广大群众对水浒故事的喜爱，必然要反映到民间说唱艺术中。南宋的说话艺人就曾大量从梁山故事中取材来讲述演唱。例如，南宋罗烨《醉翁谈录·小说开辟》中所记的"说话"目录，就有公案类"石头孙立"，朴刀类"青面兽"，杆棒类"花和尚""武行者"等。说话艺人讲说故事，主要靠他们的"各运匠心，随时生发"，但仍是有底本作凭依的。说话艺人述演梁山故事所依据的底本（即话本），也就是水浒故事由口头流传进入到文字创作的开始。要说清这个问题，如果仅有上引的简单目录可资参考，那是很难的。值得庆幸的是，有一本联缀了若干单篇、具有较大规模的梁山聚义话本——南宋遗民所作的《大宋宣和遗事》流传了下来。可以这样说，《大宋宣和遗事》中所记叙的梁山故事，已定下了长篇小说《水浒传》情节发展的基本路子——它写到了宋江等三十六人反上梁山的始末：

1. 押运"花石纲"，杨志、李进义、林冲、王雄、花荣、柴进、张青、徐宁、李应、穆横、关胜、孙立十二个指使，结义为兄弟。杨志雪困颍州误了限期，卖宝刀时杀死了厮争的恶少，被官府发配卫州军城。孙立等十一人在黄河岸边等到杨志，杀掉押送军人，同往太行山落草。

2. 北京留守梁师宝送十万贯金珠珍宝为蔡太师上寿，在担送京师的路上，被晁盖、吴加亮、刘唐、秦明、阮进、阮通、阮小七、燕青八人，用药酒麻倒押送挑夫，劫走了"生辰纲"。案发后，得郓城县押司宋江报信，于是晁盖邀约杨志等共二十人结为兄弟，逃往太行山梁山泊落草。

3. 梁山好汉送金钗一对酬谢宋江，被娼妓阎婆惜得知。阎与吴伟有私，于是更不理睬宋江。宋江怒杀二人，题反诗于壁，逃难躲进了九天玄女庙。追兵退去后，香案上一声响亮，见天书一卷，上写三十六将姓名。人名之后更有一行字："天书付天罡院三十六员猛将，使呼保义宋江为帅，广行忠义，殄灭奸邪。"于是，宋江带领朱仝、雷横、李逵、戴宗、李海等九人，投奔梁山泊，并被推作首领（此时晁盖已死）。后来又得呼延绰、李横、僧人鲁智深，恰好三十六人数足。

4. 宋江统帅三十六将略州劫县，朝廷无奈，派元帅张叔夜招降。三十六人归降后，各封武功大夫，做诸路巡检使。宋江后来收方腊有功，封节度使。

看了《大宋宣和遗事》中的梁山故事，我们便可看到一部成熟的长篇小说《水浒传》的最初胎形，但也仅仅是胎形而已，因为这些记叙是那样的简单、朴陋，缺少血肉，既没有对聚义基地梁山泊的半点描述，也看不到对英雄好汉个人性格、情事的具体叙写，因此完全没有文学形象可言。尤其要指出的是，书中对宋江等三十六人聚义性质的反映是比较混乱的：一方面写了他们无视王法反叛官府的无畏精神，同时又笼而统之、是非不明地说他们"杀人放火""劫掠子女玉帛"，是一伙不折不扣的绿林强盗。要注意的是，该书已经设置了九天玄女命宋江为帅、"广行忠义,殄灭奸邪"的细节,从而为长篇小说《水浒传》"忠义"思想的宣传、招安结局的描写,埋下了遗传基因。不过在这里,它还仅仅是个空头说教,与宋江等的行事游离不合。

到了元朝,梁山故事出现了引人注目的发展和变化。在代表元代文学最高成就的元杂剧里,以梁山故事为题材的戏目就有三十四种(据傅惜华《元代杂剧全目》)。虽然流传至今的只有十种,大部已无法见其全豹,然而我们从《燕青射雁》《折担儿武松打虎》《张顺水里报冤》《宋公明劫法场》等剧名,以及现存的《梁山泊李逵负荆》《黑旋风双献功》《争报恩三虎下山》《鲁智深喜赏黄花峪》等剧作,也可看出梁山故事到了元朝是有一个大变化、大发展的。表现在:

1. 第一次较为具体地描叙出了一个规模阔大、气势雄伟的梁山水泊大寨:"寨名水浒,泊号梁山。纵横河港一千条,四下方圆八百里。东连大海,西接济阳,南通钜野金乡,北靠青济兖郓。有七十二道深河港,屯数百只战舰艨艟;三十六座宴楼台,聚百万军马粮草。"(无名氏《鲁智深喜赏黄花峪》杂剧)《大宋宣和遗事》中一句简单的"太行山梁山泊",到了元杂剧中不仅声势张大,而且地点也由河北太行山转移、固定到了山东的青济兖郓一带。

2. 梁山聚义的中心成员,也由《大宋宣和遗事》中的三十六人,扩大到了"三十六大伙,七十二小伙"的一百零八将,外带"半垓来喽罗"(高文秀《黑旋风双献功》杂剧),从而形成了一支能攻城略地、使官军闻风丧胆的浩浩荡荡的反叛队伍。

3. 梁山领袖宋江的经历得到进一步的完备充实:"我乃宋江是也,山东郓城县人。幼年为把笔司吏,因带酒杀了娼妓阎婆惜,迭配江州牢城。路打梁山泊经过,有我结义哥哥晁盖,知我平日度量宽洪,但有不得已的英雄好汉,见了我时,便助他些钱物,因此天下人都叫我做及时雨宋公明。晁盖哥哥并众头领让我坐第二把交椅。哥哥三打祝家庄身亡之后,众兄弟让我为头领。"(李致远《都孔目风雨逐牢末》杂剧)

4. 对梁山义军性质的认识,已由《大宋宣和遗事》中"杀人放火"的草寇,演进为"杏黄旗上七个字:替天行道救生民"的仁义之师。(康进之《李逵负荆》杂剧)在梁山故事的演进中,"替天行道"的口号被首次提了出来。需要注意的是,它不仅仅只是书写在杏黄旗上,它更是杂剧作者们用以结构戏剧冲突、刻画人物性格的思想依据。下面我们以《李逵负荆》《鲁智深喜赏黄花峪》二剧为例,来具体地领略一番。

《李逵负荆》是一出轻喜剧,写梁山泊附近杏花庄酒家王林之女满堂娇,被冒名宋江、鲁智深的贼人宋刚、鲁智恩抢走。李逵来王林家喝酒得知此事,奔上梁山拔出双斧怒砍杏黄旗要杀宋江。为澄清真相,宋江、鲁智深与李逵立下军状,以脑袋相赌,亲至酒店质对,搞清了满堂娇不是宋江所抢。于是李逵惭愧,负荆请罪。宋江命他捉拿凶贼将功折罪。这出戏运用"误会法",热烈地赞颂了梁山英雄为维护"替天行道救生民"的聚义宗旨,不徇私情、高尚爱民的行为品格。

《鲁智深喜赏黄花峪》这本杂剧围绕秀才刘庆甫妻子被抢一事,写了梁山好汉与权豪势要蔡衙内的冲突斗争。戏分三个场景:先是草桥店酒家,刘秀才因抗拒蔡衙内遭吊打,被病关索杨雄相救。第二场,秀才妻被蔡衙内抢走,上梁山状告,宋江派李逵营救。李逵假扮货郎儿救出刘妻,打得蔡衙内逃往云宕寺躲避。第三场,鲁智深接应李逵,在云宕寺捉住蔡衙内,押上梁山处死。戏的结尾,通过宋江的说白:"虽落草替天行道,明罪犯斩首街前。"揭示了梁山聚义抗暴除恶、救民倒悬的正义性质。

元杂剧梁山戏中的这个变化是极值得注意的,它显示了梁山故事演进中的一个质的飞跃,为长篇小说《水浒传》的创作思想定下了基调。《水浒传》接受了"替天行道"的口号,并由此发展成为梁山义军抗官府、受招安的行动的思想基础。但是,我们也必须看到,元杂剧中"替天行道"的实践业绩,主要的表现还是"济危扶困""拔刀相助"式的侠士豪气,以及劝善惩恶的道德寓意,所反映的事件多是恶棍无赖、阔少势要强抢民女、作恶害人之类的社会生活问题,并没有形成梁山好汉与封建官僚统治的政治性矛盾和斗争。元朝的梁山戏虽然很发达,却都是单独成本的,对梁山义军活动的描写也极为粗略分散,人物形象缺乏丰富深刻的性格内涵和激扬动人的艺术光彩。这种文字创作零散简陋与故事流传丰富深厚所形成的不平衡状况,向文学创作界提出了编撰一部结构完整的长篇小说《水浒传》的历史要求。

正如鲁迅先生所说:"元人杂剧亦屡取水浒故事为资材,宋江燕青李逵尤数见,性格每与在今本《水浒传》中差违,但于宋江之仁义长厚无异词。意者此种故事,当时载在人口者必甚多,虽或有种种书本,而失之简略,或多舛迕,于是又复有人起而荟萃取舍之,缀为巨帙,使较有条理,可观览,是为后来之大部《水浒传》。"(《中国小说史略》第十五篇)

这就是说,大部《水浒传》的诞生,已经到了水到渠成的历史发展的必然阶段了。

以上的变化说明，梁山故事的发展，已从胚芽、成胎，渐趋于向成熟的大部《水浒传》过渡。而完成这一过渡的决定性因素，则是在于具有高度思想、文学修养的作家的加工修改和再创造。因为无论是话本还是杂剧，都还只能是为长篇《水浒传》的成书，提供比较丰富的素材和人物形象的简单模型，要把"简略、舛迕"的种种书本荟萃为主题鲜明、结构完整、情节曲折、人物生动的具有高度艺术成就的长篇巨帙，离开优秀作家的艰巨创造是难以想象的。

虽然如此，梁山故事在长期流传演变中所渗透的歌颂起义造反、痛恨压迫剥削的下层民众的爱憎感情和批判精神，以及因民族灾难深重，广大士庶把抵御外族入侵、拯救国家危亡的希望，寄托于绿林好汉而产生的对"忠义"的褒扬，不能不对《水浒传》作者的创作思想起着一定的规范制约作用，从而使《水浒传》的思想倾向呈现出较为复杂的状况。由此来看，《水浒传》也可说是我国古代文学史上，群众集体创作和作家编著相结合的一部典范性作品。

《水浒传》在明初问世后，经过嘉靖、万历年间的广泛流传，版本很多。鲁迅先生在《中国小说史略》中概括为两大种："其一简略，其一繁缛。"繁本（文繁事简）的系统，根据内容基本可分为三类：

1. 一百回本《忠义水浒传》。包括受招安、征辽、平方腊等故事。现存较早的有：明万历十七年（1589年）天都外臣序本《水浒传》一百卷一百回。明万历三十八年（1610年）容与堂本，李卓吾先生批评《忠义水浒传》一百卷一百回。

2. 一百二十回本。出现于一百回本之后，增添了平田虎、王庆的情节。增编者为明末杨定见。因它包括了全部有关水浒的故事，故称《忠义水浒全传》。现存有明万历四十二年（1614年）袁无涯刻的原刊本。

3. 七十回本。即金圣叹批改删定的《第五才子书施耐庵水浒传》。金圣叹改原书"引首"、第一回及第二回的一部分为"楔子"，再把原本七十一回以后全部删掉，然后伪造卢俊义做噩梦，以一百零八将全部被杀作为结束。七十回本出来后，其流传和影响大大超过百回本和百二十回本。现存较早的有明崇祯旧刊贯华堂大字本、清顺治丁酉桐庵老人序的坊刊王望如加评本。

简本（文简事繁）系统现存的较早本子有：京本增补校正全像《忠义水浒志传评林》二十五卷、新刻出像京本《忠义水浒传》十卷一百一十五回、《水浒传》二十卷一百一十回（明·雄飞馆合刻《英雄谱》本）、《水浒全传》

十二卷一百二十四回等。简本乃是书商们为了盈利对繁本滥加刊削而粗制滥造出来的，在人物刻画、情节安排、文字描写等方面都存在着不少的错误和漏洞，因而艺术价值是不高的。明人胡应麟早就作过批评："余二十年前所见《水浒传》本尚极足寻味。十数载来，为闽中坊贾刊落，止录事实，中间游词余韵神情寄寓处一概删之，遂几不堪复瓿。复数十年，无原本印证，此书将永废。"（《少室山房笔丛》四十一）

四　青史万年播俊豪——梁山五大英雄解读

（一）留得李逵双斧在，世间直气尚能伸——黑旋风李逵

李逵是《水浒传》中一位最勇猛、最坚定的战斗英雄。一提起李逵，人们马上会联想到他那从不离身的两把板斧和赫赫有名的绰号——黑旋风。在万恶的封建社会里，李逵确实像一股扫荡黑暗势力的强大旋风，而他手中的板斧则是起义农民反抗精神和斗争力量的象征。然而，这位铁牛式的人物却是作者较多地运用喜剧性手法创作出来的一个艺术典型。人们喜爱他，不仅在于他对梁山事业的赤胆忠贞，还由于他那憨直、天真的个性，而这一切又都是通过他那独特的粗鲁、蛮勇姿态表现出来的。

李逵的出场就充满喜剧性。作者用夸大他的粗蛮来制造喜剧气氛。他是一个"但到处便惹事"的极不安分的人物，所以人未见，在楼底下寻主人家借钱的"喧闹"声就已经传到了楼上。戴宗引他会见宋江，日常的礼数他全不懂，张口就是一句："这黑汉子是谁？"粗鲁直率得可爱。他也不懂得什么叫谦让，宋江给他十两银子，他接得银子，便道："却是好也！两位哥哥只在这里等我一等，赎了银子便来送还，就和宋哥哥去城外吃碗酒。"转身就去赌房。不想，他又全部输光。这下子他可急了，连忙说："我这银子是别人的。""没奈何，且借我一借，明日便送来还你。"如此乞求软语从一个黑煞天神似的硬汉口中吐出，令人发噱，正如金圣叹所批："铁牛作此软语，越可怜，越无理，越好笑，越妩媚。"谁知小张乙不买账，一口拒绝，于是他就又使蛮惹事了，不光夺回了自己输掉的十两银子，还把其他人的赌银也一起抢了过来。这里，作者用夸张的手法突出刻画了李逵的粗蛮，但却又绝不使其等同于赌棍无赖：一则抢银动机是为了招待宋江，含有"义"的因素；二

则他一向憨直，这回是情急，一时耍赖；三则当丑行被宋江等发现时，他"惶恐满面"，有着很强的是非羞耻之心。这样，人们对李逵的取闹非但不觉可憎，倒像宋江所说的那样"敬他真实不假"。

李逵的表演还在继续进行。琵琶亭酒楼，三人饮酒，宋江、戴宗都很斯文，唯独李逵吃鱼用手捞。捞完了自己碗里的，见宋、戴放箸不吃，便又不客气地说："两位哥哥都不吃，我替你们吃了。"于是伸手去宋江碗里捞来吃了，又去戴宗碗里也捞过来吃了，滴滴点点淋了一桌子的汁水。这个细节虽然是极富喜剧性的夸张，对于塑造李逵个性却是生活气很浓的精彩之笔。

李逵是崇尚行动的，他的口头禅就是"我只是前打后商量"。所以，一听得宋江想吃鲜鱼汤，跳起来就奔江边讨活鱼。至于用什么方法才能讨到鱼，他是不考虑的。于是搅乱了鱼市，与鱼牙主人张顺打得不可开交。"黑旋风斗浪里白条"，清波里，碧浪中，白色骄龙与黑色猛豹打做一团，绞做一块。这充满喜剧情趣的场景，把李逵莽撞急躁、好心办不得好事的个性弱点，无比生动地显现了出来。最后，作者把李逵的表演定格在一个特写镜头上：用两个指头把卖唱姑娘额上的一层油皮点脱，姑娘大叫一声，蓦然昏倒在地。从而让李逵为自己的粗鲁蛮急，再浓浓地抹上一道油彩。

利用李逵的出场，作者集中了人物一连串滑稽风趣的语言、行动，通过带有闹剧特点的情节、场景的铺叙，对人物的个性刻画加以强化，于是在浓烈的喜剧效应中，一个十分逗人喜爱的活生生的李逵就站立在读者眼前了。

运用幽默的喜剧手法，作者使李逵的性格更加丰富，更具色彩。李逵是个粗人、直人，可有时也会使点儿小心眼，耍点儿小聪明。胸无点墨、心肺透明的李逵，竟然也要搞权术，后果只能是适得其反，人们的笑声反衬出他的率真和憨直。

第五十三回，李逵与戴宗做伴去蓟州寻访公孙胜，事先说定不许吃荤，可才离高唐州二十来里，他就要买酒吃，公然说："便吃些肉，也打什么紧。"到了晚间，他果然背着戴宗偷吃酒肉。怕戴宗发觉，一贯粗野的他也学起了斯文样，"自暗暗地来房里睡了"。自以为得计，却早被戴宗识破，第二天作起神行法，惩治得他脚不能点地，直冲着戴宗叫爷爷求饶，把偷吃牛肉的秘密也和盘托出。

第五十四回，为救陷在深井里的柴进，李逵毫不犹豫地大叫"等我下去"，但紧接着却说了一句："我下去不怕，你们莫割断了绳索。"担心遭暗算。一旁的吴用听了说他"忒奸滑"。其实，写他的这种一眼就能被识破的

"奸滑",正是为了反衬出他本质的朴质与天真。

李逵虽然憨朴粗莽,但面临大是大非却态度鲜明,十分清醒。江州劫法场,他不怕刀斧箭矢,出力最多;宋江提议上梁山,他第一个跳起来响应:"都去,都去!但有不去,吃我一鸟斧,砍做两截便罢!"《水浒传》书中,多次提议"杀去东京,夺了鸟位""晁盖哥哥便做了大皇帝,宋江哥哥便做了小皇帝,吴先生做个丞相,公孙道士做个国师,我们都做个将军"的改朝换代要求的只有李逵一个。在反对"招安"的态度上李逵最坚决,行动也最激烈:"黑旋风便睁圆怪眼,大叫道:'招安,招安,招甚鸟安!'只一脚,把桌子踢起,撷做粉碎。"

然而必须指出,李逵这些坚定、勇猛的优良品性,却又都是以粗莽蛮干的形态表现出来的。他乱冲乱杀,不考虑后果,不讲究策略。劫法场时,他只顾往前冲杀,排头砍去,杀了许多无辜看客,以致把劫法场的好汉引到了江边断头路的绝境。他杀得性起,甚至要把白龙神庙里的庙祝也搜来一并杀了。而当人们问他,前无去路怎么办时,他的回答是,再杀回驻有五七千军马的江州城中,根本不想一想,梁山此时统共才二三十个头领百多号人马。对于李逵的这种特性,有人从心理学角度指出,他是个"情绪型"的人物。他的行动常常受愤怒或快乐这两种情感冲动的支配,缺乏应有的理智和自控。

他只图杀得痛快,三打祝家庄时,不管扈成已经投降,把扈太公一门老小全杀光,破坏了宋江分化敌人的作战策略。荆门镇刘太公女儿被宋江所抢的哭诉,引起他难以遏制的愤怒,根本无法思考事情的真假原委,立即上山砍倒杏黄旗,拿着双斧直奔宋江。从主观上看,他的举动反映了他对"救困济危"梁山原则的坚决维护,对人间龌龊不平的极度痛恨,不徇情面,无私无畏,但毕竟无的放矢冤枉了好人。像这样出格的事情,李逵做了不少,动机与结果往往相背,好事做成了坏事。从社会学的角度来分析,李逵的勇猛与粗蛮,体现了农民小生产者对封建统治阶级的刻骨仇恨与坚决反抗,而这种仇恨与反抗又往往带有一种自发盲动、狭隘复仇的特点。

那么,作者在描叙重大事件中李逵的言行时,笔底是否仍带有喜剧因素呢?回答是肯定的。不管怎样严肃紧张的争斗冲突场合,只要有李逵在,就定然会蒙上一层喜剧色彩,因为作者总是赋予李逵言行以独特的表现形式。

如江州劫法场:"又见十字路口茶坊楼上,一个彪形黑大汉,脱得赤条条的,两只手握两把板斧,大吼一声,却似半天起个霹雳,从半空中跳将下来。"第六十二回也写了石秀跳楼劫法场,我们就绝然见不到像李逵这样令人绝倒的模样。

第七十五回，朝廷派陈宗善上梁山招安一百单八将，跪在堂上拱听开读诏书的却只有一百零七人，单单不见李逵。诏书刚一读完，"只见黑旋风李逵从梁上跳将下来，就萧让手里夺过诏书，扯得粉碎，便来揪住陈太尉，拽拳便打。"这一招，只有李逵想得到，做得出。再看看他的一番绝妙言词："你那皇帝，正不知我这里众好汉，来招安老爷们，倒要做大！你的皇帝姓宋，我的哥哥也姓宋，你做得皇帝，偏我哥哥做不得皇帝！你莫要来恼犯着黑爹爹，好歹把你那写诏的官员，尽都杀了！"这样的快论、确论，带着幼稚和天真，除了李逵还有谁能说得出？

不可否认，李逵的粗蛮以及嗜酒赌博、耍泼使性等缺点、弱点，反映了游民甚至是草寇的习气，但这是李逵的社会地位和生活境遇所打上的烙印，作者没有忽略这些，所以写出了一个真实的李逵。李逵是一个源于生活而又比现实生活要高的农民英雄典型。

（二）禅杖打开危险路，戒刀杀尽不平人——花和尚鲁智深

鲁智深是作者理想型的英雄典型。仗义救人、济困扶危的梁山原则，在鲁智深的行为实践中体现得最为自觉主动。第三至第九回的小传中，写了他路见不平、拔刀相助的两件大事：渭州城救金老汉父女三拳打死镇关西；野猪林救林冲触犯了权奸高太尉。这两件事情，使他的人生轨迹转向，由服务朝廷的边关军官变为叱咤风云的起义战将。

显然，对于鲁智深来说，转变的原动力不是外来压迫，而是蕴藏在他心灵中的对清平世界的热烈追求。他与金老汉父女素昧平生，与林冲夫妇也是新交初识，彼此间可说是没有半点的恩情瓜葛，因此他的救助是纯粹无私的，完全是出于对受迫害者的深切同情和对封建压迫者的切齿痛恨。无私也就能无畏，什么军官头衔、朝廷王法全不放在他眼里。军官当不成了就去当和尚，后来连和尚也当不成了，就干脆上了二龙山。崇高的精神产生崇高的行为，也引发读者崇高感情的艺术共鸣："写鲁智深为人处，一片热血，直喷出来。令人读之，深愧虚生世上，不曾为人出力。"（金圣叹《水浒传》第二回批语）

作者赋予鲁智深形象以理想的光辉，却又绝不让人物成为意念的传声筒而使其性格单一、形象扁平。鲁智深是个有着极为丰富的生活根基和极强生

命活力的性格丰满的艺术典型。这个形象的总体风格是"阔大",除了他,梁山好汉中任何一个都不具有这样的气质风采:面圆耳大,身长八尺,腰阔十围,是形体的阔大;揸开五指一掌打得店小二吐血,一条禅杖六十二斤,使起来飕飕地转,一棵柳树连根倒拔,是出手动作的阔大;豪杰好汉一见如故,倾心相待舍身相助,是交友的阔大;遇弱便扶,遇硬便打,是胸襟心怀的阔大。"阔大"是鲁智深形象的主要精神风貌,同时,他的性格又具有丰富的层次侧面:

精细明理,有心计

鲁智深由于性急,待人处事有时也很粗鲁,但却粗而不蛮、不愚。重大行动前,他是要作细致部署的。例如,渭州酒楼上哽哽咽咽的啼哭声,曾搅扰了鲁智深与史进、李忠的谈话,焦躁的鲁智深便粗野地把碟、盏等都扔到楼板上。可当酒保把受害的金老汉父女叫到他面前时,他的盘问却是十分地仔细扎实:"你两个是哪里人家?为甚啼哭?""你姓什么?在哪个客店里歇?那个镇关西郑大官人在哪里住?"连珠似地五个发问,把事情原委追究得一清二楚。如果李逵当初在刘太公庄上也能像这样刨根问底,那么就绝不会做出冤枉宋江的傻事儿来了。

实情掌握后,救援金老汉父女的步骤安排得也是非常地缜密周到。有个细节感人至深:天刚微明,鲁智深就亲至旅店帮助金老汉父女出逃。由于担心店小二要赶去拦截,他在金老汉父女走后,从店里掇条凳子,在门口竟然死死地坐了两个时辰。一个铮铮铁汉,为救两个不相关的贫弱小民,能如此地细心、耐心,确是体现了他"杀人须见血,救人须救彻"的热血心肠。野猪林救下林冲后,他并不认为大功告成可以抽身离去,而是对林冲说:"洒家放你不下,直送兄弟到沧州。"正是这种难得的认真和精细,才使林冲得以逃脱魔掌活了下来。

鲁智深的心计从他对镇关西惩罚方式的巧妙设计上也可看出:郑屠是投托小种经略门下的一个卖肉的,针对这种身份职业,鲁智深就以经略相公的名义,叫他把十斤精肉、十斤肥肉细细地切成臊子。尽管这个要求很是苛刻,但却合乎情理,郑屠无法拒绝,于是他也就不动声色地先对这个家伙戏弄羞辱了一番,这样的一步妙棋难道不是鲁智深事先精心构思的吗?

妙棋的第二步就是提出要他切十斤寸金软骨臊子了,这时的郑屠已是明白对方在"消遣"自己,终于羞怒交加,手拿剔骨尖刀直奔鲁智深。郑屠狂怒得好，冲动得好，它正是鲁智深所希望出现的，因为唯有这样，鲁智深的拳脚才下去得着实。如果郑屠像烂稀泥一样的软，鲁智深的拳脚又往哪儿落呢？

鲁智深的通情达理、锦心绣口，在处理小霸王周通强娶刘女一事上，表现得尤为突出。对男婚女嫁的人伦大事，鲁智深的态度是极富人情味儿的，所以当听得刘太公为招女婿而烦恼时，便忍不住呵呵地笑了起来。但婚姻建立的前提必须是两相情愿，因而在得知刘太公的这门亲事是强迫的、不情愿的时，他便认为这桩婚事不合理，决定要管一管。怎么个管法呢？主要的方法是说服调解。请看他劝说小霸王周通的一段话："……他只有这个女儿，养老送终，承祀香火，都在他身上。你若娶了，教他老人家失所，他心里怕不情愿。你依着洒家，把他弃了，别选一个好的。原定的金子缎匹，将在这里。你心下如何？"苦口婆心，句句在理，说得周通心服口服，一场纠纷圆满解决，显示了鲁智深出色的调解才能。

鲁智深的明理卓识，在菊花会反招安斗争中也有展现："当今满朝文武，多是奸邪，蒙蔽圣聪，就比俺的直裰染做皂了，洗杀怎得干净？招安不济事，便拜辞了，明日一个个各去寻趁罢。"几句话表现了他对腐败朝政的透彻认识，而这一深刻认识也正是他一系列正义行动的思想基础。

率性而行，不拘小节

打死郑屠后，鲁智深撒腿一跑了事，像武松那样去官厅自首、把封建律条往自己身上套的蠢事儿，他是不干的。不得已上五台山剃发当和尚，那佛教戒规岂能拘束住他？大闹五台山的举动，是他不受拘牵、海阔天空的自由个性的生动体现。桃花山上他鄙薄李忠、周通的小家子气，于是自己动手踏扁金银酒器拴在包里，来个偷滚下山不辞而别。有人说鲁智深此行不是堂堂丈夫所为，这里用得着金圣叹的几句反驳："堂堂丈夫，做什么便偷不得酒器，滚不得下山耶？益见鲁智深浩浩落落。"

当然了，说鲁智深这样做是不拘小节的磊落行为，不能离开特定的具体环境。鲁智深信奉的是朋友相交其利断金的大道理，而桃花山的这二位却是"好生悭吝"，行的是"把官路当人情，只苦别人"的勾当，所以鲁智深决定用这种特殊的方式叫他们受一受惊，借以表示自己的不满和批评。

同是军官，鲁智深没有林冲的委曲求全、杨志的看重家世官职；都是豪杰，鲁智深不像武松那样牵缠个人恩怨、李逵那样莽撞粗蛮；同为作者的理想人物，鲁智深没有宋江那些功名富贵、封妻荫子的封建伦理思想。鲁智深就是鲁智深。

（三）生死蹉跎英雄泪，叱咤风云壮士功——豹子头林冲

梁山义士与以高俅为代表的封建统治势力的正式冲突，起始于林冲。梁山英雄中，受权奸直接迫害，以至家破人亡、英雄末路的，也只有林冲；变打家劫舍的梁山水寨为抗官军、反贪暴基地的首功人物，也唯有林冲。林冲虽不是统贯全书的核心形象，也是极其重要的骨干人物。作者通过林冲悲剧命运的揭示，为《水浒传》的思想主题谱写下了一个较为确定的调子——官逼民反。

有人说，林冲是逆来顺受的典型，这话只说对了一半。林冲是个知书识礼、谦恭宽容、行事精细谨慎的理智型人物。当妻子受到高衙内调戏时，他愤怒地举起了拳头，却又马上软软地放了下来。为什么打不下去了？因为林冲有他的考虑："不怕官，只怕管。""林冲不合吃着他的请受。"权衡利弊"忍"为上。他不能因一时的泄愤得罪高太尉，砸了自己的饭碗。所以，这一口腌臜气就只好忍了下来。自然，这里有着更为深层的情感原因。与无牵无挂、光棍汉一条的鲁智深大不一样，林冲对权贵迫害取委曲求全态度，是因为他心目中有着更为宝贵的东西需要维护，那就是占据他感情世界中心的贤惠妻子、美满家庭。

然而，他又是一个本领高强、秉性刚正的豪杰英雄，具有痛恨邪恶、不甘受侮的抗争特性。这样，每当他用理智克制感情，对侮辱、迫害取妥协退让、息事宁人的态度时，内心的悲愤痛苦却又是难以平抑的。为妻子的受辱，他郁郁不快了好长一段时间，甚至由此而发出了"男子汉空有一身本事，不遇明主，屈沉在小人之下，受这般腌臜的气"的、对现实政治不满的慨叹。所以，当陆谦卖友设骗，妻子第二次受欺时，他就不怎么逆来顺受了，不光把陆虞侯的家打得粉碎，而且还手拿尖刀一连寻了三天，尽管主要打击目标还不是对准高衙内。

妥协与反抗构成了林冲性格的两重性。而在他这种二重结构性格中，矛盾双方比重的消长，则主要取决于外界压迫力量的强弱。

"树欲静而风不止"。高俅的迫害并不因林冲的隐忍而就此停手。宝刀计坑陷、野猪林闷棍，无一不是要结果林冲的性命。面对令人发指的冤屈，林冲为什么仍然不能冲天而起？一个主要因素，是他心中始终抹不去那温柔美丽的倩影。

　　无情未必真丈夫，水浒英雄中如此儿女情深的只有林冲一人。他野猪林劝阻鲁智深杀公差，沧州牢营苟且偷生当稳囚徒，无一不是为了有朝一日能挣扎回去与妻子团聚。然而，就连这样卑微的生活要求，压迫者也不给他。陆谦的一把火烧掉了大军草料场，虽然侥幸未被烧死，但林冲的活路已走到了尽头，剩下的只有鬼门关一条道了。只有这时，林冲性格中强烈的反抗性、不屈的斗争精神才爆发而出，他一枪搠死了走狗富安，一刀掏出陆谦的心肝，把差拨的狗头割下挑在枪上，英雄豪气光彩照人，往日低声下气的神态一扫殆尽。

　　有一个细节很耐人寻味：林冲杀人后，往东便走。来到一间草屋里，向老庄客讨酒吃，遭到老庄客的拒绝，一向儒雅的林冲竟然也撒开野了，"把手中枪去火炉里只一搅，那老庄家的髭须便焰焰地烧着"，他一顿乱打，打跑了众庄客。向来都是"小人"不离口的林冲，此时却说："都去了，老爷快活吃酒。"竟然也自称"老爷"了。

　　金圣叹定林冲为"上上人物"，但又认为作者把他写得太狠毒，说他"算得到，熬得住，把得牢，做得彻，都使人怕。"（《读第五才子书法》）这个评语有对有不对。

　　以"火并王伦"为例。林冲的这个举动对梁山事业的发展，起了由小到大、由弱变强的转机作用，是件功果非凡的大事。从情感上来讲，对王伦的嫉贤妒才，林冲无疑蓄愤已久，但他熬得住，隐忍不发。晁盖等的到来，使王伦独霸山寨的局势起了变化，有利时机出现了，对此，林冲算得准、把得牢。行动前他又主动访问晁盖，取得联系，于是在吴用等的配合下，手刃王伦一举成功，事情干得彻底漂亮，显示了他思谋精细、行动果敢的个性特色。但绝不能由此而得出林冲"狠毒"，是个"使人怕"的人物的结论。林冲火并王伦，全以大义为重，这从他拥戴晁盖为山寨之主，自己一再谦让的行动可以看出。他不为名、不争利，也不挟私报冤，杀王伦之前，仍然给他以改正的机会："若这厮语言有理，不似昨日，万事罢论。"遗憾的是，王伦本性难移，终于自取灭亡。只有那些为一己私利搞阴谋的角色才是可怕的。而林冲完全是个襟怀磊落、智勇双全、具有儒将风采的伟丈夫。

　　林冲性格的发展告诉我们，如果没有封建统治阶级代表人物的一逼再逼，如果没有家破人亡、小康生活的幻想被彻底打破，他是绝对不会走上梁山的。因此，林冲的道路最典型地体现了"逼上梁山"的"逼"字。而《水浒传》作者对林冲坎坷遭遇、曲折道路的描叙，可说是完全合乎生活发展的现实规律的,其故事的真实、意蕴的深刻、形象的典型,体现了我国古典小说现实主义创作方法的高度成熟。

(四) 景阳冈伏虎显神威,鸳鸯楼歼贼逞英豪——行者武松

武松是水浒英雄中最具艺术魅力的一个典型形象。评点家金圣叹把他赞作"天神""天人",并以之与鲁智深进行比较,认为鲁智深已是人中绝顶,"然不知何故,看来便有不及武松处"。确实,在形象的审美成就上,武松似要略胜于鲁智深。究其原因,恐怕在于武松这个英雄人物与现实生活更为贴近,其喜怒情绪更与常人相似。作者遵循生活的辩证法则,使多种甚至对立的个性因素,有机地统一在人物性格整体中,写出了人物性格质的稳定、单纯和量的繁多复杂,从而使武松的性格层次丰富、立体感强,形象展示更为活灵洒脱。

不错,作者刻意写出了武松"天神"般的英雄光彩,但没有神化。赤手空拳打死了一只吊睛白额大虫,此种"神力"真非凡人所有啊。然而不要忽略,书中也同时揭示了武松打虎前后的怯懦心理。他曾经犹豫退缩,曾经惊慌失措,一顿拳脚之后也是手脚酥软用尽了气力。他的"神力"实在是"置之死地而后生"的特殊环境下迸发出来的。因此,他仍然是个可亲可敬的普通凡人。"写极骇人之事,却尽用极近人之笔。"体现了作者成熟的现实主义创作手法。

作者也着力描叙武松超凡绝伦的"天人"风姿,但并不回避他的庸俗和卑微。作为城市无业游民,武松活得很现实,没有太高的生活追求,当务之急是谋个一官半职。阳谷知县满足了他,让他当上了步兵都头。为此,他感恩戴德,差使服务得十分卖力,甚至亲自为知县押送赃物前往东京。相比鲁智深视提辖官为敝屣,其境界要低下多了,但这却完全符合生活在市井底层的武松一类人的行为心态。

然而,英雄与市侩往往只是一步之差。如果在西门庆、潘金莲伤天害理的罪恶面前,因顾念职役、名利而畏缩不前,那么武松真就是十足的市侩了。武松是英雄。他义无反顾地手刃西门庆、潘金莲,惩办凶手,伸张正义。杀人虽要偿命,但他本来就是"死也不怕"的,更不在意那区区的名利官职了,确实是一个嫉恶如仇、英勇刚烈、敢作敢为的盖世豪杰。

作者在牢牢把握人物本质特征的基础上,把伟大与卑俗两种对立的个性因素,熔铸在统一的躯体中,丰富了人物的性格侧面,分寸的掌握十分恰当。

鲁智深来到人世，似乎专为打抱不平、救人困危，境界极高。而武松就不一样了，虽然他也自称"我若路见不平，真乃拔刀相助，我便死也不怕"，可实际上他的拔刀相助往往与个人恩宠牵扯在一起。

孟州牢城，施恩在武松身上下的本钱是不小的，恩情很重，但用心明确——要利用武松的一身本事夺回"快活林"。武松感激施恩，决心舍命相助，醉打了蒋门神。这是"路见不平拔刀相助"吗？要知道，此时的施恩与蒋门神同属统治集团中的下层爪牙，武松把"快活林"夺还给施恩，也只是反对这一霸拥护那一霸而已。

个人恩怨的过分计较，影响了武松对客观世界是非曲直的辩识和判断。张都监的诡计不算高明，为什么能在武松身上得逞呢？决定性的内因，乃是武松性格中所有消极因素共同作用的结果。武松爱面子好虚荣，"平生一片心事，只是要人叫声'好男子'"。老奸巨滑的张都监看准其弱点，投其所好，见面就是一顿迷魂汤："我闻知你是个大丈夫，男子汉，英雄无敌，敢与人同死同生。"灌得武松飘飘然。接着是"与酒与食，放他穿房入户，把做亲人一般看待。"进行人情收买，"恩宠"远远超过施恩。这使武松重又做起了升官发迹的迷梦："武松自从在张都监宅里，相公见爱，但是人有些公事来央浼他的，武松对都监相公说了，无有不依。外人俱送些金银、财帛、缎匹等件，武松买个柳藤箱子，把这送的东西，都锁在里面。"（第三十回）他竟然也干开了吃请受贿的勾当。为此，武松感恩。张都监后堂有贼，尽管是半夜三更，他也不顾一切地奔了进去，结果一跤绊翻，被当做贼拿下了。这一个跟头，武松摔得很重，摔醒了他的发迹梦，摔破了他对官僚统治的迷幻，提高了他对封建统治者险毒本质的认识。于是强烈的复仇火焰在他胸中腾起，他大闹飞云浦，血溅鸳鸯楼。这次他不再去自首了，而是"提了朴刀，投东小路便走"，一直走到二龙山投奔鲁智深入伙去了。从此，一个经过血的洗礼、残酷斗争的磨炼，心灵更加净化、思虑更加成熟的英雄就叱咤风云地活跃在梁山起义队伍里了。

作者不仅写出了武松性格的繁复侧面，而且令人信服地表现了武松性格的发展历程，从而使武松的性格内蕴更加丰富深刻。通过一组雷轰电激、腥风血雨的壮烈事件，作者成功地刻画了武松英勇刚烈、正气凛然的本质特征。

但是，如果总是用一种类型的情节设置、一样风格的笔墨路子去描写人物，那就仍然有可能避免不了形象的单一呆板。《水浒传》作者在塑造武松形象中所展现的笔墨之多姿、文思之奇变，可说是真有神化之能。

侠义公案小说（上）

　　打虎杀嫂，人们领略了武松的神威，看到了他顶天立地的丈夫气概，却忽然出现了十字坡酒店，看到的是黄烘烘插着一头钗簪、满脸胭脂铅粉、令人喷饭的母夜叉孙二娘，以及轻薄调笑说出无数疯话的武都头。场景新颖、文笔轻快、风格诙谐，确有一种峰回谷转别是一处胜地之感。作者匠心独运，"故意将顶天立地、戴发噙齿之武二，忽变作迎奸卖俏、不识人伦之猪狗"（金圣叹《水浒传》第二十六回评语），目的是使读者耳目一新，看到武松性格中风趣幽默的一面，从而使人物形象更为灵活洒脱。

　　一般地说，草莽英雄待人处事是粗放的。然而武松却不是这样，他粗野犷放之中又有着极为精细机警之处。让我们来审视一下武松为兄报仇的全过程：

　　武大被杀时武松远在东京，等他回来已时隔月余，尸体也早被焚灭。武松面对的是一桩无头血案。侦破这桩命案，光有打虎的力气是不够的了，需要精明的头脑。尽管潘金莲等人盖子捂得很严，然而经不住武松的细察，他终于找到了突破口——团头何九叔。武松决定从查证此人入手，但行动十分隐蔽。请留意一个细节：武松听潘金莲说，棺材焚葬等事都是团头何九叔维持时，就对潘金莲说："原来恁地，且去县里画卯，却来。"而实际却是直奔何九叔家去了。在寻访证人过程中，武松所用的方法也是因人而异的。对老于世故的何九叔，以"硬攻"为主："只见武松揭起衣裳，飕地掣出把尖刀来，插在桌子上。"吓得何九叔面色青黄，大气都不敢出。随后，他指着何九叔道："对我一一说知武大死的缘故，便不干涉你。我若伤了你，不是好汉！倘若有半句儿差，我这口刀立定教你身上添三四百个透明的窟窿！"而对年幼朴厚的郓哥，他则完全换了一副神态，先以养家银子相赠解其后顾之忧，又用美言奖掖、软语相问。好一个精明机智的武二啊！真相查明，人证、物证到手，下一步该怎样走？武松采取告到县衙的合法斗争方式。这个行动是明智的，因为他是在有效地利用现行律法来维护自己正当的权益。（至于对官府存有幻想，则是他认识上的局限。）告状不准，武松决定亲自复仇，但仍努力使自己的行动做到合理合法。杀人前，买来纸笔，请来街坊，口问笔录谋杀经过，凶手点指画押，旁证人员也都出名画字。整个复仇行动，思虑精到布置周密，法律程序滴水不漏，尽量做到于非法中求得合法，终于使自己获得了重罪轻判的有利结果。如此深谋远虑、精细敏捷，其心计策略绝不亚于梁山军师智多星吴用。

　　金圣叹说武松"具有鲁智深之阔，林冲之毒，杨志之正，柴进之良，阮七之快，李逵之真，吴用之捷，花荣之雅，卢俊义之大，石秀之警"，是个集梁山英雄优良品性于一身的艺术典型（金圣叹《水浒传》第二十五回评语）。这不无道理。

作者汇集了如此丰富多彩的个性因素于统一的形象性格之中，而没有丝毫的拼凑堆垛之感，实实在在地显示了他形象刻画的高度辩证技巧和突破"类型化"单一形态的划时代的艺术创造成就。

（五）忠为君王恨贼臣，义结梁山且藏身——呼保义宋江

宋江是贯穿《水浒传》全书的核心人物，既是梁山义军不可替代、声威卓异的首领，又是一意招安为赵宋王朝建下了特殊功勋的忠臣，其性格之矛盾复杂，不仅在《水浒传》中独一无二，甚至在中国古典小说的形象系列中也是绝无仅有。之所以如此，是因为作者竭力按照"忠义双全"的理想模式来塑造一个农民起义的领袖人物宋江，既要写出其全忠全义的理想品格，又不能违背客观的生活真实，作者遇到了艺术创作中一个难以逾越的障碍——以传统伦理观为基础的理想追求与实际生活中忠义不能两全的矛盾。于是，他一方面令人信服地展示出了宋江在现实冲突中忠义抵牾的性格矛盾；另一方面又在多种场合、带着浓重的感情色彩，颂扬人物的忠义合璧，有时甚至不惜违背生活的真实，从而在宋江这个艺术典型的创造上，留下了某些虚伪失真的败笔。

宋江身上有许多优点、特点，足以使他成为梁山义军的当然领袖。

仗义疏财，扶弱济困

这个品德使宋江获得"及时雨"的美称，受到江湖好汉的倾心仰慕，闻名归投。有关这方面的直接形象描绘虽然不多，但侧面渲染却是非常充分。例如，柴进与宋江并不相识，当宋江来投奔时，他见面的第一句话就是"端的想杀柴进"，真是情重千斤。武松也一样，在得知眼前站的就是宋江时，纳头便拜，说道："我不是梦里么？与兄长相见！"连粗野的天杀星李逵，也是一听宋江便口称欢喜，扑翻身躯便拜。宋江的人格力量，使他成为吸引四方豪杰的精神领袖，客观上起到了串联各路好汉汇聚梁山的组织作用。对影山的吕方、郭盛及黄门山的欧鹏等人，平昔与宋江也都毫无交情往来，可是一旦遇见宋江，就全都表示"愿执鞭坠镫"，跟随宋江同聚大义上梁山。如此等等，书中对宋江的这一特点，作了"天女散花"式的全面烘染，艺术上是成

功的。

胸怀宽阔,诚以待人

作者通过许多"微枝末节",对宋江的这个特征细致地加以展露。柴进庄上,受到冷落、处境尴尬的武松,得到了宋江的赤诚相待:一处歇宿,殷勤相送。情谊之真挚使武松临别堕泪、感激肺腑。李逵因误信宋江强占民女,曾极其粗暴地谩骂冲撞了他,宋江非但不恼怒计较,反而亲行对质辨明真相,令李逵解救刘女将功补过,事情处理得十分公正合理,显示了他的豁达大度。对待出身不同、来路各异的梁山义士,宋江一视同仁亲如兄弟,并能知人善任,使之各得其所、各尽其才。宋江的这一品格,使他成为义军上下精诚团结的灵魂和核心。

集贤纳士,广罗人才

宋江求贤若渴,凡是有用之才他都千方百计请上梁山。扑天雕李应、玉麒麟卢俊义是典型的事例,其他如芒砀山招降樊瑞、项充、李衮等人也很说明问题。有件事更是表现了他对人才的爱护:时迁偷鸡被祝家庄捉拿,石秀、杨雄上梁山求救,晁盖认为二人玷辱山寨,要立拿斩首。这样的处置既急躁偏狭,也会堵绝贤路于山寨不利。宋江明察了这一点,立即加以劝阻:"岂是这二位贤弟要玷辱山寨?我也每每听得有人说,祝家庄那厮,要和俺山寨敌对。……非是我们生事害他,其实那厮无礼。"宋江的高明就在于分清了敌我是非,因而识见超越于晁盖。说服了晁盖以后,他又以诚恳的态度抚谕石秀和杨雄:"贤弟休生异心,此是山寨号令,不得不如此。便是宋江,倘有过失,也须斩首,不敢容情。……贤弟只得恕罪、恕罪。"进行山规教育消除二人疑虑。

此外,宋江于敌对阵营的招降纳叛工作,也做得最为成功。举一个很生动的例子:梁山义军攻打东昌府时,接连十五员大将被没羽箭张清用飞石打伤。后张清被阮氏兄弟捉住,解来见宋江。一见张清,被打伤的将领全都咬牙切齿要求杀之以消恨,鲁智深更是手提铁禅杖直奔张清。此时的宋江不避众怒,立即以身挡住,连声喝退:"怎肯教你下手!"张清受降。宋江马上取酒奠地,折箭为誓:"众弟兄若要如此报仇,皇天不佑,死于刀剑之下。"于是风波平息,"众人大笑,尽皆欢喜"。

书中说宋江"有养济万人的度量"是不虚的。正因如此,才会出现白虎山、桃花山、二龙山、少华山等小股义军同心归聚水泊的盛大局面，使梁山队伍日趋壮大。

杰出的人事组织、军事指挥才能

梁山基地在宋江的规划调拨下，人尽其才、职有专司，设施详密、体统完备，纪律严明、秩序井然，成为一个攻不破、战不克的坚固堡垒。梁山义军在宋江和吴用的筹谋下，军事上取得了辉煌的胜利，显示了宋江运筹制胜的出色的战争领导才能。

上述的优点和特点，足以使宋江成为梁山的领袖，但可能性并不等于现实性。要使宋江成为事实上的义军首脑，取决于他性格结构中以"忠"为核心的、"忠"和"义"这一对矛盾因素的变化消长。作者以其深刻的生活洞察力和高超的把握人物性格特征及其发展的艺术概括本领，把宋江的性格转变与社会斗争的风浪紧密地联结起来，写出了人物虽是艰难曲折却又无法阻挡地向梁山走去的历程。在这个历程中，宋江经受了"忠"和"义"的矛盾冲突，最后"义"的因素逐渐高涨趋向主导。

宋江原本是个中小地主出身、深受封建儒学熏陶、怀抱救世济人之志、具有强烈功名欲望的正直文吏。具有这样身世经历、思想境界的人，有可能造反上梁山吗？这就要看宋江所生活的现实时势和具体环境了。一般地说，政治清明、社会矛盾相对和缓的时势下，宋江的进身之途自然是依附封建官僚机体、凭才学步步升迁，以实现"保国安民""封妻荫子"的抱负。他弃农从政做郓城县押司，无非是为仕进选一个适当的立足起点。遗憾的是，宋江生不逢时，北宋末年君昏臣佞、民不聊生的腐败政治，切断了他这条理想的利禄之路，而"官逼民反"的现实斗争浪潮，却又无情地把他从忠君报国的仕途上，推向了聚义叛逆的造反之路。所以，宋江上梁山的艰难曲折，比之林冲来更有一层深意：林冲是个武官，封建正统思想的烙印要浅些，如果他也像宋江那样，没有恩爱娘子的牵扯，上梁山恐怕要更容易些，而一旦上了梁山却是真心地聚义造反了。宋江是个"自幼学儒，长而通史"的知识分子，"忠孝节义"的观念深深地刻印在他的心灵脑海。然而，连这样的人都被逼得走投无路造反上梁山，那么现实的黑暗腐败也就毋庸多说了。

把宋江推出官途的第一个巨浪是"私放晁盖"。由于建功立业的需要，宋江平生爱好结交江湖豪杰，获有"山东呼保义"的称号，因此，这个事件无疑是对宋江义士品格的严峻考验。心腹兄弟晁盖面临被捕危险，宋江对此可作三种行为选择：卖友求荣、见死不救、舍命相助。宋江果断地选择了后者。尽管宋江此行的主观意愿是尽朋友之谊，但客观上却是支持了晁盖等人的正义行动，而且执法犯法，对神圣的封建法规是一次不大不小的触犯，因此无论如何也是宋江性格中"义"和"忠"的一次冲突。尽管他在思想上认为，晁盖等人的作为"是灭九族的勾当""于法度上却饶不得"，但在行动的天平上，他则是向"义"作了倾斜。

由"放晁"而引起的"杀惜"，使宋江在"义"的道路上大大地跨前了一步。他在流亡江湖期间，联络结识了不少英雄豪杰，也引荐了众多义士奔赴梁山，为起义事业的扩展做出了贡献，但根深蒂固的"忠孝"观念，又使他进一步退二步。十分典型的例子，便是他在大闹青州后的表现。

他被滥官刘高陷害，亏得清风山燕顺等义士和清风寨知寨花荣的搭救才得脱险；后来，在抵御青州官兵围剿时，他又一手策反了青州兵马都监黄信和统制秦明。花荣、秦明、黄信原本都是朝廷命官，三人的反叛都因宋江而起，怎样对这三人的前途作出交代？如何对付即将到来的朝廷征剿大军？形势逼得宋江主动提议入伙上梁山。

如果以为宋江就此真的上梁山了，那就犯了个错误，把这个人物看得过于简单了。作者在这里精心设计了一个细节，让石勇的一封假信支转了宋江的双脚，哭喊着"不孝逆子，做下非为"，立时抛下舍生相救于他的众兄弟，独自一人回家奔丧去了。这个枝节，突出刻画了宋江的孝。宗法伦理中的孝和忠，其实质是一致的，"以孝我父者孝我君，谓之忠"（金圣叹《水浒传》第四十一回批语），所以奔丧的行动是宋江性格中"义"和"忠"的又一次冲突。高涨起来的"义"终于在"忠"的制约下消退了下去。

使宋江的行动最终突破忠孝的束缚，挺身聚义，是在劫法场生路被彻底断绝之后。宋江终于上梁山了，但不要忽略关键的一点——他是在"如此犯下大罪，闹了两座州城，必然申奏去了。今日不由宋江不上梁山泊投托哥哥去"的万般无奈情况下上的梁山。严酷的生活，使宋江性格中"义"的因素暂时处于主导地位，而铸成他精神灵魂的"忠"的思想，则是暂时隐伏，并未消除。因此，他上梁山是"权借水泊，随时避难"，行动上造反，思想上不造反：一方面，他率领梁山义军攻城略地，杀戮贪官污吏，掳抢仓廒库藏，成为朝廷的"心腹大患"，使朝廷屡次调兵遣将进行收剿镇压而不可得；一方面，他又不断地絮叨自己"造恶甚多"，犯了"逆天大罪"，走的是一条"邪"道。

那么，什么是"正道"呢？第四十二回九天玄女娘娘的法旨交待得很清楚："为主全忠仗义，为臣辅国安民。"那么，怎样才能由一个"全忠仗义"的梁山寨主，转变为"辅国安民"的朝廷忠臣呢？那就是接受招安，归降朝廷。从作者塑造忠义双全的理想形象来看，作者认为，宋江的"义"在他上梁山后，已发展到了顶峰，接下来就该全力描写他"忠"的品德了。

宋江的"忠"大致有如下的行为表现：（1）明确提出梁山义军的前途和归宿是接受"招安"，并利用"义"的落后因素以及他一寨之长的权威，禁约义军使之全伙归顺投降；（2）通关节、找门路，甚至丧失起义军的人格，向朝廷权奸哀恳招安；（3）征大辽；（4）灭方腊。

这些行为表现，让宋江已完全丧失了农民起义领袖的品格，变成一个十足的为大宋王朝建功立业的忠臣了。而宋江这个人物形象，也就经历了由封建文史、跻身起义行列、最终成为忠臣的人生之路，他的性格则呈现出以忠为核心、忠和义消长冲突的特色。

作者依据人物独特的身世境遇，牢牢把握他固有的本质特征，随着客观形势的变化，写出了人物思想性格发展的必然性、合理性，总的来说达到了艺术的成功。但是，由于作者怀着一个塑造"忠义两全"的完人形象的强烈愿望，使得他在为人物设计某些事件和行动时从主观意图出发，违背了人物性格发展的必然，脱离了生活的真实，因而造成了宋江形象存在某些概念化、性格不够统一的缺陷。

浔阳楼题反诗是决定宋江命运转折的重大事件。尽管作者用触景生情之法，充分渲染了宋江题反诗前的心情，并一再强调是酒后狂言，属于人物偶然的失控，但总让人觉得诗的内容缺乏性格发展的内在依据，具体铺叙上对行为发生的心理过渡也揭示不够，因而整个事件显得突兀，人物性格变化的说服力不强。

诗中说："他年若得报冤仇，血染浔阳江口。"从宋江杀惜逃亡江湖中，始终未曾见他有此种深仇大恨的情感流露，书中也未作过些许的形象描写，以致我们不清楚他的冤仇对象究属谁人。

诗中又说："他时若遂凌云志，敢笑黄巢不丈夫。"宋江虽然结交江湖豪杰，也帮助了不少好汉造反落草，但从不见他有起义造反、改朝换代志向的表白；他经常念叨的"凌云志"是"报效朝廷，青史留名"，因而与唐末农民起义领袖黄巢似乎搭不上界。如果说"敢笑黄巢不丈夫"是宋江内心深层的真情，那么又如何解释他上梁山后念念不忘归降朝廷的思想言行呢？归根结底是出于作者塑造全忠全义理想品格的主观需要：通过题反诗，宋江上梁山，

"义"的品格发展到顶峰，然后又用"义"作纽带，率领梁山全伙接受招安，在我们看来这是对"义"的背叛，而作者却认为这才是"全忠全义"。

虽然宋江始终"忠"心未泯，但他毕竟是个反对贪官污吏、权奸佞臣，富于同情心、正义感的人物。然而为了招安，他竟然向梁山的死敌高俅"纳头便拜"，口称"死罪"，乞求"太尉慈悯，救拔深陷之人，得瞻天日，刻骨铭心，誓图死保"，甚至"抬出金银彩缎之类，约数千金，专送太尉"，行贿收买。（第八十回）忠奸不分、是非不辨、骨头奇软。这些描写，不能不使我们感到宋江性格的前后不一，然而在作者看来，却是为了倾全力突出宋江的"忠"——忠得执著，忠得坚决，不顾一切，排除万难。宋江只有在完成了带领梁山全伙接受招安，走上"报国安民"的正道之后，才真正称得上"全忠全义"。

虽然如此，作者在全力歌颂宋江"宁可朝廷负我，我忠心不负朝廷"的一片忠贞的同时，也写出了处在忠义不能两全的现实矛盾中的人物内心的压抑、痛苦和愁闷，并为人物安排了悲剧性的结局，这又是作者忠于生活的现实主义创作精神的深刻体现。

宋江从一个正直的封建文吏，演变为梁山起义的出色领袖，最终又复归为背叛起义的朝廷忠臣，他的性格是复杂的、矛盾的，但由于作者写出了这一性格发展演变的深厚的社会生活依据，因而性格的矛盾对立总的来说又是统一的，形象也还是完整的、真实可信的。

通过以上五位英雄形象的解读，可以看到《水浒传》作者在人物典型刻画塑造上的出色创造。他立足现实，依据人物独特的身世境遇，在准确把握人物本质特征的同时，通过客观形势、现实生活变化的真切描述，揭示出人物性格发展的必然和合理。由此，使他笔下的人物形象因植根于现实生活的土壤而获得了不朽的艺术生命。

在着重刻画人物主要性格特征的同时，作者遵循生活的辩证法则，注意描写人物性格中多侧面的复杂的个性因素，使人物性格层次丰富、立体感强。由此，突破了以往小说创作中人物形象"好即全好，坏则全坏"的定型化、类型化的范框，从而使人物的形象性格具有了较高层次的审美价值。

《水浒传》在刻画"典型环境中的典型性格"的艺术实践上，为我国古典小说的人物塑造，提供了丰富的方法、技巧和经验。

当然，以上是就《水浒传》人物创作上所取得的开拓性成就而言。作为我国小说史上最早的一部长篇白话小说，《水浒传》在人物刻画的总体上，还只能说是处在了由类型化向性格化转化的过渡阶段，一百单八将里，不少英雄的形象还未能完全摆脱类型化的局限，这是显而易见的。

由于《水浒传》取材于农民起义，热烈而又昂扬地歌颂了这种起义，因而一经诞生，便与现实的政治思想斗争结下了难解之缘。明、清两朝的统治者惧怕它的精神威力，曾屡屡以"贻害人心""诱以为恶"的罪名，下诏严禁。而兴起于这一时期的大小农民起义，各种民间社团，则往往以它为行动的教科书，从中吸取丰富的斗争经验和斗争方法。如明末农民起义领袖张献忠，就曾"日使人说《三国》《水浒传》诸书，凡埋伏攻击咸效之"（清·刘銮《五石瓠》）。清末的义和团在他们长方形的团旗上，或书"替天行道"或写"助清灭洋"，把《水浒传》中的口号直接移植过来作为行动的宗旨（柴萼《梵天庐丛录》）。至于各色造反人物，仿效《水浒传》英雄的名号、行事更是举不胜举了。

为迎合广大群众的欣赏需要，此时的演艺界则出现了说唱、编演《水浒传》的热潮。例如崇祯年间，就有专门以讲述《水浒传》而闻名于世的"水浒人"杨文杰、柳敬亭，两人分霸南北书场。（清·李焕章《水浒人传》）根据《水浒传》改编的各种戏目，如《劫法场》《血溅鸳鸯楼》《翠屏山》等，也纷纷上演于勾栏剧场，为此引起了封建文人的极大骇惊，哀叹："自水浒戏文出，而是非颠倒、定理亡矣！"（清·余治《得一录》）人民群众不仅爱看水浒戏，而且还亲自扮演水浒戏。据明张岱《陶庵梦忆》说，每年的七月，村村祈雨，他家乡的人们就寻觅合适人选扮演《水浒传》角色。《水浒传》所冲激而起的这两种文化、思想的尖锐冲突，入清以后，由《水浒后传》《后水浒传》《结水浒传》（《荡寇志》）三部续书的问世，而得到了集中的反映。

五 刀笔书剑续新篇——《水浒传》的后续著作

（一）情寄茫茫暹罗国——《水浒后传》略评

"千秋万世恨无极，白发孤灯续旧编"（《水浒后传》第一回），这是《水浒后传》（下面简称"《后传》"）作者陈忱的自绘——满头霜雪的他，于茕茕孤灯之下，在为施耐庵的《水浒传》编写续书。他有什么样的"无极之恨"要借续作以自泄呢？请看《水浒后传论略》中，他对续书内容的概要陈述：

"《后传》为泄愤之书：愤宋江之忠义而见鸩于奸党，故复聚余人，而救驾立功，开基创业；愤六贼之误国，而加之以流贬诛戮；愤诸贵幸之全身远害，而特表草野孤臣，重围冒险；愤官宦之嚼民饱壑，而故使其倾倒宦囊，倍偿民利；愤释道之淫奢诳诞，而有万庆寺之烧、还道村之斩也。"

陈忱的愤恨可谓无穷，但核心的内容只有两条：忠义遭鸩，奸贼误国。其实，这也正是施耐庵难以消除的心头之恨，只不过陈忱与施耐庵相比，更多了一层儒家文人的理想色彩，以及明末清初异族入主、国祚变异在他精神上所打下的深刻烙印。由此，《后传》与《水浒传》在"官逼民反"的共同思想基础上，天衣无缝地衔接了起来。

《后传》叙述了梁山未亡的三十二位英雄渐渐汇笼，重新聚义，而矛盾的发端则是两件事情：阮小七杀死张干办（第一回）、李俊反抗巴山蛇（第九、十回）。

阮小七杀张干办，是梁山英雄与奸佞贪官矛盾的延续。张干办是蔡京的心腹，被抬举为济州府的通判，梁山属他所管，于是一心想在水泊旧址上寻觅埋藏宝物、搜捉潜伏余党，借以升官进财，恰好碰上了削职后依旧在石碣村打鱼为生的阮小七在此伤心凭吊。此时的阮小七对招安的认识已是十分的清醒了："若依我阮小七见识，当日不受招安，弟兄们同心合胆，打破东京，杀尽了那些妒贤嫉能的奸贼，与天下百姓申冤，岂不畅快！"作威作恶的张干办撞到了活阎罗的刀头上，于是《水浒传》中好汉们杀奸惩贪的壮烈斗争又在水寨中重新演出。只是今非昔比，阮小七孤掌难鸣，杀死张干办后，他不得不逃奔邹润所在的登云山落草。阮小七的反抗引起整个封建官僚机构对散处各地的梁山英雄的疯狂迫害。于是，孙立、孙新、顾大嫂等都相继上了登云山，李应、杨林等也另据饮马川起事。新建山寨的体制"一如梁山泊，竖起杏黄旗，亦写'替天行道'四字。"号令严明，气象峥嵘，为迎敌官军作好了准备。

李俊反抗巴山蛇，则是水浒好汉与逞凶乡里的地主恶霸冲突的再现。巴山蛇是蔡京门生、乡宦丁自燮的绰号，此人奸狡贪财，勾结常州太守吕志球，凭借权势，强霸大半个太湖，勒令大小渔船打得的鱼都要分交与他一半，"夺了众百姓的饭碗"。李俊等仗义抗争为民除害，活捉了巴山蛇、吕志球。

然而，在怎样处置这些盘剥百姓的渔霸贪官的方式上，他们的做法与梁山不同：不是把二人凌迟碎割以求痛快，而是迫使他们交出所有诈得的财物米谷，为百姓完纳国课、代交秋粮、散给居民佃户。这个做法比梁山进步，应作充分的肯定；但也有不如梁山的地方，那就是只剥夺了渔霸贪官的经济所得，对他们的政治地位和权势则未作丝毫触动。而且，为了躲避恶势力的报复迫害，他们更以退让的方式，出走海外，以求发展。

也就在这里陈忱与施耐庵分道扬镳：施耐庵主张从政治、经济两方面对贪官恶霸进行打击，是他高明之处，局限则是有始无终、无条件地接受招安；陈忱愤恨忠义见鸩，因此反对在奸党未被诛戮的情况下走自取灭亡的招安道路。这又是陈忱高明的地方。但他所看到的现实却又总是君昏臣佞、河清无望，于是他情寄海外，为英雄们设计了一条新的出路——让李俊等驾长风图远略，在离暹罗国三百里的金鳌岛，立根站脚开创基业，而岛上的一应晓谕都用大宋宣和年号，钱粮行什一之法，"岛中荒地都加开垦，爱民练卒，招徕流亡，与客商互市，日渐富强"。这是陈忱所追求的理想政治，它不同于梁山泊平等平均的农民社会主义空想王国，而是标准的国泰民安、轻徭薄赋的儒家仁义之邦。然而这也是一种空想，在当时的中国本土绝不可能实现，作者对此是清醒的，所以他把理想之梦聊托于艺术建构中的海市蜃楼。尽管如此，在封建统治者及其御用文人的一片禁毁诬骂声中，陈忱能够继承《水浒传》的战斗精神、民主意识，不能不说是超凡识见、无畏胆气的表现。

梁山英雄以反奸除霸为重整旗鼓的开始，但是它的进一步发展却与《水浒传》不同——并没有出现反奸起义的高潮，而是把这场重新聚义的斗争，错综复杂地与抗辽、抗金的民族矛盾不可分离地交织在一起了。

第七回的情节值得注意：童贯派军进剿饮马川被杀得大败后，正欲再度起兵亲自征剿，此时忽报大辽兵到，边隙吃紧，于是被迫中止征剿。接着李良嗣"联金抗辽"的建议被朝廷接受，并于第十五回中付诸行动，宋、金联兵攻破大辽，又于第十九回叙金兵开衅，大举攻宋。这时，国家的实际政治形势已是激烈的民族矛盾超过阶级的冲突和对抗。于是从第十九回到第三十回，小说所描写的内容已是集中于君昏臣佞、国破家亡、民生离散的社会现实和梁山英雄抗金杀奸、勤王救国的民族斗争、爱国行动。而续书这一中心部分的叙写，则是"著者寄托最深、精神最贯注的地方"。其内容有以下几个方面：

奸臣必卖国

金人兵临黄河，朝廷派十员大将守防渡口。由于防守将领中出了一个暗通金国、献出隘口的叛贼，遂使金兵十万尽数渡过黄河，中原陆沉。而这个卖国贼正是靠着蔡京的气力才得以当上御营指挥使。（第二十回）

侠义公案小说（上）

奸臣必误国

第二十二回中，作者借太学生陈东的口对此作了精辟的阐述：蔡京父子妒贤嫉能、误国欺君，高俅、童贯攀附蔡京朋党弄权，王黼、杨戬扰乱朝纲、擅开边衅。此数贼同流合污败坏国政。若诛戮此数贼，则使万民吐气六军欢心，金人可不战自退。

昏君必败国

第二十三回写金兵围困汴京，一国之主宋钦宗竟然昏庸到听信道士郭京能演六甲遁法以退金兵的邪说。于是就在法台高筑、香烟缭绕、绛节飘摇之中，汴京沦陷，二帝被俘。梁山义士是抗金救国的忠臣良将，他们抗击金人所立的齐帝刘豫，救出拒绝降金的大刀关胜；大败率金兵围剿饮马川的刘貌；在南归投奔抗金名将宗泽的途中，处死卖国贼汪豹，鸩杀蔡京、高俅、童贯、蔡攸四个奸佞。然而英雄们勤王复国的努力，终因康王信用主和派佞臣，主战派宗泽气愤身亡而毫无结果。朝廷容不得正人君子，英雄们归投无路，于是不得不离开中国，投奔海外李俊。

显然，小说描写的重心，已从《水浒传》的抗暴起义偏向反奸抗金的民族斗争了，这是时代所促成。小说所写金兵南侵、北宋败灭、忠良勤王等内容，可说是作者亲身所经历的亡国之痛、故国之思的借题发挥。

陈忱（约1613—？），号雁宕山樵，浙江乌程（今吴兴）人。三十一岁时，经历了明、清兴亡的剧变。入清后，绝意仕进，卖卜为生，贫病而死。晚年托名"古宋遗民"著《水浒后传》四十回。

具有强烈爱国感情和不屈民族气节的陈忱，把对满族入主的痛恨、民生不测的同情、奸佞误国的愤懑、故国之思的眷念以及对东南沿海亡明将士抗清复国斗争的支持这种种爱憎情感流注笔端化作形象，寄托于《水浒后传》的艺术构思之中。书中李俊立国海岛情节的构思，无疑是受了抗清名将郑成功击败荷兰殖民者、收复台湾岛的历史现实的启发。而郑成功以台湾作基地所进行的反清复明斗争，则又是当时爱国遗民的希望之所钟。于是书中的第三十七回，出现了李俊在暹罗国称王后，牡蛎滩救驾的壮伟场面：金兵攻陷南宋都城临安，宋高宗由明州下海逃至牡蛎滩，金兵追至团团固定。危急之际，李俊统军杀败金将阿黑麻，接驾至暹罗国。三天后又派军护送御驾还朝，建立了勤王救驾的不世之功。此后，以暹罗国王李俊为首的梁山英雄，全都接受宋朝皇帝的册封，暹罗国也成为大宋王朝东南海疆的屏藩和保障。

陈忱完全改变了《水浒传》英雄受招安被鸩杀的悲惨结局，赋予了一个立国海外、忠君报国理想得以实现的美好归结。对此应作怎样的理解？陈忱批判了《水浒传》所宣扬的无条件招安的愚忠思想，主张彻底摆脱奸臣挟制的有条件的忠君和真正有效的报国安民，表现了历史的进步；再者，这样的结局也体现了明末清初的特定历史条件下，广大士庶寄反清复明希望于草泽英雄的时代要求，有着较强的社会现实性。然而，如果从反奸抗霸斗争的坚决彻底来说，不可否认，海外道路乃是对现实矛盾的一种无可奈何的回避和逃脱。

"亡国孤臣空饮恨，读残青史暗消魂。"这就是陈忱创作《水浒后传》的特定心态。

《水浒后传》较之《水浒传》，其思想、艺术都要稍差一等，但也正如胡适在《水浒续集两种序》中所说："这部书里确有几段很精彩的文字，要算是十七世纪的一部好小说。"如第二十二回"中牟县除奸"的文章，写得庄严沉痛，"在第二流小说里是绝无仅有的。这都因为著者抱亡国的隐痛，痛恨明末的贪官污吏，故作这种借题泄愤的文章。他的感情的真挚，遂不由自主地提高了这部书的文学价值了"。又如第二十四回"献青子草野全忠"，"这一大段文章，真当得'哀艳'二字的评语。古来多少历史小说，无此好文章；古来写亡国之痛的，无此好文章；古来写皇帝末路的，无此好文章"！再如第九、十两回"巴山蛇截湖征重税""墨吏赔钱受辱，豪绅敛贿倾家"的故事，写得也很深刻动人，著名的《打渔杀家》戏曲就是由此演变而成的。

《水浒后传》在基本保持《水浒传》英雄性格的基础上，对燕青、乐和这两个人物形象作了创造性的刻画塑造。《水浒后传》的领袖人物虽是李俊，但出谋成事的主要角色却是燕青、乐和。《水浒传》中机敏巧捷的燕青，在本书中发展成为一个忠君义友、识见明辨、有着定国安邦之能的英才；而乐和则由原来的聪明伶俐成长为一个老练通达、足智多谋的人物。两人的性格都较《水浒传》丰满深厚得多。

（二）洞庭云水风雷怒——《后水浒传》简析

《后水浒传》是明、清之际《水浒传》的又一部续著，共四十五回。作者佚名，题"青莲室主人辑"。书中所反映的，是南宋初年发生于洞庭湖一带以杨幺为首的一场农民起义。它与《水浒传》中的梁山啸聚，地域不同，时代悬隔，前后两次起义实际上没有任何关联。那么，作者为什么要把自己的创作取名《后水浒传》，以水浒续书自居呢？他又是通过什么样的艺术手法，把不同时地的两次农民战争，从结构形式到思想精神加以联系起来的呢？

小说第一回"燕小乙访旧事暗伤心，罗真人指新魔重出世"，为我们解答了上述的问题。燕青重游梁山，寂寥感叹之余，忽又听得宋江、卢俊义被奸臣毒害，怀着满腹疑虑，赴蓟州访公孙胜之师罗真人指示迷津。罗真人天机半泄：奸臣屠戮忠义，结成新怨，造成劫数。而天道循环、善恶有报，宋、卢等被害英雄，将托生杨幺、王摩等洞庭好汉复聚于异世，以完劫造，以报前仇。原来，作者利用"轮回转世"的虚幻手法，巧妙地把洞庭造反与梁山聚义前生后世地联结了起来。而这样的构思，却又是受《水浒传》第一回"洪太尉误走妖魔"情节的启发。"妖魔"二字，与洞庭义军领袖杨幺、王摩的名字，恰好同音相借，以此暗示二人实由梁山"妖魔"托生而来，设想自然。再者，虽然梁山在北，洞庭处南，但"天下皆水，是水皆浒"，梁山泊是"水浒"，洞庭湖亦是"水浒"，由此，《后水浒传》的定名岂不亦为有据？

"转世托生""劫数报应"之说，当然是一种迷信的唯心史观，但透过这层荒诞的外壳，人们还是可以感受到某些合理的思想启示：梁山起义虽被镇压，但只要君昏臣佞、吏贪官恶的现实没有改变，那么"前劫虽消，后怨又起"，这种农民的反抗斗争，就会在异时异地重新爆发不断出现。杨幺起义正是失败了的梁山事业在新的历史时期的继续和发展。由此来看，作者把自己的著作定名为《后水浒传》，其蕴含不也是很丰富的吗？

作为续书，《后水浒传》的思想倾向与《水浒传》基本上是一致的。它通过各类英雄造反起因的揭示，对"乱自上作""官逼民反"的黑暗现实作了较为全面的描述。

《后水浒传》中高层封建恶势力的代表人物是太尉贺省，他由蔡京转世而来。此人凭荫袭获得了执掌兵权的太尉美差，非但武不能御敌、文不能安邦，反而干尽了祸国殃民的勾当。金兵侵入雁门关，他"观望不前，不应粮草"；兵败后嫁祸于战败将领，诬奏他们不遵军令，因解京城处斩，迫使两位边关将领游六艺、滕云落草天雄山。金兵围汴京，他又见危不救，拥兵武昌自固，妄图金兵一来，"反宋归金，保全富贵"。哪知他估错了形势，康王即位建业，东南一带仍为宋地。于是，为遮人耳目，他又虚张声势，以征剿杨幺为名进军洞庭。这个祸国的佞臣又是残民以逞的奸贼。他恃势强占柳壤村土地作坟葬阴宅，残酷迫害仗义为民、挺身抗争的杨幺，逼得杨幺家破人亡，造反起义。

　　小说中另一个依势作恶的人物，是类似高衙内的黄金。他是"朝中第一个有权有势、位至太师"的权奸黄潜善的爱子。这个花花公子仗着老子势耀霸男占女胡作非为。为强占小太岁郗元妻子，他竟扬言："不要说父在当朝，只行我的势耀，也只消写几个字儿送官就处死了他（郗元）。"果然，在一班帮闲恶奴的策划下，他抢了郗元之妻，又把郗元投进监牢，终于被郗元一刀砍作两截。郗元也因复仇杀人入伙焦山。

　　《水浒传》有一个每年送十万贯珍宝给丈人蔡京的梁中书，《后水浒传》的作者则新意别出地把臭名昭著的秦桧拉来做梁中书的替身。秦桧为了升官迁职，"枉刑屈法，凑集了十万贯金银进京打点"。这是个剥尽民脂民膏、比梁中书还要丑恶无行的贪官。好汉王摩、袁武等劫走了这一宗浸透人民血汗的不义之财，逃上了白云山。

　　扑灯蛾王豹则是一个勾结官府横行乡里的地方恶霸的典型。他"欺压远近乡村，一应婚媾、嫁娶、死伤、田产交易，俱要通知他"。汴京沦陷后，他更是恣意行凶——占人田地、妇女，征索乡村粮食；攻夺郡县，霸据一方。这个害民恶贼的下场，是被义军钢刀剁成肉泥。

　　《后水浒传》在情节构思、思想精神上对《水浒传》的模仿、继承是很显然的，但由于它成书于明末，所反映的是南宋初年民族矛盾尖锐时的杨幺起义，因此在模仿继承之外，它又有着本身所独具的新的内容和特色，表现为：情节构思中民族矛盾背景的强化和突出，以及更为激进的社会斗争观的抒发表露。

　　《后水浒传》与《水浒传》一样，始终以"官逼民反"为情节主线，但由于金兵南侵，北宋灭亡，民族矛盾尖锐，杨幺等好汉反对昏君佞臣、奸贼恶霸的斗争，就自始至终被民族冲突的时代氛围所笼罩，受到民族斗争的牵制和影响。

　　《水浒传》也写到了英雄们抗击外族、卫国护民的爱国意识，但招安前除了个别英雄提到"边关上一刀一枪"建功立业之外，没有任何的形象描绘，招安后有十回书叙述征辽的军事行动，但那是作为忠君表现的一个侧翼来写的。

　　《后水浒传》就不同了，它形象地写出了民族矛盾与阶级矛盾错综交织下，奸佞的投敌叛国、义军忧国忧民的强烈的民族意识与爱国感情，以及金兵掳掠带给人民的痛苦灾难。然而，它与以叙写民族斗争为主的《水浒后传》

也不相同，民族矛盾只是作为洞庭起义的一个时代背景来反映，小说反奸斗争的中心主题并没有发生转移。

至于洞庭农民起义受民族矛盾的牵制、影响，小说中是有着生动表现的。例如第三十八回，杨幺义军在严惩降金恶奴夏不求后，驶快轮沿长江回返洞庭，行至焦山，"忽见前面满江中数千战舰，两岸上数万宋军，一时炮鼓喧天，截住江面去路"。原来是大败金兀术的抗金名将韩世忠率军截断义军归路。然而，本该是你死我活的这一场争斗，却被作者描绘成但听雷响、不见雨点的虚张声势，只见义军"一齐鸣金擂鼓，众水手齐踏车轮往前直冲，一如风卷云奔。韩世忠的战舰一时抵敌不住，忙用炮打、箭射，皆不能伤。急要追赶，那轮船霎时已去过百十余里，韩世忠只得收军不追"。显然，作者不愿看到在民族矛盾上升的情况下，官军与义军的自相残杀，于是阶级斗争服从于民族斗争了。

更能说明问题的是第四十五回，对杨幺等义军结局的描叙。历史上的洞庭农民起义是被岳飞镇压的，义军大部牺牲，杨幺壮烈就义。小说避开了这个阶级斗争的血腥史实，用虚幻的手法写出了一个"神龙见首不见尾"的飘缈结局：杨幺等兵败后上到君山，"走到笑傲亭旁，蹱入地道，直到轩辕井底，进了石门"。岳飞领兵追到井边，"向井中一看，只见井中满贮清泉"。而杨幺等进了石门后，"急走多时，忽见前面冲起一道黑烟，将三十六人一阵昏迷，扑地皆倒。过了半晌，各醒转立起身，竟虚飘飘如若云雾"。原来是"俱已脱去骸壳，各现本来面目"。"一时三十六天罡，七十二地煞相逢于穴中，化成黑气，凝结成团，不复出矣"。一改杨幺等义军的被杀戮，很显然是为了维护民族英雄岳飞的崇高形象，抹去他手上令人憎恶的血污。这是作者身处明末，受高涨的民族斗争意识影响的结果。毫无疑问，这样的结局构思，也体现了作者强烈的爱憎感情和积极浪漫主义的创作精神。小说中，杨幺等义军将士死了没有呢？我看是没有。他们化成黑气，凝聚成团，等待着"妖魔"的又一次出世。英雄的事业虽然失败，但精神不死千秋永继，有朝一日，斗争的风暴仍会在九州大地掀起。

《后水浒传》激进的斗争史观可从以下三个方面来认识：

1. 对贪官奸佞的斗争、惩处态度更为坚决激烈。表现出勇猛打击、严厉处置、势不两立的特点。如，贺太尉被生擒，义军在痛责他的"败国虐民"罪责之后，便把他"剥得赤条条，拴在庭柱上"活剥碎割，生啖其肉。像《水浒传》中捉了高俅，又宴送放回、哀恳招安的事，洞庭义军是决不做的。

2. 否定《水浒传》中宋江所走的招安道路。作者在第二十七回中，通过王摩与杨幺的一段质对，明确无误地亮出了自己的见解。杨幺被众英雄从开封府救出，坐了白云山首位，感慨之际，把众英雄的行动比作当年梁山好汉劫救宋江，话刚说完，"只见王摩忽立起身，向杨幺问道：'方才哥哥说出梁山泊好汉劫救宋江。只这宋江，哥哥可学他么？可说俺兄弟晓得。'杨幺也立起身说道：'宋江的仗义疏财、结识弟兄，便可学得；宋江的懦弱没主见，带累弟兄遭人谋害，便不可学他。'王摩听得大快，忙来扶定杨幺，说道：'俺王摩向来笑宋江没用。……他们俱被宋江害得零落，自己也被人谋死。今日俺弟兄们救哥哥出来，恰与他一般模样。你若学了宋江，将你做了寨主，岂不将俺弟兄也要被你害得零落，岂不又是一场笑话？故此急要问你。你今主意却与王摩一样心肠，心同貌同，必能与众弟兄共得生死，做得事业。俺王摩今日同众弟兄拜你做哥哥，坐第一把交椅。"前车之鉴，后事之师。洞庭义军已从宋江等的惨痛教训中，提高了对敌斗争的思想认识。

3. 有忠君报国的愿望，但绝不盲目愚忠。要检验皇帝的实际作为，确系圣君明主则忠，如若败国昏君，那也并不排除在时机成熟的情况下，谋王图霸，成就一番事业。

以上三点是《后水浒传》思想成就超过《水浒传》之处，体现了新的时代条件下，作者更为激进的社会斗争史观。

不可否认，《后水浒传》在艺术描绘、形象刻画的成就上，是难以望《水浒传》之项背的。但洞庭义军领袖杨幺形象的塑造，却有它独特的成功之处。杨幺是宋江的转世。对于人物曲折坎坷的经历、济危扶困的品德、联结义士好汉的作用以及誉满江湖的声望等的叙写，明显是在仿照《水浒传》中宋江形象的塑造路子。但宋江是施耐庵理想中忠义双全的楷模，恰是在这性格的核心点上，杨幺与宋江同道而不同归。杨幺的绰号叫"杨义勇"，义和勇是青莲室主人所着力歌颂的杨幺的基本品格，这个品格使人物具有了如下的胸襟言行：

1. 英勇刚烈，斗争性强。与宋江的仁软退让不同，杨幺不畏强暴嫉恶如仇。强占柳壤村土地的太尉贺省，尽管位高权重，杨幺也与之针锋相对，即使由此而坐牢充军也在所不顾。发配途中遇到恶霸王豹的寻衅，杨幺决不忍气受辱，而是一顿拳脚，恨不结果其性命为地方乡村除害。开封府救许蕙娘的行动更是勇猛无畏——身陷排山倒海般涌来的官兵包围之中，他镇定地为许蕙娘安排了出逃之路，自己则寡不敌众而被捕。受审时，他正气凛然，挺着胸脯高喊:"砍杀由你,只不要装出这般面貌来吓人,使我杨幺死得不快活!"这与宋江在江州牢狱屎尿装疯、乞求活命的表现,真是不啻天壤了。

2. 义重情深,平等待人。这里仅举较为典型的两个事例来加以说明:第十二回,常况黑夜杀人,恶贼王豹乘机诬告,把杀人罪名扣到杨幺头上。为保护结义兄弟,杨幺大堂受审时,竟然一力承认"实是我醉后黑夜杀人",把活路让予结义兄弟,把死亡留给自己,杨幺用他的实践,证明自己热爱阶级兄弟的心意:"我杨幺一生喜结豪杰。若遇英雄遭屈,豪杰被冤,甘心为他护庇。"马霳是李逵式的人物,粗莽直率,与杨幺情分最重,两人的关系犹如《水浒传》中的宋江、李逵。但像宋江动辄喝斥李逵的不平等作风,在杨幺身上是绝然不见的。杨幺对马霳是体贴关怀、爱护备至的。第四十回,杨幺欲赴临安探听"天下大事,君臣贤否",考虑大局,没有答应马霳同去的要求。对此,杨幺是不安的:"我因大事关心,只得阻住了马霳。今想起他定要同行同伴,不肯相离,这是深爱杨幺的好意,实是难得。明日回来须赔不是。"当发现马霳偷着跟来时,杨幺没有责怪,而是说了几句十分暖人的话:"谁说兄弟坏事?只要一路谨慎,再不多你。"为了照顾独自留在客房的马霳的心境情绪,杨幺与郭凡在临安城观察浏览的一天中,滴酒未沾,空着肚子忍饿回店。虽说这是生活细事,要做到却也并不容易,心中确有那份深切的情义,才能对同行兄弟表现出如此的细心体贴和关怀。

3. 胸怀大志,识见过人。杨幺的"大志"是什么?一句话:等待时机揭竿而起。第十一回,杨幺充军启程时的一番心理表白,是他一生的行事之纲:"我今此去,一则找寻根源,二则识访英雄,三则览天下之形势,兼看宋室如何,以图日后事业,才是英雄本色。"于是,在发配途中,他热情访识、串联了大江南北各个山头的造反英雄,为日后的大起义积聚起雄厚的人员力量;同时,他有意识地留连顿宿,勘察山川形胜,为将来选择义军立足基地做好准备。正因为有这"一点宿念在胸",所以一当大聚义趋势出现,他便立即提出了以"上下广阔八百里,中间有座君山,天下形势莫强于此"的洞庭湖作为根据地的建议;至于这个揭竿而起的时机,那就要看宋室江山的强固程度如何来作决定了。第四回中,天雄山头领曾有过希望杨幺领头起事的表示,杨幺听了却忙正色道:"识时务者,呼为俊杰。今宋家天下未摇,民心尚固,安敢轻易言此。"说明杨幺绝不是个轻举妄动的浅薄之徒,而是一个审时度势、识见超凡的领袖人物。那么,杨幺起义的政治理想是什么呢?"久欲人无贫富,因劫富以济贫。昔视性有善恶,故惩恶以劝善。乡民知者以为平等,愚人不知者以为逞强。"（第三十八回）明确提出"人无贫富""平等"的主张，这与历史上钟相、杨幺起义的"均贫富、等贵贱"的口号，精神实质是相通的，体现了对农民空想社会主义理想王国的政治追求。

上述三方面的言行特点，使得杨幺的形象更贴近于生活中农民起义领袖的真实，因而在我国古典小说的人物画廊中，是应该占有重要一席的。

（三）亦梦亦幻写尽心头仇和恨——《结水浒传》述评

《结水浒传》原名《荡寇志》。作者俞万春（1794—1849年），字仲华，号忽来道人，浙江山阴（今绍兴）人。这部小说初创于道光六年（1826年），道光二十七年（1847年）才完稿，历时二十余年。究竟为了什么，作者要为此书如此呕心沥血、倾注半生精力？请看他在小说第七十一回前的有关表白：

"乃有罗贯中者，忽撰出一部《后水浒》来，竟说得宋江是真忠真义。从此天下后世做强盗的，无不看了宋江的样：心里强盗，口里忠义。杀人放火也叫忠义，打家劫舍也叫忠义，戕官拒捕、攻城陷邑也叫忠义。真是邪说淫辞，坏人心术，贻害无穷。此等书，若容他存留人间，成何事体！他这部书既已刊刻行世，在下亦不能禁止他。因想当年宋江，并没有受招安、平方腊的话，只有被张叔夜擒拿正法一句话：如今他既妄造伪言，抹煞真事，我亦何妨提明真事，破他伪言，使天下后世深明盗贼忠义之辨，丝毫不容假借。"

毫不隐讳，他是为弥补政治禁毁《水浒传》的无效，用釜底抽薪之法，从思想上来对《水浒传》加以诋毁消灭的。作者的这个苦心，钱湘在《续刻荡寇志序》中说得更为透彻：

"思夫淫辞邪说，禁之未尝不严，而卒不能禁止者，盖禁之于其售者之人，而未尝禁之于其阅者之人；即使其能禁之于阅者之人，而未能禁之于阅者之人之心。兹则并其心而禁之。此不禁之禁，正所以严其禁耳。"

现在再来看《结水浒传》作者是怎样对《水浒传》进行口诛笔伐、思想诋毁的。这部小说编造情节、安置人物的唯一逻辑依据，就是作者回前说明中提到的，梁山英雄全部"被张叔夜擒拿正法"这一句话。或者如半月老人《续序》中所说："《水浒传》中之一百单八英雄，到结束处，无一能逃斧钺。"

按照这个既定逻辑，《结水浒传》衔接金圣叹的七十回本《水浒传》，从七十一回写起，与卢俊义做噩梦，一百单八好汉在草地被尽数处决的内容挂起钩来。卢俊义梦醒，惊慌疑惑，紧接着忠义堂上火起，忠义堂被烧成了一片瓦砾白地，杏黄旗也被大火卷去，连旗竿都烧没了。这就是《结水浒传》一开始呈现在读者面前的一片凄惶末世的梁山景象。从此以后，水浒英雄在劫难逃，直到被斩尽杀绝，小说结束。

俞万春以为，一管在握即可随心所欲。为抹去深入人心的梁山英雄光辉，其创作思想上的主观唯心主义，艺术表现上的反现实主义、消极浪漫主义，就成了《结水浒传》的独有特色。

概括起来，《结水浒传》的思想内容具有如下三方面的特点：

1. 偷梁换柱，彻底改变梁山聚义杀奸反霸、为民除害的正义性质

作者从三个方面下手篡改：

水浒英雄与人民群众的关系

梁山义士不再是路见不平、拔刀相助的好汉，而是烧杀抢掠、十恶不赦的江洋大盗。他们凶残贪婪，攻破东阿城后，"各处仓库钱粮，都打劫一空，抢掠子女头口，不计其数，都搬回梁山泊"（第七十一回）。呼延灼在收复嘉祥、南旺后，竟然传下军令，"尽洗嘉祥、南旺两处的百姓，以报昔日背叛之仇。可怜那两处的军民，不论老幼男女，直杀得鸡犬不留一个"。而且"自此以后，梁山兵马每破了城池，常洗涤百姓"（第八十一回）。作者把水浒英雄变成杀人魔王，然后再借群众之口加以唾骂。第七十一回，写归附梁山的新头领施威被捕，解到冀州时，"看的人无千无万，都说道：'害人强贼，今番吃拿了，这厮一身横肉，正好喂猪狗。'"

梁山内部义军之间的关系

仅举两例即可清楚，作者是如何变梁山"一寸心死生可同"的平等友爱为专制冷酷的利害关系的。如第七十一回，"忠义堂"被天火所烧。值夜军士作了说明，卢俊义也以梦境作证相劝，然而宋江却不听解释、劝阻，口说"这般男女，救他则甚"，决然下令处斩了三十二名值宿士兵，"须臾血淋淋的三十二颗首级献于阶下"。充满兄弟情义的温暖的梁山，变成了任意虐杀的可怖地狱。又如第九十三回，写梁山将士下山执行任务，他们的家属就成为人质，"名唤押头。倘若下山走泄山上机密，或投奔了别处，便将押头尽斩，毫不宽贷"。把地主官军的欺压作风转移到了梁山头上，瞒天过海卑劣之极。

梁山与贪官权奸的关系

小说通过梁山俘获梁世忠夫妇为人质、要挟蔡京于朝中帮助解困救急的情节的描叙，使梁山与蔡京、童贯建立起了事实上的彼此依靠、勾结的关系，从而把人们对奸佞的仇恨引向了水浒英雄，用心之恶毒令人扼腕。

2. 在往梁山好汉身上大泼脏水的同时，一支以屠杀水浒英雄为旨归的"混成旅"组成了

它由三类人拼凑起来：

失势的官宦士绅、世家子弟

以火居道士陈希真及其女儿陈丽卿为骨干，借助世交姻亲关系，联结了刘姓（落职的沂州东城防御刘广及其二子一女）、云姓（总督山东景阳镇陆路兵马云天彪及其子云龙）、苟姓（受童贯陷害被杀的朝官苟邦达之子苟桓、苟英）三个家族，以猿臂寨为基地，配合朝廷正规武装，积极展开扫荡梁山的军事活动。他们虽与高俅也有矛盾，但只是失势在野派与得势在朝派的争夺，而与梁山则是不共戴天。由此，猿臂寨青云山顶盖的不是聚义厅，而是供奉着大宋皇帝牌位的万岁亭。寨主陈希真"朔望率领众头领朝贺。凡议大事，必到万岁亭上"，并且"逐日操演人马，屯积粮草，准备与梁山泊厮并"（第九十回）。所以"猿臂寨"的性质不是农民起义，而是失势官宦通过征剿梁山立功以争取朝廷信用、获得失落官位的一个跳板。对此，陈希真手下头领祝万年说得十分明白："论起先，却也似乎强盗。但我这强盗，与众不同。从不抗杀官兵，从不打家劫舍，现在戮力王家……刻下又拟恢复兖州，以为进身之地。如此举动却非强盗所为。"（第一百零八回）

猿臂寨其实就是《水浒传》中祝家庄、曾头市的移植，不过成员更扩大，气势更猖狂而已。

受梁山致命打击的残余复仇势力

以祝朝奉之弟祝永清为核心，纠集了原祝家庄教师栾廷玉，曾头市教师史文恭之弟史谷恭，大名府败将闻达、李成等，组成了一个向梁山义军疯狂反扑的"还乡团"。他们的报复行动呈现出无比残忍的兽性特征。作者在第一

百一十回中有详尽的描叙:昔年破祝家庄立功的孙立、石秀、杜兴被猿臂寨俘获。陈希真立即在府堂上排起桌案,供奉祝朝奉及其眷属的神位,把孙立、石秀、杜兴作为祭奠的活三牲献上。栾廷玉一见孙立,"持刀拣孙立身上不致命处,搠了三个窟窿,取出三杯血酒,献在祝朝奉位前",然后再"用细钩钩皮肉,用刀小割,备下盐卤浇洗创口。倘有昏晕,将人参汤灌下,令其不死"。"自辰牌割起,直至申未",才把孙立以"极惨毒慢慢死的刑法"活活割死。这样一批凶残如野兽的人物,却被作者描绘成了"性情温良、庄重儒雅"的义士英雄,是非颠倒一至于此。

在朝的文官武将

如郓城知县盖天锡,乃是被李逵劈死的小衙内的胞兄,也是一个与梁山有仇的。又如靠残酷镇压农民起义而官运亨通的经略大将军张叔夜、率三十六队人马围困梁山的曹州知府徐槐等,这些官将全被塑造得清廉有为、英勇智谋,成为梁山无法抗拒的天王克星。

3. 竭力宣扬"天子圣明""造反有罪"的奴才哲学

书中有关这方面的说教,连篇累牍、触目皆是。仅举几例:

第一百十九回,郓城知县徐槐竟然直上梁山忠义堂训斥卢俊义。当卢俊义以"官长逼迫,负屈含冤"相告时,他又大放厥辞:"你错极了!天子圣明,官员治事。如你奉公守法,岂有不罪而诛?就使偶有微冤,希图逃避,也不过深山穷谷,敛迹埋名,何敢啸聚匪徒,大张旗鼓,悖伦逆理,何说之辞!"完全是一派"只许州官放火,不许百姓点灯"的封建专制歪理。

又如第九十八回,宋江等拜访道士笋冠仙,谈及梁山替天行道、铲除贪吏、为民除害的宗旨时,不料遭到笋冠仙的一连串责问:"贪官污吏干你甚事?刑赏黜陟,天子之职也;弹劾奏闻,台臣之职也;廉访纠察,司道之职也。义士现居何职,乃思越俎而谋?"在这番充斥着封建卫道腐朽气味的说辞面前,宋江、吴用竟然全都气馁身矮"错愕无言"了。

总之,作者认为,在神圣的封建秩序面前,无论是谁,绝不允许有越雷池一步的犯上越轨行为。这样,在这部小说中,北宋末年君昏臣佞、民不聊生的生活真相就被掩盖起来了,读者所看到的则是君主亲贤远佞、官吏豪杰清廉立勋的虚假现实。

在封建专制统治日趋衰朽，农民反抗运动风起云涌的旧民主革命前夜，作者无视现实，脱离生活，凭着一己私意，心造幻影，这就不能不使他的创作跌进了主观唯心主义的泥坑。至于艺术上，则又不得不求助于消极浪漫主义的表现手法，出现了大量荒诞离奇、神道迷信的描写。仅举一例加以说明：如第九十回所写，道士陈希真祭炼的那口五千四百斤九阳钟，"钟上的符箓宝箓包藏先天纯阳之气，善能摄有情的精神。一声撞动，方圆九里之内，但是飞走活物，都如醉如痴，动弹不得"，猿臂寨用它镇守平坦的张家道口。梁山调集几千人马攻打，都被神钟"锽"的一声震倒在地，遭到生擒活捉。在如此无边的法力面前，梁山英雄还有活路吗？它的任何攻战，岂不都是失败前的垂死挣扎吗？

不可否认，作者具有一定的文学修养，因而作品行文布局、造语设景的技巧较高；某些片断故事的叙写，如陈希真父女设计惩处高衙内，弃家外逃，借宿风云庄等，文情并茂，颇为生动，陈丽卿的形象也较为鲜明突出。作品的这些可取之处，使它成为如鲁迅先生所说的："在纠缠旧作之同类小说中，盖差为佼佼者矣。"（《中国小说史略》）

《结水浒传》由于思想内容的反动，艺术形象的虚假，问世后即遭到广大群众的拒斥。太平军将领李秀成在苏州时，曾把它作为反动书刊加以毁版。然而，清朝官府及封建文人对它却宠爱有加，视其为维系专制统治、挽救"世道人心"的灵丹妙方，借助于政权的力量，把这部小说一印再印。尽管如此，它的命运也是渗淡可悲的。只是作为中国小说史上的一种现象，却是值得我们重视。它不仅从反面证明了《水浒传》的杰出和伟大，也典型地说明了在文学艺术领域里，两种文化意识斗争的激烈和尖锐。

名家解读古典名著
侠义公案小说(上)

解读《儿女英雄传》

张 兵 著

《儿女英雄传》是一部什么样的小说？是侠义小说还是公案小说？为什么说它堪与《红楼梦》媲美？它的内容和作者与《红楼梦》有哪些相似之处？它有哪些成就和不足？本书为你一一解读。

一 "自承与《红楼梦》争胜"——《儿女英雄传》的历史地位

文康的《儿女英雄传》是晚清时代的一部"社会大观"，富有思想和艺术价值。小说问世后，在社会上不胫而走。据有关资料可知，它的初印本刊行于光绪四年（1878年）。两年后，聚珍堂又刊行了它的活字本，并由"还读我室主人"董恂作了评注。这使得《儿女英雄传》在社会上的流布更为广泛和普及。以后，书坊主人曾据以上两种刊本，又刊行过多种《儿女英雄传》的刻本、石印本和铅印本等。光绪十四年（1888年），上海蜚英馆刊行了董恂评注的《儿女英雄传》石印本，这是一个在社会上流行甚广、影响较大的本子。

不久，《儿女英雄传》的续书也随之出现。光绪二十四年（1898年），北京宏文书局有《续儿女英雄传》四卷三十二回石印本问世。据说，徐州师院图书馆还藏有一部《再续儿女英雄传》，系《续儿女英雄传》的续书，共四卷四十回，《中国通俗小说总目》有此书的著录，余不详。这样一版再版，一续再续，说明它在当时影响的深广。

随着《儿女英雄传》的广泛流布，人们对它的兴趣也日益浓厚。平步青在《霞外攟屑》中就小说的作者、故事人物、典故等问题作了初步的研究，认为它"于家庭细故中，发出天理人情。似迂拘，而实通达，似俚俗，而实尔雅"，是一部优秀的小说。

1903—1904年，《新小说》第一、二卷发表了曼殊的文章，说《儿女英雄传》"下半部之腐败，读者多恨之，若前半部，其结构真佳绝矣"。它的前八回，"乃书中主人之正传也，且以彼一人而贯彻八回者也。作了一番惊天动地之大事业，而姓名不露，非神笔其能若是乎？"

近人蒋瑞藻的《小说考证》一书辑录的《花朝生文稿》和《花朝生笔记》指出："满人小说，《儿女英雄传》最有名，结构新奇，文笔瑰丽；惜自何玉凤归安氏后，意义渐趋平衍，读者病之。"他们的看法，对后世学者影响很大。

钱玄同先生酷爱此书，尚可"倒背如流"，逢人谈话时，经常恰到好处地征引小说原文，生动传神。钱钟书先生也对此书深有研究，在其著作《管锥编》和《七缀集》中多次引录小说文句。周作人也说过："《儿女英雄传》作者的昼梦，只是去点翰林，那时候，恐怕正是常情，在小说里不见得是顶腐败。……此书作者自称恕道，觉得有几分对，大概他（安老爷）通达人情物理，所以处处显得大方；就是其陈旧迂谬处，也总使人不怎么生厌，这是许多作者都不易及的地方。"对小说作了较高的评价。鲁迅先生也在《中国小说史略》一书中，给予《儿女英雄传》有较多的注意，尤其是对它的前八回作了详尽的论析。

"自承与《红楼梦》争胜"，这是"知新主人"在《新小说》杂志上发表的观点，是十分中肯的。

许多学者已经注意到《儿女英雄传》和《红楼梦》之间的联系。平步青在《霞外攟屑》卷九《小栖霞说稗》中说，《儿女英雄传》"大致仿《石头记》（按：即《红楼梦》）而作"。这一点现已成为人们的基本共识。

把《儿女英雄传》和《红楼梦》进行比较，其源还在于文康自己。他在小说第三十四回的自述中，把两书认真而具体地作了对照，尤其是在人物的构置上，它们竟然有着惊人的相似之处：

《儿女英雄传》	《红楼梦》
安学海	贾 政
安 骥	贾宝玉
张金凤	林黛玉
何玉凤	薛宝钗
佟太太	王夫人
长姐儿	花袭人

有关以上这些人物的比较，文康在小说中有长篇大论的分析。他说：

"世人略常而务怪，厌故而喜新，未免觉得与其看燕北闲人这部腐烂喷饭的《儿女英雄传》小说，何如看曹雪芹那部香艳谈情的《红楼梦》大文？那可就为曹雪芹所欺了！曹雪芹作那部书，不知和假托的那贾府有甚牢不可解的怨毒，所以才把他家不曾留得一个完人，道着一句好话；燕北闲人作这部书，心里是空洞无物，却教他从那里讲出那些忍心害理的话来？"

事实上，文康模拟《红楼梦》完全是自觉的、有意识的，小说的艺术结构也学《红楼梦》："缘起首回"，基本上沿袭《红楼梦》第一回，叙述全书的创作动机和主要内容。燕北闲人在白日做"梦"的描写，也能在《红楼梦》的"太虚幻境"中找到它的影子。梦中"凭空里就现出许多人来"，向读者暗示着全书的主要人物，这和《红楼梦》中"金陵十二钗"的出现，其作用又是何等的相似。类似这样的例子实在太多,读者从小说中很容易找到。

文康在《儿女英雄传》第三十四回中还说过:

"就拿这《儿女英雄传》里的安龙媒讲,比起那《红楼梦》里的贾宝玉,虽说一样的两个翩翩公子,论阀阅勋华,安龙媒是个七品琴堂的弱息,贾宝玉是个累代国公的文孙,天之所赋,自然该于贾宝玉独厚才是。何以贾宝玉那番乡试那等难堪,后来直弄到死别生离?安龙媒这番乡试这等有兴,从此就弄得功成名就?天心称物平施,岂此中有他谬巧乎?"

联系他在此回中对《红楼梦》的其他一些评论,可知文康认为两书的基本不同,是由于曹雪芹和他各自写了一个社会和人生的悲喜剧。这是非常正确的。文康以一个没落官宦子弟的身份,去从事"壮夫不为"的通俗文学——"评话小说"的创作,在他的本意,是独辟蹊径,翻旧出新,和《红楼梦》争胜。但是,由于他的"创新"主要是艺术形式上的摹拟,而对《红楼梦》的思想精神和美学风貌注意不够,这种不从根本之点上去感悟艺术真谛的"创新",只能是生吞活剥式的模仿,所以其失败也是不可避免的。

艰辛的耕耘,总会有收获,但文康的收获,却无法和曹雪芹相比,这也是一个事实。从总体上说,《儿女英雄传》在思想和艺术上都逊色于《红楼梦》。尽管如此,它仍以独特的艺术风貌赢得了相当多的读者。这一点也不应忽视。今天,《儿女英雄传》的研究者队伍已走向世界,它在中国文学史上的历史地位需要我们重新认识。

二　八旗宦家——《儿女英雄传》的作者文康

(一) 文康的家世

"先生少席家世余荫,门第之盛,无与伦比",这是马从善在文康所著《儿女英雄传》一书的"序"中说的话。马从善是一位私塾老师,长期在文康家中教书,并和文康结下了深厚的情谊,对文康其人其家了如指掌,这番话不会是虚假之辞。

让我们来看一下文康这个"无与伦比"的"门第之盛"的家世吧。

文康是满族人,当时称为镶红(黄)旗人。自从清军入关,定鼎中原,建立了我国历史上最后一个封建王朝——清政权以后,满族成为统治中国的主要政治力量。而在清王朝的封建政权中，文康的祖辈有着举足轻重的地位。据《八旗满洲氏族通谱》记载，现在可以查到文康的八世祖瑚尔汉、七世祖瑚世礼，都是清廷的显赫功臣；其六世祖是温达，据《清史稿》说，他以笔帖式授都察院都事、户部员外郎，历任陕西道御史、户部侍郎、吏部尚书。康熙三十五年（1696年），他曾跟随康熙帝征战噶尔丹，管理镶黄旗大营。康熙四十八年（1709年）赐授文华殿大学士，康熙五十四年（1715年）去世。

《清代宰辅年表》卷二著录，文康的曾祖温福，"姓费莫氏，满洲镶黄（红）旗人，温达孙，翻译举人"。他于雍正六年（1728年）补兵部笔帖式，乾隆十四年（1749年）后任贵州布政使。后因办事不力，被充军流放至乌里雅苏台做苦工。后经人荐举，重返政坛，担任福建巡抚、吏部侍郎、理藩院尚书、工部尚书等职。乾隆三十七年（1772年），朝廷赐为定边将军，统兵征金川，授为武英殿大学士，翌年，死于军中。

文康的祖父是勒保，《清史稿》有传。他以笔帖式充军机章京，并担任过陕西、云贵、两江的总督，曾积极参与朝廷镇压农民起义军的战事，官至太子太保。晚年回京任职，授武英殿大学士，管理吏部、兵部。嘉庆十六年（1811年），兼管理藩院，嘉庆十八年（1813年）任军机大臣，嘉庆二十四年（1819年）卒。著有《平定教匪纪事》等。

勒保生有九子一女。从已知的五子一女中，可见这确是一个"簪缨门第，钟鼎之家"。长子英惠，官至内阁学士、礼部侍郎，道光二年（1822年）调任乌鲁木齐都统，至道光十一年（1831年）转为科布多参赞大臣，袭三等威勤侯，一生享尽荣华富贵。二子英德任侍卫官，专司保卫朝廷和王室的安全之职。四子英绶，于乾隆五十八年（1793年）起任整仪尉，至嘉庆十八年（1813年）晋升为内阁学士和礼部侍郎，并在理藩院任要职。五子英奎，曾任吏部郎中。六子英秀，官至广西庆远知府。女儿奉旨嫁给嘉庆皇帝的第四子瑞亲王绵忻。自此，又和封建王朝的主子攀上了亲家，这使文康的显赫家世如日中天。

再看文康的亲族。《道咸以来朝野杂记》的作者崇彝与文康有着世家之谊。他的继祖母与文康为兄弟行。崇彝曾经做过统计，将费莫氏家族中"颇有政绩者，亦有文学者"，一一列表示知，略记如下：

　　文庆　　字孔修。道光壬午翰林。官至武英殿大学士，谥文瑞。

　　文蔚　　字露轩。嘉庆庚辰翰林。官至户部侍郎，以事罢斥。

　　文俊　　字秋山，文举人。官江西巡抚。

文辉	字友石。官江西布政使,罢。有富名。
文煜	字星岩。官武英殿大学士,谥文达。
文硕	字俶南。由荫生、户部员外郎,仕至驻藏办事大臣。罢后赏三品卿衔,有奏议多种。
文良	字冶庵。官四川道员,藏书最有名。
文玉	都司。

由此可知,文康世家以军功出身,是一个代有相国、位极人臣的"三代四大学士之家"。如此显赫的家族,在清代的八旗宦家中也极为罕见。

现有的资料还不能证明文康属于勒保九子中的那一支。不过,在他的兄弟行中,有一文俊颇值得注意。他是四子英绥的儿子,字秋仙。文康,字铁仙。按照古人往往以同一字排比取名的习惯,他很可能和文俊同列一支。当然,这还需要找到新的佐证。

马从善的"序"中说,文康的《儿女英雄传》,"其书虽托于稗官家言,而国家典故,先世旧闻,往往而在。且先生一身亲历乎盛衰升降之际,故于世运之变迁,人情之反复,三致意焉"。可知它基本上是一部实录史事的作品。

小说第一回有叙述安学海家世的一段文字,说:"那正黄旗汉军有一家人家……是个汉军世族旧家。""论他的祖上,也曾跟着太汗老佛爷征过高丽,平过察哈尔,仗着汗马功劳上头,挣了一个世职。进关以后,累代相传,京官、外任都做过。"这和文康的家世十分契合。书中描述的安家,也许是其家庭的缩影。

对于这个家族的显赫地位,文康时常引以为荣。小说第一回开门见山地说:"我们清朝的制度不比前代,龙飞东海,建都燕京,万水朝宗,一统天下。就这座京城地面,聚会着天下无数的人才。真个是冠盖飞扬,车马辐辏。与国同休的,先数近支远派的宗室觉罗,再就是随龙进关的满洲、蒙古、汉军八旗,内务府三旗,连上那十七省的文武大小汉官,何止千万门户。说不尽的'九天阊阖开宫殿,万国衣冠拜冕旒'。"

从这段话中,人们不难看出文康的自豪和得意。这个显赫的家族,对文康的影响也不小。一部《儿女英雄传》把文康的真实心态表露无遗。

(二) 文康的生平

文康,号晋三,字铁仙,是费莫氏家族中一位杰出的贵族公子。马从善的"序"说他"以赀为理藩院郎中,出为郡守,洊擢观察,丁忧旋里,特起为驻藏大臣，以疾不果行，遂卒于家"，大致可信。

据日本学者太田辰夫先生推断，文康的生年约为嘉庆三年（1798年）。此时正是清王朝统治的回光返照时期。清王朝在一浪高过一浪的农民起义军的冲击下，虽然表面上还维持着一点儿虚假的"繁荣"，却恰如航行在茫茫大海中的一艘破船，随时都有被倾覆的危险。然而，文康在他家庭的熏陶下，依旧做着跻身仕途的美梦，企盼着和先辈们一样，干一番轰轰烈烈的事业，为显贵的家族再添一块金匾。

在嘉庆末年和道光初年的政权更迭时期（约1820年前后），文康凭借着父辈的地位和权势，出资捐纳了一个理藩院外郎（副郎）的官职。这是一个隶属于朝廷的管理蒙古、新疆、西藏等少数民族地区事务的政府机构，具体负责续修《钦定理藩院则例》的工作。史梅叔有《理藩院文副部康》一诗说：

"忽如玉镜抢清辉，照人朗朗生颜色；君真豪俊有异才，不独天姿世难得。……羡君好青春，声名日嶙峋。罗刹番王动文采，蒙古部落惊精神。云霄如比那可量，为君多置壶中酿；醉眼饱看君骞腾，使我飘蓬亦心畅。"

史梅叔是文康的忘年交，且与文康的堂兄文龄、文庆皆为好友。诗中对文康的赞美不免有些过分，但是，一个踌躇满志、锐意进取的青年文康，在诗中还是得到了生动的展现。

从历史上的记载来看，《理藩院则例》的修订，自乾隆五十六年（1791年）以来，共有四次：嘉庆十六年（1811年）、道光三年至五年（1823—1825年）、道光十九年至二十二年（1839—1842年）、光绪十六年（1890年）。文康以"提调官"和"总纂官"的身份参加了第二、三次续修，可知他在理藩院任职的时间几近二十年。据《钦定理藩院则例·官衔》的著录，在第二次续修《则例》时，文康的官职从"郎中上行走"升任"直隶天津兵备道"。这也许就是马从善在"序"中所说的"出为郡守，洊擢观察"之事吧。同治《续天津县志》和光绪《天津府志》的"职官表"内记载说：1842—1843年，也就是道光二十二年至二十三年，文康以"天津河间兵备道"的身份，管辖河间、天津两府十八州的钱谷刑名和河防工作。这一时期的公务，文康干得大概是很不错的。道光二十六年（1846年），他被朝廷任命为驻藏帮办大臣。这一官职地位较高，但文康没有赴任，而是告病求免，得到恩准。看来，文康的"托疾"只是一种遁辞，它的真实原因除了嫌西藏的"路途风霜之苦，骨肉分离之难"（见四十回）以外，还有着另外的想法：

侠义公案小说(上)

　　"如今眼看着书香门第是接下去了，衣饭生涯是靠得住了，他那个儿子只按部就班的也就作到公卿，正用不着到那等地方去名外图利。他那分家计，只安分守己的也便不愁温饱，正用不着叫儿子到那等地方去死里求生。"

　　这是小说第四十回描写安学海在安骥晋官副都统，出任乌里雅苏台的参赞大臣时的真实思想。细心的读者不难发现，这也许是文康在借小说以述怀。

　　咸丰元年（1851年），文康已是五十三岁的人了。朝廷主子的更迭，也给文康带来新的机遇。清文宗看在费莫氏家族昔日的卓著功勋面上，重新启用文康担任安徽凤阳通判。这一新的官职，比文康先前的地位要低得多，况且又是外官，要离家别子，不合他的心愿，但文康还是去上任了。小说第一、二回在安学海被拣发河工知县的描写中，就暗寓着文康的这段经历和心态。

　　晚年的文康，仕途蹭蹬，昔日的雄心壮志丧失殆尽。不过，作为朝廷的一名命官，他还是十分忠于职守的。据光绪十年（1884年）增补本《荣昌县志》说，文康于同治二年至五年（1863—1866年）改任四川荣昌知县期间，"听断明敏，纂修邑乘，详定书役章程，以杜需索，酌议三费条规，将解命盗相验马夫之用，续增二十一条，以重久远，士民感之，为之建坊勒碑"。1866年以后，荣昌知县由鸣谦继任，文康也随之回到京城，居住在士儿胡同，不多几年，走完了他的生命旅程。光绪三年（1877年），马从善来京寻找文康，得悉昔日的主人已经逝去，故宅也"久已易主"。据此我们可以推知，文康大约卒于光绪元年前后，活了七十余岁。

　　文康的一生，在我国封建社会中有着典型的时代意义。在风云变幻的岁月中，他把个人的命运紧紧系于清王朝这艘破船上，作为封建统治阵营中的一员，没有摆脱旧政权的羁绊，和时代的潮流格格不入。这无疑是一个历史的悲剧。但是，时代在前进，新的思想也不断地荡涤着腐朽的一切。文康从迷惘中开始清醒过来，在晚年创作的《儿女英雄传》一书中，忠实地记录了这一思想历程，这是十分可喜的。

（三）文康的著书动机

　　文康的晚境十分凄凉。他生命的最后几年，官场失意，生活穷困潦倒。马从善的"序"为我们描绘了这一景象："家道中落，先时遗物斥卖略尽"，"块处一室，笔墨之外无长物"。其中的原因，是"诸子不肖"。

　　关于文康的家庭和后嗣的情况，史无明载，唯有史梅叔写过一首《朔谒太学归，便过文郎中康宅欢饮，为短歌留之》的五言古诗，提到了文康的

"诸子"。诗云：

"……如何济世才，子亦埋没久？酒至勿更言，回头见奔走；矫矫三骥子，殷勤各来焉；争出新诗篇，狂呼惊鲁叟。"

此诗所写，是文康中年之事。据《道咸以来朝野杂记》的著录，当时文康住在京城安定门内国子监附近的士儿胡同，与太学相隔不远。史梅叔在太学供职，回来能经过文康的家而与之"欢饮"。从此诗来看，文康至少有三个儿子，他们在少年时期，擅于写诗，殷勤待人，是非常"争气"的。可是，长大后不求上进，生活放荡不羁，把一个显赫的官宦之家拖入泥谷。小说第三十、三十一回描写安骥在成家后"走入纨绔轻佻一路"，误把它认作风雅，"风流过甚"，步入歧途，隐约地向人们透露了这一"信息"。张金凤、何玉凤"开菊宴双美激新郎"，指点迷津，劝诱安骥奋志功名仕途，这些描写似也寄寓着文康的家事。

"诸子不肖""家道中落"，这一切对文康的打击是很大的。当他历尽人间沧桑之后，回首往事，真是"锦样年华水样过，轮蹄风雨暗消磨；仓皇一枕黄粱梦，都付人间春梦婆"，这首见于小说第三十八回的诗，可说是他那时心情的真实写照。文康感慨自己"只因做了半世懵懂痴人，醒来一场繁华大梦，思之无味，说也可怜"，唯有提笔"著书以自遣"，才能"唤醒痴聋，破除烦恼"。杨钟羲的《雪桥诗话》说他"拂郁牢骚，穷老无俚，至为章回小说以寄意"，也可作为一个有力的佐证。

文康在《儿女英雄传》中要"自遣"的是什么呢？马从善在"序"中告诉我们："悔其已往之过"和"抒其未遂之志"。

文康在小说中要追悔的"已往之过"，显然是对儿女的教育问题。在他看来，正是由于在儿女教育上的失误，才招致显贵之家的衰落，从而使自己毕生奋斗不辍的事业中断，生活拮据，"香火"难传，葬送了锦绣前程。这是他在晚年最为痛心疾首的事。这一点，在小说开篇"缘起首回"的"提纲"中说得再也清楚不过了。这首词说：

"侠烈英雄本色，温柔儿女家风；两般若说不相同，除是天人说梦。儿女无补天性，英雄不外人情；最怜儿女最英雄，才是人中龙凤。"

所以，他在小说中塑造了三个理想的"人中龙凤"的艺术形象——安骥、何玉凤和张金凤，并且不惜笔墨，大肆渲染他们功名仕途的荣耀和"龙凤和鸣"的幸福。

文康在小说中要抒发的"未遂之志"，显然是指清王朝的长盛不衰。在他看来，王室的昌明盛祚，是费莫氏家族的希望。正是由于激荡的时代在动摇着清王朝的统治根基，也改变了八旗宦家子弟的命运，由高踞于人的贵族，跌落为有饥寒之虞的一介平民。他企盼着社会能出现众多大圣大贤的"儿女英雄"来力挽狂澜，重新缔造封建王朝的理想王国。这一点，文康在小说开篇"缘起首回"中同样交代得十分明白。他说：

"只我开辟以来，掌了这座天关，纵横九万里，上下五千年，求其儿女英雄、英雄儿女一身兼备的，也只见得两个。"

一个是女娲氏，"不忍见那青天的缺陷"，"炼成三百六十五块半五色石，补好了青天"。一个是释迦牟尼，制止了异教的"扰害众生，妄于国事"，使坏人"皈依正道"，人民安居乐业。

所以，文康在小说中竭力倡导人们要具有"英雄心，儿女情"，认为只有这样才能做出一番英雄的事业。他说：

"譬如世上的人，立志要做个忠臣，这就是个英雄心；忠臣断无不爱君的，爱君这便是个儿女心；立志要做个孝子，这就是个英雄心；孝子断无不爱亲的，爱亲这便是个儿女心。"

同时，文康还推崇儒家的那一套封建道德规范，认为这是奠定国家长治久安的根本：

"至于'节义'两个字，从君亲推到兄弟、夫妇、朋友的相处，同此一心，理无二致。必是先有了这个心，才有古往今来那无数忠臣烈士的文死谏、武死战，才有大舜的完廪浚井，泰伯、仲雍的逃至荆蛮，才有郊祁弟兄的问答，才有冀缺夫妻的相敬，才有汉光武、严子陵的忘形。这纯是一段天理人情，没得一毫矫揉造作。"

然而，文康感慨自己一生"不曾做得一个好梦，只着了半世昏迷，迷而不觉"，而变成"不可圬世"的一堵"粪土之墙"，是"不可雕"的一块"朽木"，便落得做了个孤苦伶仃的"燕北闲人"。这就是文康的"未遂之志"。

其实，关于《儿女英雄传》的这一创作动机，文康在小说中并不讳言。"缘起首回"的结尾，他特意提醒"列公"要牢记的"话头"就是以上所引述的"开宗明义闲评儿女英雄，引古证今演说人情天理"的文字，这是他作这部小说的"缘起"和"原因"。

这里有必要交代一下"燕北闲人"的来历。《儿女英雄传》一书，原署"燕北闲人"所作。这位"燕北闲人"在小说中若隐若现，似乎无时不在，无处不在，是全篇的"主心骨"。"燕北"，也许是指文康的出生地，或是他的居住地；"闲人"，则是文康辞官后的自嘲之语。小说第二十八回描写安骥和张金凤、何玉凤共结姻缘，文康藉此作了如下的感慨：

"只可怜那作《儿女英雄传》的燕北闲人，这事与他何干？却累他一丸墨是磨灭了，一枝笔是磨秃了，心血是磨枯了，眼光是磨散了。"

"咳，百岁光阴有限，一生事业无穷，那燕北闲人果然生来的闲身闲心，现成的闲茶闲饭，闲得没事做，教他弃这闲笔墨，消这闲岁月罢了；想来他也该做得些事业，爱个小小声名，也须女嫁男婚，也须穿衣吃饭，却都不许他做，偏偏的要他做个闲人，……闲人之为闲人，苦矣！倘然不亏这等一磨，却叫他怎的夜磨到明，早磨到晚？"

这既表明了文康创作《儿女英雄传》的艰辛，也寄寓着文康对自己不幸命运的强烈愤慨。署名"燕北闲人"的深长意味，恐怕正是在此。

《儿女英雄传》原名《金玉缘》，又名《日下新书》，后改名为《正法眼藏五十三参》，最后由"东海吾了翁"重订，定名为《儿女英雄传评话》。全书现有"缘起首回"和四十回，共四十一回。据马从善的"序"说，原书本有五十三回，而另十三回"残缺零落，不能缀缉，且笔墨弇陋，疑为夫卫氏所续，故竟从刊削"。这就使我们所见到的《儿女英雄传》不成"全璧"，不管怎样说，这毕竟是一件憾事。

《儿女英雄传》的最初刊行，是由马从善完成的。他在"序"中说到了这件事：

"余馆于先生家最久，宦游南北，遂不相闻。昨来都门，知先生已归道山。访其故宅，久已易主。生平所著，无从收拾，仅于友人处得此一编，亟付剞劂，以存先生著作。"

此序写于"光绪戊寅"，也即光绪四年（1878年）。由此可知，这部《儿女英雄传》最早是以抄本的形式流传，至光绪四年，始由马从善交北京隆福寺聚珍堂以木活字印行。两年后，聚珍堂又刊行了《儿女英雄传》的活字本，与光绪四年本相比，它增加了董恂的评注。这是《儿女英雄传》版本的两大系统。

另据尔弓介绍，北京图书馆藏有一部《儿女英雄传》的三十九回抄本。它"早于任何印本（光绪四年初印本），是马从善'刊削'后十三卷之前，'仅有四十卷可读'的稿本（或此本的传抄本），甚至有可能就是光绪四年据以排印的底本。"倘若此语不妄，这是一件值得庆贺的事。

三 "世情"杰作——《儿女英雄传》

(一) 侠义公案乎? 才子佳人乎?

《儿女英雄传》是一部什么小说?

鲁迅先生的《中国小说史略》和以前的几部文学史著作,都把《儿女英雄传》一书列为"侠义小说"或"侠义公案小说",其实这是一种误解。人们之所以会产生这种误解,恐怕和小说前几回叙述的十三妹在能仁寺和悦来店的故事有关。在这段故事中,十三妹的"侠义"精神确实被描摹得淋漓尽致。然而,这只是小说吸引读者的一个别致的开端。从篇幅来说,主要是第四回到第十回,约占全书的八分之一弱。应该说,它并不占据小说的主要地位。若以此七回文字就把全书定为"侠义小说"或"侠义公案小说",岂非有以偏概全之嫌?

文康在小说的文字即将过半 (第二十六回) 的时候,说过这样一段话:

"况且诸家小说,大半是费笔墨谈淫欲,这《儿女英雄传》评话,却是借题目写性情。从通部以至一回,乃至一句一字,都是从龙门笔法来的,安得有此败笔? 便是我说书的说来说去,也只看得个热闹,到今日还不曾看出它的意旨在哪里呢? 足下涉猎一过,又安得有如许的耳聪明?"

既然文康自己在小说的前二十七回 (包括"缘起首回") 中"也只看得个热闹""不曾看出它的意旨",那我们仅据其中的七回文字就匆忙地对全书的性质下一结论,当然会有失公允。

事实上,小说的"书心儿"是在第二十九回以后,也即"安龙媒正传"。他在此回小说的回前评论中说:

"这部书前半部演到龙凤合配,弓砚双圆。看事迹,已是笔酣墨饱;论文章,毕竟不曾写到安龙媒正传。"

文康明白地昭示人们说,"此后便要入安龙媒正传"。以后的二十五回,是安骥的故事,看来它才是《儿女英雄传》的"意旨"所在,也是作者"借题目写性情"的本意。

孙楷第先生则把《儿女英雄传》一书视为"才子佳人小说"。他在《关于〈儿女英雄传〉》一文中说:

　　"它的作风算来仍是才子佳人的苗裔。自明季以来，才子佳人的小说随着才子佳人的戏曲而发达。如《玉娇梨》《好逑传》一类的东西，作了又作，千篇一致，男为状元，女为才女。后又稍变，改才子为英雄，而才女或照旧或又为女将。……此《儿女英雄传》所说，远之则师才子佳人之遗意，近之则亦英雄儿女之气习，而稍稍变其格范，以英雄属之女人，闺阁而有侠烈心肠，公子却似女儿柔弱；只这一点稍有不同。至于先忧患，后满意，加官进爵，其用意则一般无二。所以就《儿女英雄传》的格局看起来，是陈腐的旧套了。然而它毕竟是文人之作。若从文笔上讲，则摹绘尽致，远非过去一切才子佳人、儿女英雄一派的小说所及。在陈陈相因的格范之下，居然能翻筋斗，这实在因为文康有创造的天才的缘故。"（《沧州后集》）

　　不错，自明末清初以来，"才子佳人小说"风靡一时，如《玉娇梨》《好逑传》之类充斥文坛。它们的基本艺术模式是：小说的主人公男为才子，女则佳人，以诗词或画墨联姻，结局美满。《儿女英雄传》的艺术"格局"与此十分相似。尽管文康在继承这一创作传统时有所发展，但在实际上仍没有跳出"才子佳人小说"的窠臼。从这一意义上来说，孙先生的话是很有见地的。然而，孙先生在论述《儿女英雄传》时，仅仅着眼于艺术的"格范"，而且主要局限于小说的人物构置和结构形式，未能从广阔的视野入目，难免会有不得要领之感。倘以孙先生的眼光来看，这类才子加佳人式的小说实在不胜枚举，如著名的《红楼梦》也可列入"才子佳人小说"，因为它的基本艺术模式和《儿女英雄传》相类。这显然是说不过去的，也不符合小说的实际。

　　《儿女英雄传》既非"侠义小说"或"侠义公案小说"，又非"才子佳人小说"，那么它究竟是一部什么小说呢？我们的回答是：世情小说。这是在综观全书的故事内容之后得出的结论。

　　这四十回小说的故事梗概是：京师正黄旗汉军有一位称为"安二老爷"的，双名学海，字水心，妻佟氏。只有一个儿子，乳名玉格，学名骥，字千里，别号龙媒。安老爷四十开外才中的举，五十左右中进士，拣发河工知县。因为河工开了口子，被革职拿问，还得赔修河工银两。安老爷上任的时候，留下公子在家。听说出了祸事，安公子便凑了银两往淮安去赎罪。他路过茌平，在能仁寺投宿，庙中和尚却是强人，劫了银子，要杀要剐，他被一位不相识的女子救了。那女子不言姓名，自称是"十三妹"，同时在庙中还救了一个打河南来的乡下女子，名张金凤。十三妹硬作媒，就把"张小姐"许聘了安公子，又赠金而别。安公子偕金凤到了淮安。安老爷交上赔金，照例开复，公子就在那里和张小姐成了亲事。安老爷细问十三妹事,心知为故人何氏女玉凤,于是即偕眷北上访之。不久,到了荏平。先结识了一位义士邓九公,原是十三妹的师傅。十三妹也住在附近的青云山上,此时她的母亲已死,因为和大将军纪献唐有杀父之仇,要去报仇。于是安老爷和邓九公上山,见着十三妹,告以纪献唐已伏国法,本人与何氏世交,要带她进京,安葬二亲。到京以后,把何家夫妇殡葬。服满,安公子就要娶她。何小姐不肯。事情闹僵了,亏着张金凤以"现身说法""十层妙解"感动了何小姐,即日成亲。安公子得二美妻,心满意足,所少的只是功名,于是下闱苦攻。先已进学,至是中第六名举人。明春点探花,授编修,升侍读学士,国子监祭酒。已而有乌里雅苏台参赞之命,举家惶恐。幸以故旧周旋,改授内阁学士兼礼部侍郎,简放山东学政,兼观风整俗使,钦加右副都御史衔。于是合家欢喜。公子自去上任。金、玉姊妹各生一子。安老夫妇寿登期颐,子贵孙荣,至今书香不断。(孙楷第《关于〈儿女英雄传〉》)

从孙先生概述的小说故事内容来看,全书以一个八旗宦家的命运为"经",以清代康熙、雍正年间的生活背景为"纬",辐射出广阔而丰富的封建末世社会的真实形象。这是构建《儿女英雄传》的基石。

其实,这一点在"观鉴我斋"为《儿女英雄传》撰写的"序"中也已说得非常明白:

"近有燕北闲人所撰《正法眼藏五十三参》一书,……其书以天道为纲,以人道为纪,以性情为意旨,以儿女英雄为文章。其言天道也,不作元谈;其言人道也,不离庸行;其写英雄也,务摹英雄本色;其写儿女也,不及儿女之私。本性为情,援情入性。有时诙词谐趣,无非借褒弹为鉴影而指点迷津;有时名理清言,何异寓唱叹于铎声而商量正学。是殆亦有所为而作与不得已于言者也。吾不图吾无意中果得于诚正修齐治平而外,快睹此格致一书也!"

此"序"原署写于"雍正阏逢摄提格",而在小说第三十九回中,已经出现了"还有新出的《施公案》合《于公案》"的字样,可知它显然是撰作者的有意伪托。而从种种情形来看,这个伪托者很可能是文康本人。这番话虽然打着"天道""人道""性情""格致"等儒家思想的旗号,但它表现社会世情的寓意仍然一清二楚。

在这种创作思想的指导下,文康把清代的社会现实生活摄入书中,主要事件是真实的,人物也是真实的。"书中所指,皆有其人,余知之而不欲明言之，悉先生家世者，自为寻绎可耳。"马从善的"序"中的这番话，已经说明了这一点。

平肯青在《霞外攟屑》中更进一步指出："纪献唐乃年羹尧，隆府即隆科多。……端木仲兴（涣）似指百禄，谈尔音指琦善，乌明阿指穆相。"等等。不仅这些次要人物是如此，而且书中的主要人物也实有其人。据孙楷第先生的考证，小说中的安骥是文庆的影子，何玉凤的原型是何屺瞻的女儿，而邓九公则和文康的挚友史梅叔有关（同上）。这些真实的人物和真实的事件，构成了一幅清代社会生活的图画。

我国古代的长篇小说，由宋元"讲史"话本发展而来，如《三国演义》和《水浒传》等，大多以历史上的重大事件和轶闻传说为题材，较少对社会现实生活的直接表现。至明末的《金瓶梅词话》问世以后，这种情形有了根本的改变。作家们开始以冷峻严肃的写实态度，直面现实生活，描写中国封建社会的真实世相，从而形成了"社会世情小说"的创作流派。自《金瓶梅词话》之后，出现了《醒世姻缘传》《红楼梦》《儒林外史》等长篇小说，它们无不都沿着这一方向前进，从而形成了古代文学中的现实主义创作主潮。文康的《儿女英雄传》也是这股文学潮流中的一朵璀璨的浪花。说它是我国清代文学中一部不可多得的表现社会现实生活的世情小说，这绝非溢美之辞。

（二）序曲：一桩千古奇冤

文康在《儿女英雄传》一书"缘起首回"的"提纲"词后说，这部小说"所传的是首善京都一桩公案"。这桩"儿女英雄公案"是全书的一支序曲，它构成了小说艺术结构中的核心情节之一。

我们有必要先从这桩"公案"说起：清代康熙、雍正年间，有个"雄兵十万，甲士千员，猛将如云，谋臣似雨"的纪献唐，身为"经略七省挂九头狮子铁印秃头无字大将军"，曾因累次军功，加衔尚书，晋赠太傅，成为朝廷的重臣。他依仗显赫的权势，硬逼着何玉凤的父亲把女儿嫁给自己的儿子纪多文。为达此目的，纪献唐软硬兼施，一方面"着实的牢笼"何父，"保了他堪胜总兵"，另一方面又请出本省督抚提镇，强逼作伐。当时，何父在纪献唐部下做中军副将，是个血性气刚的人，他不顾顶头上司的淫威，对这门亲事"绝不吐口应许"。这一来，纪献唐老羞成怒，便假公济私，参了他一本，以"刚愎任性，贻误军情"的莫须有罪名，把何父革职，拿问下监。何玉凤的父亲咽不下这口冤气，没过几天，就在囚房中"一口暗气而亡"。何家从此家破人亡。对这深仇大恨，何玉凤发誓要报——不杀仇人，决不罢休。《儿女英雄传》的帷幕就这样拉开了。

这真是一桩千古奇冤。只因何家生下一个年轻美貌的姑娘何玉凤，纪献唐的儿子纪多文就想随心所欲地占为己有。而纪献唐竟丧尽天良，把一个好端端的何家害得家破人亡。"子系中山狼，得志便猖狂。"纪献唐的飞扬跋扈，不可一世，由此可见一斑。在这个封建王国中，还有什么天理人情、王法公道可言？

何玉凤的不幸遭遇，在封建社会中是相当普遍的。她的父亲是一位朝廷命官，在纪献唐部下做中军副将，屡立军功，女儿尚且如此饱受欺压，那些无权无势的平民百姓所遭受的凌辱，就更是罄竹难书了。正如《金瓶梅词话》中的一句诗所说："致死冤魂塞满衙。"尽管文康对此不敢像兰陵笑笑生那样秉笔直书，但我们透过纪献唐之流的狰狞面目，不是也可以清楚地窥知封建社会中人民"冤魂塞满衙"的社会现实吗？

然而，当时的国家政权就把持在这伙官僚恶霸的手中。他们身居高位，享尽厚禄，不思为民效劳，却一心欺压民众，视人命如草芥，用他人的鲜血来染红头上的顶戴。作恶者逍遥自在，晋官加爵，而受害者却强咽仇恨，无处申冤。

据蒋瑞藻《小说考证》卷八转录的《花朝生文稿》说，文康笔下的纪献唐，实有其人。他是康熙和雍正时代的"勋臣"年羹尧的化身。"纪者，年也；献者，《曲礼》云：'犬名羹献。'唐，为帝尧年号。合之则年羹尧也。年氏用兵西陲，转战万里，为本朝勋臣第一，后以跋扈诛，人尽知之矣。其事迹与本传所记悉合。"《清史稿·列传》八十二有隆科多、年羹尧的事迹，说他们"招权纳贿，擅作威福，欺罔悖贫"（《隆科多传》），"才气凌厉恃上，眷遇师出，屡有功，骄纵行，文诸督抚书，官斥姓名。清发，侍卫从军为前后导引，执鞭坠镫；入觐，令总督李维钧巡抚范时捷跪道送迎；至京师，行绝驰道，王大臣郊迎不为礼；在边，蒙古诸王公见必跪额驸阿宝。入谒亦如之"，所记和小说之事相吻合。由这伙杀人不眨眼的刽子手所组成的国家机器，真是腐朽到了极点。

文康在小说中，左一个"大清"，又一个"圣人"，为清王朝唱着颂歌。在"缘起首回"中，他做了一个梦，"犹如换了一个新世界"。在梦中，他来到天庭：

"只见那天官现彩，宝殿生云，仙乐悠扬，香烟缭绕。左一行，排一层紫袍银带的仙官；右一行，列几名翠袖霓裳的宫嫔。阶下立着是上时电卷风驰；龙骧军、虎贲军，用着他龙拿虎跳。一个个，一层层，都齐臻臻静悄悄的分列两边。殿上龙案头设着文房四宝，旁边摆着一个朱红描金架子，架上插着四面朱红绣旗，旗上分列着'忠''孝''节''义'四个大字。一时仙乐数声，画阁开处，左有金童，右有玉女，手提宝炉，焚着白檀紫降，引了那帝释天尊、悦意夫人出来。那天尊，头戴攒珠嵌宝冕旒，身穿海晏河清龙衮，足登朱丝履，腰系白玉鞓。身后一双日月宫扇，簇拥着出来。"

在文康看来，这真是一个理想的世界。然而，这个理想的世界却只是梦中的幻影，等到他一觉醒来，眼前所见的却是豺狼当道、魑魅横行的另一番景象。难怪连满脑袋都是"保皇"思想的文康也要猛烈抨击纪献唐之流的罪恶：

"谁想他倚了功高权重，……便渐渐的放纵起来。又加上他那次子纪多文助桀为虐，做的那些侵冒贪黩忌刻残忍的事，一时也道不尽许多。只那屈死的官民何止六七千人，入己的赃私何止三四百万。又私行盐茶，私贩木植。岂知人欲日长，天理日消，他不禁不由的自己就掇弄起自己来了：出入衙门，便要走黄土道；验看武弁，便要用绿头牌；督抚都要跪迎跪送；他的家人却都滥入荐章，作到副参道府。后来竟闹到私藏铅弹火药，编造谶书妖言，谋为不轨起来。"

这充分说明，这个腐朽王国的末日，已经为期不远了。

何玉凤家的千古奇冤，在小说中没有充分展开。这是由文康的阶级地位所决定的。但是，作为一个现实主义意识较强的作家，他还是在小说中作了如实的描写，有利于人们认清封建社会的腐朽本质。虽然这只是《儿女英雄传》全书的一支序曲，但它却无情地撕开了笼罩在封建统治者头上的那一层薄薄的面纱，暴露了他们无比凶残和卑劣的面目，具有"窥一斑而知全豹"的意义。

清代的康熙、雍正、乾隆三朝，被人称为封建统治的"全盛期"，年羹尧（包括隆科多）案就发生在此时。还有乾隆朝的和珅，以容悦得宠皇帝后，纵情于声色美酒和游戏玩乐之中，只顾搜刮民脂民膏，聚敛天下资财，大肆挥霍，而置国家边地纷争和人民疾苦于一边，造成国衰民穷，清王朝大厦将倾。更何况，统治阶级的主子嫡庶之间，为执掌最高权力正忙于互相争斗，甚至不惜血刃相见。清世宗（雍正皇帝）就是在皇室的这种"内乱"中坐上王位的。他一上台，就把夺嫡的首魁允禩尊为亲王，任以总理，极意联络，以示报答。当然,这一切对于文康来说,在小说中是无论如何也不敢涉及的。然而,我们从何玉凤家的这桩千古奇冤中,也已经听到这个腐朽没落的封建社会的丧钟声。

(三) 黑暗官场的烛照

"东海吾了翁"的《弁言》说,《儿女英雄传》的故事都是"日下旧闻"。从全书来看,文康确是把社会现实生活作为小说描写的主要对象。在他提供给我们的艺术世界里,可以看到封建末世社会是何等的腐朽。尤其是封建官场的种种黑暗,烛幽探隐,让人拍案叫绝。与后世的小说《官场现形记》相比,也不逊色。

先看安学海,这是文康着意描写的主要人物之一:"论他的祖上,也曾跟着太汗老佛爷征过高丽,平过察哈尔,仗着汗马功劳上头;挣了一个世职"(第一回),直到不惑之年,才考中进士,钦赐河工知县,踏入政界。然而,等待着他的不是飞黄腾达,而是停职拿问,"不过半年光景,便做了一场黄粱美梦"。面对着如此梦幻的人生,这位"醇儒"不由得深深感慨:"世事茫茫如大海,人生何处不风波。"

安家的这场"风波"是如何而起的呢?文康在小说中作了明确的回答:乃安学海自己在官场中不会"圆通"。他由于一心想做个好官、清官、贤官而得罪了自己的顶头上司——河台谈尔音。"那河台本是个从河工佐杂微员出身,靠那逢迎追干的上头,弄了几个钱,却又把皇上家的有用钱粮,作了他致送当道的进身献纳,不上几年,就巴结到河工道员。又加他在工多年,讲到那些裹头挑坝、下埽加堤的工程,怎样购料、怎样做工、怎样省事、怎样赚钱,哪一件也瞒他不过。因此上历署两河事务,就得了南河河道总督。待人傲慢骄奢,居心忮刻阴险"(第二回),是一个十足的奸官、赃官、贪官。

安学海上任后,首先去拜访山阳县各厅同寅,再去见过道府,最后才去叩见这位河台。这一来,冒犯了他的尊严,认为其"有心傲上",心存不满;再加上安学海送的见面礼只是一些土特产,不像其他官员那样争奇斗艳,便更觉得被其"轻慢"了,随之萌生"忌才之意",准备借机发作。机会终于来了。谈尔音管辖下的高家堰,地处黄河要冲,每当桃花汛发之时,洪泽湖水上涨,就形成无穷的灾难。前任治河的官员是个贪鄙小人,一味克扣钱银,中饱私囊,堤坝虽筑成,但因偷工减料而潜伏着各种隐患,"好容易耗过了三月桃汛",拔脚溜走了。谈尔音明知这是他的"金蝉脱壳"之计,但"看了看收礼的账"，十分丰厚，就把这副"烂摊子"推给"十分着怪"的安学海。在谈尔音看来，这真是一箭双雕的好计谋，既可"压一压外边的口头"，显示河台的雍容大度，博得一个"任贤唯用"的好名声，又可在河堤出事时陷安学海于囹圄，"索性把他参了，也没的可说"。安学海明知是个"陷阱"，到此时也只得往下跳了。他勤谨廉明，秉公执法，在治河中堵住了各种坑人的行为，终于取得了治河的成功。谁知，"皇天不佑好心人"，在一次特大洪峰中，高家堰的堤坝"排山也似价坍了下来"，两岸的田园房舍被冲得东倒西坍、七零八落。谈尔音上疏奏知，把安学海处以"革职拿问，带罪赔修"，弄得倾家荡产。

安学海的这场"风波"和何玉凤家的悲剧一样，也是一桩千古奇冤，所不同的是表现得更为隐晦罢了。由于它带上了"公事公办"的幌子，让人似"哑巴吃黄莲——有苦无处诉"。这种不出血的软刀子杀人法，正是封建社会中黑暗官场的一个基本特征。文康在评论官场的黑暗时说：

"世上那些州县官员，不知感化民风，不知爱惜民命，讲的是走动声气，好弄银钱，巴结上司，好谋生转。什么叫钱谷刑名，一概委之幕友、官亲、家丁、书吏，不去过问，且图一个旗锣扇伞的豪华，酒肉牌摊的乐事。就使有等稍知自爱的，又苦于众人皆醉，不容一人独醒，得了百姓的心，又不能合上司的式，动辄不是给他加上个'难膺民社'，就是给他加上个'不甚相宜'，轻轻地就端掉了，依然有始无终，求荣反辱。"（第一回）

这就把当时官场中的尔虞我诈袒露人前。

值得注意的是那个陷安学海于囹圄的河台谈尔音，在封建官场的明争暗斗中，最终也成为一个可怜的牺牲者，其境遇比安学海更为凄惨。小说第三十八回描写他被朝廷革职后，穷途末路，栖身街头，靠说"道情"乞讨一二分钱以筹措回家的路费：他"坐在紧靠东墙根儿，面前放着张桌儿，那板凳上坐着也没多的几个人。另有个看场儿的，正拿着个升给他打钱。那桌子上通共也不过打了有三二百零钱。……脸上却又照戏上小丑一般，抹着个三花脸儿，还带着一圈儿狗蝇胡子。左胳膊上揽着个渔鼓，手里掐着副简板，却把右手拍着鼓……在那里等着攒钱"。

一个堂堂的四品大员，竟会有如此下场，真是"不著一字，尽得风流"。在这里，文康把封建官场的黑暗表现得入木三分。

世风日下，人情淡薄，是那个社会的普遍特征，封建官场也不例外。人在台上，门庭若市，拍马趋奉者踏破门槛；一旦下野，门可罗雀，落井下石

者不乏其人。谈尔音对安学海诉说其状:

"我自从那年获罪,发往军台,原想着河工上还有几个着实受过我些好处的旧日属员,打算叫他们帮助几千金,交了台费,便好还乡。不想这班人不肯也罢了,连回话都没得一句;难得接到他一封回信,又无法告苦说穷,那语言文字之间还带些笑骂。因此没法,在台站上一住三年,才得效力年满。回来,便想在京官同乡道里打个把式。哪知我们那班同乡更狠,算起来,这些人平日也不知用过我多少别敬节仪,如今见我这等回来,他们竟自闭门不纳,还道我不是个安分之徒,竟大家'鸣鼓而攻'起来。"(第三十九回)

想当年,这位河台大人是何等的荣耀,而现在却如同过街老鼠一般,人人厌恨。这段自述,说尽了宦海浮沉的辛酸。

这位显赫一时的谈尔音又是怎么会被人"鸣鼓而攻"的呢?文康在《儿女英雄传》的第十三回作了交代。原来,他在河台任上的胡作非为,很快传入京中,朝廷派兵部侍郎乌克斋为钦差大臣,到南河巡察。这位乌克斋是安学海的学生,对老师的"委曲"十分同情,就把谈尔音革职拿问,发往军台做苦力。乌克斋的一切似乎是遵旨行事,但很难说他不挟带着替老师报仇的私心。在审理谈尔音的案件之前,他曾专程到安府拜访,"请示老师",并密告谈案的详情。从封建司法的程序来说,这是一种徇公利私的行为,非一个正直廉明的朝廷大员所为。文康在表现乌克斋和安学海的关系时,还特地交待了一笔:这次南行,他随船还带来一万两金子,送给安学海,以贴补"赔修"大堤的费用。当然,这万金是杭州织造商周三爷的,也系不义之财。小说在这些具体的描述中,把黑暗的封建官场多次作了"曝光"。

江南民间有句描述木工艺人的俗语,说"斧头吃凿子,凿子吃木头",指的是"一物降一物"的意思。在封建社会的官场中,也是如此。谁的官职高,权势大,就可以随心所欲地"降服"下级官员,因此招降纳叛、结党营私的恶劣风气在朝廷中盛行。那些地位低下的官员,为保住"乌纱帽",必然要找上一级的官员做"保护伞",送礼、贿赂、攀亲家,无所不用其极,甚至不惜把自己的妻子和女儿当做礼物送给主子蹂躏(这在《儒林外史》等作品中有具体的例证)。人民用"朝里有人好做官"这句生动的民谚来形容封建官场的这种黑幕。如果"朝里"无人,只好激流勇退。安学海的如下一段话,倒是推心置腹的肺腑之谈:

"想我半生苦志读书,才巴结做了知县,不上半载,便经了这等意外的风波。大约宦海的味儿,不过如此。不如退归林下,遍走江湖,结识几个肝胆

英雄，和他杯酒谈心，倒是人生一桩快事！"（第十五回）

诚哉此言。

这种"朝里有人好做官"的艺术描写，在小说中还有一例。《儿女英雄传》结尾，叙述安骥考中"探花"以后，为皇帝钦点遣往乌里雅苏台任参赞。这对安骥来说，是又一次的大难临头："信乎世事，如苍狗白云之变幻无定也。这桩事，才叫做'天外飞来，意想不到'。"安学海的这句话，颇能代表全家的心态。正当他们举家惊惶无措之际，忽然又从京中传来消息：安骥改调山东学政，晋升右副都御史衔，授为观风整俗吏，职同巡抚大臣。对于安家这一次的转危为安，又是乌克斋从中"斡旋"的结果。文康在小说中作了直言不讳的交代：

"这个乌克斋正是安老爷的授业门生，又正是安公子的会试老师。读书人看得师生一门情义最重，况他又在当道，一时不忍看着这位恩师日暮倚闾，这个高弟天涯陟岵，心里早想从中为些力，把这桩事斡旋起来。"（第四十回）

他利用朝廷"掌院大臣"的身份，向皇帝进言，改调安骥新职。

文康一生，长期为官，对封建王朝的官场黑幕谙熟于心。小说中描写的以上几例，事事都写得脉络清楚，因果分明，让人无可置疑。他并不是一个封建王朝的叛逆者，自然不敢把笔触伸向这个腐朽王国的各个角落，揭出它的"毒瘤"，进行彻底的疗救。他只是从自己宦海生涯的直接观感和亲身体验中来描写当时官场的黑暗，其批判性不强，甚至多少还带着一点儿有意识的赞扬。然而，就从小说涉及到的安学海、谈尔音、安骥等人来看，封建官场黑暗的内幕烛照得还是相当清晰的。这也许并非出自文康的本意，但小说在客观上为我们描绘了一幅封建官场的"群丑图"，富有批判封建社会现实的思想价值。

（四）科场如戏

清代盛行科举制度，尤其是康熙、雍正、乾隆三朝，是八股制艺最为猖獗的时代。这种封建的科举制度，创立于隋、唐时期，原是封建统治者从分科考试中选取人材、分派官职的一种手段。它与魏晋南北朝时期重在以门阀和等第取仕的九品官人法相比，有着一定的进步意义，因为它可打破世族地主对政权的垄断，给庶族地主参加封建政权创造新的机会。随着中国封建社会的日趋没落，这种科举制度的腐朽性也愈益显明。特别是清王朝建立后，封建统治者为了统制文化，禁锢思想，遏制知识文人的反抗，在实行严酷文网、制造骇人听闻的"文字狱"的同时，把沿袭已久的封建科举制度视为法宝，并且逐年扩大录取名额，引诱文人踏上这条充满荆棘的人生之路，以达到维护和巩固封建统治的根本目的。

文康虽然没有参加科举考试的经历，但处于这样的时代氛围中，无疑也会感受到它的冲击力量。从另一方面来说，因为他没有踏入过科举考试的"领地"，对统治阶级选拔人才的这种弊端，也许看得更加了然。在《儿女英雄传》的第一回中，文康的犀利笔触首先就刺向封建的科举制度：

"这科甲功名的一途，与异路功名却是大不相同。这是件合天下人较学问经济的勾当，从古至今，也不知牢笼了多少英雄，埋没了多少才子。所以这些人宁可考到老，不得这个'中'字，此心不死。"

安学海的人生命运可作为这段话的一个注脚。他天性高明，见多识广，学问超群，自二十岁进学中举后，再也没有拿到过"进士"的头衔，一直到四十岁开外，仍是"老学廉一个"。是他的文章不行吗？不是。他的文章是"篇篇锦绣，字字珠玑"。是他的品行不好吗？也不是。他是一个贤明的"醇儒"，满口"之乎者也"，《论语》《孟子》等"圣贤"的大道理，一套又一套的。正如安骥所说："要论父亲的品行学业，慢道中一个进士，就便进那座翰林院，坐那间内阁大堂，也不是什么难事。"（第一回）既然如此，他为什么屡战屡败，始终未能跻身仕途呢？借用文康在小说中的一句话来说，就是"科（官）场如戏"这四个字。

记得一位哲人说过，人生犹如一座大舞台。在这座大舞台上，真不知演出过多少人生的悲喜剧。中年以前的安学海，上演的是一出大悲剧。可是到了四十多岁的那"会试大比之年"，他又上演了一出大喜剧，考中了第三名进士。文康在小说中描写安家听到这一喜讯时说：

"这太太因等不见喜讯，正在卸妆要睡，听到外面喧嚷，忙叫人开了房门，出去打听。那门上的家人早把报条接了进来，给老爷、太太、公子叩喜。这一番吵吵，安老爷也醒了，连忙披衣起来，公子呈上报条看了，满心欢喜。一时想起来，自己半生辛苦，黄卷青灯，直到须发苍然，才了得这桩心愿，不觉喜极生悲，倒落了几点泪。太太也觉心中颇有所感，忍泪含笑劝解，说：'老爷，这正该喜欢，怎么倒伤起心来呢？'定了一会，大家才喜逐颜开，满脸堆下笑来。公子便去打点手本、拜帖职名，以及拜见老师的贽见、门包、封套。家人们在外边开发喜钱。"（第二回）

这段描写，绘形绘色地摹尽了安家听到捷报后的诸般神态，完全可以和

《儒林外史》第二回中"范进中举"后的文字相媲美。

然而，也有在科场上一蹶不振的，邓九公（振彪）就是其中的一个。他出身名门，父亲是明代崇祯皇帝时代的按察副使，在明末战乱中，追随永王入滇（云南省），揭起反清大旗，后来和当时的名将邓士廉、李定国等人同时罹难。邓九公不精诗书，曾于康熙元年（1662年）参加童子试落第，后自觉舞文弄墨非己所长，改赴武试。他武艺高强，"从事于长枪大戟，驰马舞剑"，件件精通，深为主考官赏识，但在"默写武经违式"时，又遭"卡壳"。主考官让他交五百两银子，依然保其做个"插花披红的秀才"。但这位"性诚笃而毅，间以侠气出"的粗豪义士用"丈夫以血气取功名，谁复能持白镪乞怜哉！"的理由而拒绝，自此绝意功名，走上了任侠好义的道路。他在何玉凤遭难的时候收留了她，并支持她去报杀父之仇。如此种种，使邓九公赢得了"名震江湖"的美誉。但他更关心自己的"身后名"，说"讲到我邓九公，一个无名的出身，两肩膀扛张嘴，仗老天的可怜，众亲友们的生爱，弄得家成业就，名利双收"，唯一的不满足是缺乏一篇《墓志铭》，以记载他一生的行状和功绩，所以苦苦哀求老友安学海，要在他死后的坟头上"立起一个小小的石头碣子来"。

"人过留名，雁过留声"，这就是他的生活哲学。文康笔下的邓九公，一辈子将富贵荣华都看得破，只要求别人说一句"邓九公是个朋友"就行了，但他却冲不破名誉缰绳的束缚，岂非奇怪透顶。其实，这位"不读诗书的英雄"也是个凡人，他虽然没能跻身仕林，列朝廷高堂，但一生从事的轰轰烈烈事业，绝不亚于那些做官的举子。他要争得和他们一样的荣宗耀祖，所以当安学海写就一篇《义士邓翁传》之后，还非要加上"不读书而能贤，不立言而足焉"等语，以与颂扬立功、立言、立德的学子们一样，在历史的记功册上抹上一笔。他对安学海说：

"我这条身子是父母给的，我这个名是你留的。我有了这件东西（按：指《义士邓翁传》），说到得了天塌地陷，也是瞎话，横竖咱们大清国万万年，我邓振彪也万万年了。"（第三十九回）

邓九公这一艺术形象，充满了对封建科举制度的嘲弄和讽刺，他的人生哲学也是对封建科举制度的强烈反驳。这就是文康的良苦用心所在。

文康自称《儿女英雄传》的"书心儿"是"安龙媒正传"。这位安龙媒就是安骥，又名安公子，是全书的一个主要人物。他在悦来店、能仁寺得何玉凤相救，逃出"虎口"后，完成了宝砚雕弓的"神缘"，和张金凤、何玉凤结为夫妇，过着十分美满的生活。然而，安骥沉湎于温柔乡中，误了功名仕途，张、何两人商量后，开菊宴"敲打"他奋志读书，以博取功名，"大纛高牙，位尊禄厚"，插金花，饮美酒，荣宗耀祖，光辉门第。从此，安骥埋首功名，苦攻经书制艺，终于连中三元，钦赐"探花"，跻身国家"栋梁"之列。可是，这一切都是人生舞台上的一幕"过场戏"。

文康在描写安骥于科场上步步高升的同时，也深刻地揭示了封建社会中"科场如戏"的现实。小说第三十五回是文康描写的清代科举考试的实录。透过这场科举考试的帷幕，一场活生生的闹剧活现在眼前：

第一，举子功名的成就与否，完全凭主考官的好恶和主观意愿而定。小说在叙述封建王朝选拔"真才"的标准时说："方今朝廷正在整饬文风，自然要向清真雅正一路拔取真才。若此靠着才气，撷些陈言，便不好滥竽充数了。"这种拿着天下的才情就自己闹范的选才标准，不知埋没了世上多少有用的"真才"。安骥的文章令主考官娄养正爱不释手，但娄氏心中却存着大主考官预先交代的那条录取标准，就把安骥的试卷弃之一边，不予评议。

第二，安骥的录取是由于神灵庇护的结果，而不是凭借他的真才实学。文康在小说中说："科甲这一途，除了不会作文章和虽会作文章而不成之章的不算外，余者都中得。只这桩事单靠文章未必中用，是要仗福名德行来扶持文章的。何况三项都有了，还要分个运会机缘的迟早。"安骥的试卷被娄养正"枪毙"后，小说描写娄氏忽然听到窗外一阵风来，把桌上的青灯吹得摇曳不定，朦胧中来了一位清癯老者，"指着方才他丢开的那本卷子"，指令他一定要录取安骥。娄养正以"我奉命在此衡文，非在此衡人"拒之。谁料人力难逃冥冥之中神灵的安排，安骥打破清代旗人不取前三名的惯例而高中第三名（探花）。

从这些艺术描写中，人们只能得出"科场如戏"的结论。文人学子的功名仕途，一切都由命中决定。封建社会的科举制度，只不过是骗人的一场儿戏而已。正如文康在小说中反复强调的：科举"也不知牢笼了几许英雄，……无怪世上那些有文无行、问心不过的等闲不得进来，便是功名稔热勉强进来，也是空负八斗才名，妄叫一场辛苦"。他用艺术的笔墨，在《儿女英雄传》中生动地描绘了清代"科场如戏"的一幅幅画面，给人留下了深刻的印象。

科场连着官场。文康揭示的科场黑幕，正是清朝黑暗的封建统治的一个缩影。从这一点上说，文康的《儿女英雄传》和吴敬梓的《儒林外史》真有异曲同工之妙。事实上，在文康的这部小说中，处处晃动着《儒林外史》的影子：从思想主旨来看，《儒林外史》是批评八股科举，《儿女英雄传》的有关文字也是如此。从艺术结构来看，《儒林外史》第一回有"楔子"，借王冕之事概括全篇的主题思想；《儿女英雄传》也有"缘起首回"，点明小说创作的目的和题旨。再从小说的具体描写来看，我们在前面所说的《儿女英雄传》第二回中有关安家接报的描写，和《儒林外史》中"范进中举"后的描写相差无几，等等。可以这样认为：从揭示封建科举制度的伪善这个意义上说，《儿女英雄传》是对《儒林外史》的继承，应该说是不刊之论。然而，由于时代的不同以及作者的经历和思想不同，这两部书也存在着若干差异。对此，胡适曾在《〈儿女英雄传〉序》（1925年12月）中说过：

"《儒林外史》极力描摹科举时代的社会习惯与心理，那是有意的讽刺。《儿女英雄传》的作者却没有吴敬梓的思想见解，他的思想见地正和《儒林外史》里范进、高老先生差不多，所以他崇拜科举功名也正和范进、高老先生一班人差不多。《儿女英雄传》的作者正是《儒林外史》里的人物，所以《儿女英雄传》的心理也正是《儒林外史》攻击讥讽的心理。不过，吴敬梓是有意刻画，而文康却是无心流露罢了。"

这番话虽然不无可议之处，但大体上还是能说明两书的思想和艺术风貌的差异。由于这是一个专门的题目，我们在这本小册子中不能叙述过详，只好留待将来再去说了。

（五）婚姻的变调

文康在《儿女英雄传》中，口口声声表白自己以传扬"天理人性"为创作的圭臬，但综观全书，它的基本故事结构还是和《红楼梦》以及当时的"才子佳人"小说一样，以异性间的婚姻为构建故事情节的主要框架。不过，他只是稍微改变了一下小说中人物的"性情"，冠以"儿女""英雄"的美名。究其实质，并未能摆脱古代小说表现婚恋故事的创作传统。

但是，《儿女英雄传》和许多我们姑且称为"爱情小说"的作品不同，它表现婚姻的具体模式是"一夫多妻制"。这是一种完全变了调的婚姻。文康在《儿女英雄传》中描写了一夫（安骥）两妻（张金凤和何玉凤）一妾（长姐儿）的所谓"龙凤和鸣"的婚姻协奏曲，这有悖于今天的道德标准，是封建统治阶级的腐朽思想在婚姻问题上的表现。

一夫多妻制本是奴隶制度的产物，但在我国封建社会中长期保存着这种婚姻模式。一个男子可以占有两个以上女子的婚姻现象，其实质是把"女子当做男人的物品"（鲁迅语）一般，是阶级压迫的反映。为了掩盖这种阶级压迫，封建统治者又虚伪地提出"子嗣"问题，给它蒙上一层"宗法"的外衣。文康在《儿女英雄传》中，津津乐道这种一夫多妻制的艺术描写，当然有着时代的烙印。从今天的眼光来看，必须认真地加以批判，也表明他的世界观受到封建思想的毒害是多么的深广。

尽管如此，文康在小说中展现的婚姻观和妇女观，还是需要具体分析的，我们不能一概否定。

小说第二回写安学海和妻子商量安骥的亲事时说："倒也不在乎富室豪门，只要得个相貌端正、性格贤慧、持得家、吃得苦的孩子，哪怕她是南山里、北村里的，都使得。"文康在这里把安家的择偶（媳）标准说得很清楚：一不重财物经济，二不讲门第高低。这在封建卫道者看来，是背离传统观念的——在我国封建社会中，缔结婚姻讲究金钱、地位、门第和才学等，似乎是天经地义之事，安学海夫妇的这种标准，显然冲破了传统观念的樊篱，具有进步意义。

正因为如此，他们原谅了安骥自择配偶的行动，并且热情地接待了张金凤和她的父母。张金凤是个十八岁的姑娘，原为河南彰德府人，在东关外落户居住。因为当地连年灾荒，无法生活下去，她和父母一起外出逃荒，在能仁寺遇到和尚，被他们骗入寺中欲强逼成亲，后为何玉凤救出"虎口"。论财，无财；论势，无势；地位低下，身无分文，又非明媒正娶，照封建社会的"天理"来说，是无论如何也难进安家大门的。然而，出乎人们的意料，安学海夫妇热情款待张金凤，并安慰安骥说："你受那十三妹的金银，允那张金凤的姻亲，这两桩事你自己以为大错，我倒原谅你。"并且告诫他："那张家姑娘，方才听你说来，竟是天作之合的一段姻缘，你可不准再嫌她父母乡愚，嫌她鄙陋，稍存求全之见，如今竟是以前言为定。却等我完了官事，出去给你们作合，想来你娘也没什么不肯的。"这番话从一个官宦之家的"老爷"口中说出，真非易事。

与安骥结为夫妇的另一位女子——何玉凤，在小说中是个不同凡响的人物："天生的英雄气壮，儿女情深"，"脂粉队里的豪杰，侠烈场中的领袖"。虽为女子，"却激成了个抑强扶弱的性情，好做些杀人挥金的事业，路见不平，便要拔刀相助；一言相契，便肯沥胆订交"。她在寻找杀父仇人的路上，听到两个骡夫准备谋主劫财的行动计划，顿时为素不相识的安骥担忧起来，借机和安骥同在悦来店住下，以便设法告知掌握的"情报"，但她一时找不到机会接近安骥，只得一言不发，"呆呆地向对面安公子这间房间瞅着"。何玉凤的这番好意，反遭来身带三千金子的安骥的疑虑，叫店中的服务员把院中的一个大石头碌碡搬进房内，顶住大门，以防不测。但是，这个大石头碌碡太重，几个人无法搬动。何玉凤暗自得意，抓住这个千载难逢的机会，大步跨进院内，"先挽了挽袖子，把那佛青粗布衫子的衿子往一旁一缅，两只小脚儿往两下里一分，拿着桩儿，把着腰板儿，身北面南，用两只手靠定了那石头，只一撼，……把那块石头就撂倒了"，放在安骥房里。这一来，安骥再也无法回避何玉凤的问话。在交谈中，何玉凤点明她此番行程的目的，提醒他前行时要"步步留神"，尤其是对两个骡夫的行动要严加防范，不要擅自动身等。但安骥经不住两个骡夫的花言巧语，急急上路了，这才有安骥在能仁寺的一番大难。

那能仁寺原是一个强盗窝，老和尚们仗着高强的武艺和幽僻的环境，专干抢劫杀人的勾当。安骥也被他们劫入寺中，先灌以毒酒，不成，又把他捆在廊下的柱子上，准备"开膛破肚"。正在这时，何玉凤来到了，力战众和尚，救出了安骥，又从地窖中把张金凤全家起死回生，在热心的抚慰之后，主媒让张金凤嫁给安骥，事成后又悄然隐去。后来，安学海辞官去青云山找到了何玉凤，在张金凤、邓九公、褚一官夫妇、舅太太以及安学海夫妇的撮合下，何玉凤和安骥又成了亲，完成了宝砚和神弓的"奇缘"，成就一桩"龙凤和鸣"的美满婚姻。此后，何玉凤又和张金凤一起开设菊宴，激励安骥奋志读书，博取功名。

文康笔下的何玉凤，是全书最为活跃的女主人公。作者倾其全力，把她塑造成一个既刚烈又柔肠的侠女形象，成为理想中"儿女英雄"的艺术典型。可以说，在何玉凤身上，集中体现着文康的审美理想。

宋元时代以来，在我国的通俗文学作品中出现了许多光彩照人的艺术形象，如璩秀秀、李莺莺、周胜仙、"玉堂春"、莘瑶琴、杜十娘、杜丽娘、林黛玉、薛宝钗……她们都在文学人物画廊中占据着重要地位。在她们身上焕发着的某些思想光彩，是我们民族的文化瑰宝之一。作家们之所以能够取得如此辉煌的创作业绩，与中国文学中一股奔腾着的尊重和弘扬女性的进步思想潮流密切相关。至清代中叶以后，在封建统治阶级的高压政策下，这种进步的妇女观在文学作品中有所萎缩，而代之以"一夫多妻制"的艺术模式和"妇容、妇德、妇言、妇工"之类的陈腐说教。

文康在《儿女英雄传》中也有各种封建说教,但在具体的艺术描写中,他又较多地为妇女鸣不平,为她们的正气侠肠讴歌不已。比较典型的例子是小说第二十五回中安学海对何玉凤说的一番话:

> "你是个名门闺秀,也曾读过诗书,你只就史鉴上几个眼前的有名女子看去:讲孝女,如汉淳于意的女儿缇萦上书救父,郑义宗的妻子卢氏冒刃卫姑;讲贤女,如晋陶侃的母亲谌氏截发留宾,周颛的母亲李氏具馔供客;讲烈女,如韩重成的女儿玖英保身投粪,张叔明的妹子陈仲妇遇贼投崖;讲节女,如五代时王凝的妻子李氏持斧断臂,季汉曹文叔的妻子引刀割鼻;讲才女,如汉班固的妻子曹大家续成《汉》史,蔡邕的女儿文姬誊写赐书;讲杰女,如韩夫人的助夫破虏,木兰的代父从军;以至戴良之女练裳竹笥,梁鸿之妻裙布荆钗,也称得个贤女。这班人,才、德、贤、孝、节、烈、智、勇,无般不有……"

这很能代表文康的妇女观。安学海所列举的大量女子,大多是我国历史上的杰出女性,虽然其中不乏"老道学话儿",但赞扬才、德、贤、孝、节、烈、智、勇女子的思想十分引人注目。它和晚明进步文学潮流的思想倾向基本一致。

文康在《儿女英雄传》的婚姻描写上呈现的思想矛盾,是一个客观的存在。处在新旧社会交替的历史时期,他一方面接受了晚明进步文学思潮的影响,认为男女应该平等,旧有的"条例"必须打破,尤其是女子的杰出才华应和男子一样受到尊重;另一方面,他又死抱住封建统治阶级的旧思想不放,维护"一夫多妻制"。这说明文康虽受民主思想和市民意识的影响而有进步的一面,但从根本上来说,他尚未超越封建思想体系的范畴。婚姻的变调描写,只是他的这种思想矛盾的一个侧面。这是文康的悲剧,也是时代的悲剧。

(六) 封建"盛世"中的新思想曙光

《儿女英雄传》反映的时代,正是清王朝的巅峰时期。清政权经过连年征战,平定了各地的叛乱,统治的根基得到稳固。清圣祖(康熙皇帝)在位长达六十一年,创下了中国封建统治阶级坐江山之最。然而,这个封建"盛世"的社会,也是我国封建时代思想统治最为严厉的时期。康熙皇帝一方面制造"文字狱",开四库馆求书,凡有触忌讳言者一律焚之,企图扑灭反抗清王朝统治的各种"异端"思想;另一方面,他又倡儒学、重儒士,荐举山林隐士,广开科举制度,吸引知识文人皓首穷经,钻入古纸堆中。这种软硬兼施的文化政策，基本上取得了预期的效果。"万马齐暗究可哀"，龚自珍的这句诗，形象地揭示了清代中期思想界的沉闷局面。

与此同时，这个封建"盛世"的社会中还涌动着一股进步的思潮。它直接继承了晚明市民的进步思想，又经清初的王夫之、黄宗羲、颜元、戴震等人的推波助澜，对知识分子产生了相当的影响。这股思潮反映了当时先进阶级的某些要求和愿望，犹如黎明前的曙光，给黑暗长夜中的人民带来了新的希望。

文康在接受封建传统思想的同时，也深受这股进步思潮的影响。除了在本章的前五节中我们已经提到的以外，它在《儿女英雄传》中还主要表现在以下三个方面：

1. 肯定"情"和"人欲"

文康多次强调，《儿女英雄传》一书"不涉淫秽笔墨"。比起《金瓶梅词话》和《红楼梦》来，它确实要"干净"得多，但也并非是一方"净土"。在小说具体的艺术描写中，文康多处肯定了"情"和"人欲"。

男女之情是人的自然禀赋之一，非任何外力可以遏制。如在悦来店里，安骥第一次见到何玉凤，小说描写他有"三看"：第一看，在当院里，两人同为拴驴，恰好打了个照面，安骥只是漫不经意地"看了看"；第二看，安骥"重新留神"细瞧后，"连忙退了两步，扭转身子要进房去"；第三看，安骥"不觉得又回头一看"，从头到脚一一端详。这是为何？文康的一句话泄漏了"天机"："原来是一个绝色的年轻女子。"是何玉凤的美貌引起了安骥的注意，春情有所萌动："我从来怕见生眼的妇女，一见就不觉得脸红。但是亲友本家里我也见过许多的少年闺秀，从不曾见这等一个天人相貌。"（第四回）所以，后来他在张金凤的撮合下，也不避自己已经结婚，又和何玉凤缔结良缘。借用文康的话来说，这叫做"后天的那个'情'字"，扭过了"先天的那个'性'字"，"要须不唯他'发乎情'，虽圣贤仙佛，也没法儿"。

至于富贵心、英雄志、身后名等各种人生的欲望，在小说中的描写更为具体、细致。在安骥、何玉凤、张金凤、邓九公、安学海等主要艺术形象身上，对各种人生欲望的渴求，都表现得十分强烈。这主要是和他们信奉的人生观有关。文康在第十八回中对此表达得十分清楚：

"做了一个人，文官到了入阁拜相，武官到了奏凯成功，以至才子登科，佳人新婚，岂不是人生得意的事？"

105

在第二十四回中，文康还插入了一则"笑话"，对人生的这一"神仙王国"作了生动的描绘：

"但愿父做公卿子状元，给我挣下万顷良田，万贯金钱，买些秘书古画，奇珍雅玩，合那佳肴美酒，摆设在名园，尽着我同我的娇妻美妾，呼儿唤女笑灯前。"

但是，这一理想王国并非人人都能获得，对于大多数的人来说，它只是可望而难及的"仙境"而已，而人世间的各种"欲望"，却是可以完全享受得到的。人生在世，时亦有涯，何不及时行乐以享天命，这是许多人的普遍想法。追求现世的享乐，"且风流了一日是一日"，成为人们文化心理的基调。这不是一种腐朽没落的享乐观，而是对传统儒学遏制"人欲"的反抗，在当时有着一定的进步意义。

2. 打破对"理学"的迷信

宋儒的"理学"自问世以来，在我国的封建社会中一直处于"独尊"的地位。正如康熙时的学人李光地所说："自朱子（按：指宋代著名理学家朱熹）而来，至我皇上，又五百年，应王者之期，躬圣贤之学，天其殆将复启尧舜之运，而道与治之统复合乎！"（《榕村全集》卷十）它成为维护封建统治制度的思想武器。

然而，自清代著名的思想家戴震提出"理学杀人"的战斗口号后，"理学"的神圣地位逐步动摇。文康在《儿女英雄传》中多次抨击"朱注"的错误，第十八回描写纪献唐的塾师在讲述《中庸》并回答学生的提问时认为：物也晓得五常。文康在评论这位"先生"的错误时说："这段话本也误于'朱注'，讲得有些牵强。"第二十九回写安学海的家人叶通在背诵"子华使于齐"一章时，又几次提到"朱注"，认为它是误人子弟之物。他说：

"这笔账大概连朱子当时也没算清，不然为什么前头小注儿里的'釜六斗四升，庾十六斗，秉十六斛'都注得那么清楚，到了'与之粟九百'的小注儿里，就含糊着说，'九百不言其量，不叫考'呢！"

所以，安学海得出结论："大凡我辈读书，诚不得不详看朱注，却不可过信朱注"，否则会"入腐障日深，就未免离情理日远"。只有这样，"才叫做不枉读书"。这种挪揄、抨击"朱注"的描写和议论，在小说中还有多次。

"朱注"是指宋代著名理学家朱熹的《四书注》。在封建社会中，它和《诗集传》《楚辞集解》等长期被统治者奉为金科玉律。文康的《儿女英雄传》不满"理学"权威朱熹的著作，打破了人们对"理学"的迷信。这种直接调侃"朱注"的作品，在中国文学史上也不多见。

3. 同情"强盗"

"强盗"的出现，是封建社会腐朽和没落的象征，同情"强盗"的思想，在明代的文学中初露端倪。一部《水浒传》，就是一首"强盗"们的赞美诗。凌濛初的"两拍"，宣扬"盗亦有道"的思想，并创造了几个武艺高强、任侠好义的"强盗"形象。在清代初年，杨衡选也写过一篇《记"盗"》的小说（《虞初新志》卷七），论述了封建社会中的"强盗"有"穿窬之盗""豪侠之盗""冒死不顾之盗"和"名士之盗"等，认为他们大多系"迫于饥寒，或为仇恶报仇，不得已而为之"。作者塑造的一个精通经史、武艺娴熟、懂得鉴赏、人情练达的"名士之盗"，给人留下了深刻的印象。

文康在《儿女英雄传》中写到的"强盗"很多，如海马周三、截江獭李志、避水揄韩七、大鼻子金大力、小眼儿窦云光、黑金刚郝武、一篓油谢标、草上飞吕万程、叫五更董方亮、石敢当石坤等，他们啸聚山林，独霸一方。小说描写何玉凤从能仁寺救了安骥和张金凤一家后，在回家的路上，遇到"强盗"的拦路抢劫，一声箭响，"早见一群人簇拥着三个骑马的强人，拍喇喇从半山里跑将下来，一字儿摆开，拦住去路"。只是靠着何玉凤的雕弓和她在江湖上的"英名"，安骥等人才安稳地回到了家中。

但是，文康笔下的这些"强盗"，也是任情好侠的忠义之士，当他们得知客商就是安骥时，不禁肃然起敬，并同情他父亲的不幸遭遇，说：

"安老爷是淮安地方上一点福星，小人们的家堂佛一般，真正廉明公正。不想被河台大人参了一本。谁人不说冤枉。……因看了做官的（按：指安学海）尚且这等有冤没处诉，何况我们百姓，想了想，还是当强盗的好，所以投奔山上落草。"（第十一回）

这就深刻地提示了"强盗"们栖身草莽的原因，是由于封建统治阶级逼迫的结果。

当时，社会政治黑暗，民不聊生，人民除了被"逼上梁山"之外，还有什么道路可走呢？

何玉凤的遭遇是一面现实的明镜。如果她没有碰上安学海，在杀了仇人纪献唐后，唯一的出路也是上山落草，成为"强盗"。事实上，文康笔下的这位侠女义士离"强盗"的距离并非十分遥远。他在小说中专门写了一节何玉凤和周三等"强盗"们的往来之事。在安骥归家途中,周三等"强盗"一听到"青云峰"和"十三妹"(即何玉凤)的名字,连忙"滚下鞍来",叩头求饶,并把安骥尊为座上客。

在文康看来,海马周三这班人,"不过同人身上的一块顽癣,良田里的一颗蒺藜",他们"虽说不守王法,也不过为着'饥寒'两字,他只劫脱些金银,绝不敢伤人性命,慢说是抗拒官府",和《三国演义》上的"黄巾贼"和《水浒传》中梁山泊的"胡作非为"相比,这些"强盗"们的作为根本算不得什么!(第二十一回)这番话集中体现了文康对"强盗"的看法。

正因为他对"强盗"十分同情,所以在小说中他还写了他们弃邪归正的一幕:在正义和良知的驱使下,他们扶老携幼,投奔邓九公而来,在青云峰里聚集了一个小小村落,成为"绿林中一段佳话"。文康的这些艺术描写,无疑是美化了"强盗",与《水浒传》、凌濛初和杨衡选的思想异曲同工。

以上我们从三个方面简单地叙述了《儿女英雄传》中显示出来的新思想曙光。说是"新思想曙光",毋宁说是我国市民思想的余波更为恰当些。在我国封建社会中,随着城市的发展,商品经济日趋活跃,自晚唐以来,一种迥异于传统思想的市民意识逐渐萌生。至宋元时期,它如雨后春笋,蓬勃生长。尤其是在明代中叶以后,经李贽等人的大力倡导,形成一股汹涌澎湃的激流。这股市民进步思想潮流的基本特征,一是肯定"人欲",二是尊重个性。它在徐渭、汤显祖、李贽、兰陵笑笑生、冯梦龙、凌濛初、吴承恩、梅鼎祚、公安三袁、渔隐主人等作家的作品中都有着鲜明的表现。

这种曾在中国大地上轰轰烈烈地席卷而过的市民进步思想潮流,在清中叶却出人意料地夭折了。其根本的原因是封建统治阶级的"理性法庭"对它的"伸斧钺于定论"(王夫之语)。市民思想家们的智慧火花,受到严酷的审判和残害,重新折入历史的回流之中。尽管如此,市民思想的流风所及,仍然影响着部分知识文人,如李渔、徐述夔等,在他们创作的文学作品中,仍闪耀着市民思想的光芒。文康在《儿女英雄传》中呈现的新思想,虽然只是这股进步思想潮流的余波,但在封建"盛世"社会中,它犹如刺破青天的利剑,在封建社会黑暗的天幕上戳破了一个大窟窿。

四 艺术采珠——《儿女英雄传》的艺术成就

（一）通俗的"评话"

《儿女英雄传》原名《儿女英雄传评话》，文康在小说中也多次自诩它是一部"评话"小说。

"评话"之"话"，是故事的意思。它是"说书"人的底本，是我国通俗文学之一，在民间有着悠久的传统。艺人们运用熟练的说书技巧，通过细致而深刻的艺术表达，把社会的现实生活和民众的思想感情描摹得惟妙惟肖，因而深受广大民众的喜爱，在市井间长盛不衰。

"评话"的萌芽始于唐代而盛于宋元时期。明、清之交，社会动荡，战乱不已，"评话"风靡一时，涌现了柳敬亭这样出类拔萃的评话艺术家。清代乾隆年间，扬州"评话"作品叠现，人材辈出，据李斗的《扬州画舫录》著录：

"郡中称绝技者：吴天绪《三国志》、徐广如《东汉》、王德山《水浒记》、高晋公《五美图》、浦天玉《清风闸》、房山年《玉蜻蜓》、曹天衡《善恶图》、顾进章《靖难故事》、邹必显《飞跎传》、谎陈四《扬州话》，皆独步一时。近人如王景山、陶景章、王朝干、张破头、谢寿子、陈达三、薛家洪、谌耀廷、倪兆芳、陈天恭，亦可追武前人。"

可见盛况空前。

清代"评话"小说的发展与统治阶级的倡导有关。"评话"之类的通俗文学作品，本来是登不得大雅之堂的，但清朝的开国君主努尔哈赤（清太祖）和他的儿子（清太宗）十分喜爱《三国演义》《水浒传》之类的小说，早在入关以前，他们就把《三国演义》译成满文，广泛流传于民间，并在自己的军事和外交活动中，尝试着实践小说中提供的谋略，居然获得成功，假手朱由检（崇祯帝）杀了明朝大将袁崇焕，除去了征服中原的心头之患。因此，在入关以后，他们对民间的说唱艺人加以收买和扶植，让他们为宣扬封建道德服务，或者代统治阶级讲说上谕。实际上，这是一种文化奴役政策，但它在客观上也为"评话"小说的发展起了推波助澜的作用。文康的《儿女英雄传》就是在这样的时代和文化氛围中诞生的。

侠义公案小说（上）

　　文学是语言的艺术。"评话"和"话本"一样，本是艺人们口头讲述的文学，它的语言尤其需要"通俗"。评话体小说《儿女英雄传》也具有这样的语言特点。笔者案头正好有一部王少堂讲述的扬州评话《武松》，我们试把这两部"评话"中的主人公安骥和武松的上场作一比较。

　　《儿女英雄传》："这公子生得天庭饱满，地格方圆，伶俐聪明，粉妆玉琢，安老爷、佟孺人十分疼爱。因他生得白净，乳名儿就叫做玉格，单名一个骥字，表字千里，别号龙媒，也不过望他将来如'天马云龙，高飞远到'的意思。小的时候，关煞、苗苗都过，交了五岁，安老爷就教他认字号儿，写顺朱儿；十三岁上，就把《四书》《五经》念完，开笔作文章、作诗，都粗粗的通顺。安老爷自是喜欢。过了两年，正逢科考，就给他送了名字。接着院考，竟中了个本旗批首。安老爷、安太太的喜欢自不必说，连日忙着叫他去拜老师，会同案，夸官拜客。"

　　《武松》："武松是《水浒传》书中一个重要人物。他是北直广平府清河县人氏。因他排行第二，相貌出众，武艺惊人，江湖上有个美号，人都称他"灌江二郎神"。因镇守灌江口的二郎神，神通广大，是个美男子，排行也是第二，所以武松有了这个美号。他有个胞兄武植，卖炊饼为生，兄弟同居，十分义气。武松在家行侠仗义，惯打不平。因二年前在家乡打死一个恶霸，离家避祸，投奔河北沧州，躲在小梁王柴进府中。"

　　尽管安骥和武松的性格迥然不同，但这两段文字却有着许多共同点：人物的出身、姓名、字号、浑名、气质禀赋、个性特点、肖像、爱好、交游、生活环境等，一一叙述得明白、清楚，给人留下的印象非常深刻。

　　"评话"主要是靠艺人的表演来完成塑造人物艺术形象、传达小说主题思想的使命，因此必须对叙述的对象不厌其烦地描摹以尽，便于让听众和读者愉悦地接受，并津津乐道于其中。正如宋末元初人罗烨在《醉翁谈录》一书中所说："世间多少无穷事，历历从头说细微。"艺人在表演"评话"时，不是依靠枯燥的说教来增强艺术的感染力，而是通过细致而生动的形象描摹来打动听众和读者的心灵，激发他们的强烈感情。

　　"说国贼怀奸从佞，遣愚夫等辈生嗔；说忠臣负屈衔冤，铁心肠也须下泪。讲鬼怪令羽士心寒胆战；论闺怨遣佳人绿惨红愁。说人头厮挺，令羽士快心；言两阵对圆，使雄夫壮志。谈吕相青云得路，遣才人着意群书；演霜林白日升天，教隐士如初学道。童发迹话，使寒门发愤；讲负心底，令奸汉包羞。"

罗烨的这番话，是对评话体小说语言的通俗美所达到的艺术魅力的总结。

具体说来，《儿女英雄传》的语言通俗美主要表现为：

1. 口语化

高度的口语化是文康为达到理想的艺术效果而努力追求的目标。如小说第十五回，邓九公"从东边屏门进来"时：

只听他一面走，一面说道："你们这般孩子也忒不听说！我那等的嘱咐你们，说我这几天有些心事，心里不自在，亲友们来，凭他是谁，都回他说我不能接待，等闲的人也不必让进来。你们到底弄得车辆牲口的围了一门口子，这是怎么个原因？姑爷，真个的，你住在这里，就是你的一亩三分地？我一个钱的主意都作不得不成？"

褚一官连忙答道："老爷子，这又来了。这话叫人怎么搭茬儿呢？你老人家是一家之主，说句话，谁敢不听？只因今日来的不是外人，是我大舅儿面上来的，亲戚礼道的，咱们怎么好不让人家进来喝碗茶呢？"那邓九公道："哦，舅爷儿面上来的！舅爷到这里，我邓老九没敬错啊！谁家没个糟心的事，难道因为舅爷，我还说不得句话吗？不是我说句分斤掰两的话咧，舅爷有什么高亲贵友，该请到他华府上去，偏要趁这个当儿热闹我，是个什么讲究？"

华忠一听，说："不好了，这是冲着我来了。"因陪笑道："亲家爹，你老人家听我说，要是我平白的认得这等一个寻常人，我断不肯请他进来，只因他是个主儿。你老人家有什么不圣明的！"那邓九公听了，把眉毛一拧，眼睛一眨巴，说："什么行子主儿？谁是主儿啊？我邓老九仗的是天地的养活，受的是父母的骨血，吃的是皇王的水土，我就是主儿，谁是主儿呀？那'主儿'卖几个钱儿一个？"

这段描写，口语化的特征十分鲜明，通过当时的特定情景，把邓九公和褚一官、华忠三人的对话写得十分通俗、生动，如闻其声，如见其人。这种具有独特艺术魅力的语言，是《儿女英雄传》扎根于民众中的一个重要原因。

2. 个性化

李渔在《闲情偶寄》中说，文学家刻画人物，必须做到"心曲隐微，随口唾出，说一人，肖一人"。而要达到这样的艺术境界，人物语言的个性化是其关键。《儿女英雄传》在这方面也堪称典范。如小说第一回叙述安家得知安学海中举后，文康特意安排了一段他们父子的对话：

公子便说："父亲虽然多辛苦了几次，如今却高高的中了个第三，可谓'上天不负苦心，文章自有定论'，将来殿试，那一甲一名也不敢必，也中个第三就好了！"

安老爷笑说："这又是孩子话了。那一甲三名的状元、榜眼、探花，咱们旗人是没份儿的。本朝的定例，觉得旗人可以吃钱粮，可以考翻译，可以挑侍卫，宦途比汉人宽些，所以把这一甲三名留给天下的读书人，大家巴结去。这是本朝珍重器、培植人材的意思。……你看我虽然不至于老迈不堪，也是望五的人了，世上哪有这样白头躞蹀的探花？岂不被杏花笑人！果然那样，那不叫做'探花'，倒叫做'笑话儿'了！"

这段对话惟妙惟肖地表现了父子两人对"中举"的欢愉之情。在安骥看来，仕途光明，前程灿烂，在欣喜之余，也寄寓着对父亲的鼓励、安慰和希望。而安学海毕竟老成得多，在"捷报"面前保持着清醒的头脑。他们丰富而复杂的心态，通过个性化的语言，表现得淋漓尽致。

3. 数字化

我国早期话本小说的题目和人物，不少是用数字相称的。文康的《儿女英雄传》继承了这一艺术传统，书中的人物，如邓九公、十三妹、褚一官、周三等，也用数字命名。至于在小说的叙述语言中，数字的运用更为普遍。小说第十五回描写邓九公的肖像，几乎句句镶嵌着数字：

只见他头戴一项自来旧窄沿毡帽，上面钉着个加高放大的藏紫菊花顶儿，撒着不长的一撮凤尾线红穗子；身穿一件驼绒窄荡儿时新的箭袖棉袄，系一条青绉绸搭包，挽着双股扣儿，垂在前面；套一件倭缎厢沿加厢巴图鲁坎肩儿的绛色小呢对门长袖马褂儿，上着竖领儿，敞着纽门儿；脚下一双薄底儿快靴。那身材只有六尺上下来高；一张肉红脸，星眼剑眉，高鼻子，大耳朵，颏下一部银须，连鬓过腹，足有二尺来长，被风吹得飘飘然，掩着半身。虽说八十余岁的人，看去也不过六旬光景。他一手搓着两个铁球，大踏步从庄门上就嚷进来了。

这是评话小说文学语言的一种独特表现手法。它可以缩短听众和读者与小说中人物的距离，增加他们对"说书"艺术的兴趣，并唤起他们身临其境般的审美体验，有利于真切地感知《儿女英雄传》的美学真谛。

总之，《儿女英雄传》的语言通俗、明白、晓畅，亦庄亦谐，对于人物的刻画具有传神写照的审美价值。在文康的时代，文坛较为热闹。《红楼梦》《儒林外史》《聊斋志异》《镜花缘》《花月痕》以及《施公案》《于公案》等小说相继问世。通俗的评话小说《儿女英雄传》的出现，给文坛吹进一股新风。尤其是它语言的通俗化，更接近民众，为他们所普遍接受，从而赢得"京语教科书"的美誉。今天，有人还把这一课题列入国家重点科研项目而作专门的研究呢。

（二）长于"鼓噪"

"观鉴我斋"的"序"文反复强调，《儿女英雄传》是一部"格致"之书。所谓"格致"之书，就是通过各种"诚正、修齐、治平"的圣贤之理的教化，以"唤醒痴人"，"维持名教"。用文康在小说中的话来说，"这就是说书的一点'鼓噪'了"。这里所说的"鼓噪"，用一句文学术语来说就是"议论"。

打开《儿女英雄传》，文康的"鼓噪"随处可见。它大约可分为两类：一类是对小说思想和人物的评论，它体现着文康的世界观和美学理想。如小说第二十一回评论海马周三等"九筹好汉"各据山头、打家劫舍时说：

喂！说书的，你这些话说的有些大言无对了。我大清江山一统，太平万年，君圣臣贤，兵强将勇，岂和那季汉、南宋一样，怎生容这班人照着《三国演义》上的黄巾贼、《水浒传》上的梁山泊胡作非为起来？难道那些督抚提镇、道府参游都是不管闲事的？……那些王侯将相何尝得一日的安闲？好容易海晏河清，放牛归马。到了海马周三这班人，不过同人身上的一块顽癣，良田里的一颗疾蓼，也值得去大作不成？况且，这班人虽说不守王法，也不过为着"饥寒"两字，他只劫脱些客商，绝不敢掳掠妇女，慢道是攻打城池；他只贪图些金银，绝不敢伤人性命，慢说是抗拒官府。因此上从不曾犯案到官。那等安享升平的时候，谁又肯无端的找些事来取巧见长，反弄到平民受累？……这正是我朝的深仁厚德，生杀大权。不然那作书的又岂肯照鼓儿词的信口胡谈，随笔乱写？

从这段"鼓噪"可知，文康既同情"强盗"，认为他们"也不过是为着'饥寒'两字"，"绝不敢伤人性命"，又借机歌颂了"大清"的"仁政"，掩盖了封建社会在民众的反抗中即将彻底崩溃的严峻事实，活现一副"保皇"的嘴脸。

再如小说第二十七回，文康在评论封建婚姻的"一夫多妻制"时说：

"同一个人，怎的女子就该从一而终，男子便许大妻小妾？这条例本有些不公道。"在这里，他直接抨击封建婚姻制度的"不公道"，是一种进步的妇女观，体现着尊重个性的近代民主思想。

紧接在这段"鼓噪"的后面，文康又指责女子的"吃醋"，说她们看不破"阳奇阴耦，乃造化之微权；此倡彼随，是人生之至理"，所以应提倡妇女对丈夫的"孝顺节烈"。这又是维护封建婚姻制度的陈词滥调，暴露出文康思想上的致命弱点。

与《红楼梦》等小说不同，文康的议论还大量穿插在作品人物的对话中。在有些场合，人物之间的对话只需三言两语就可以把意思说清和说完整，但文康却往往插入大段的议论。这使《儿女英雄传》的若干处人物对话特别冗长、拖沓。此类"鼓噪"，大多游离人物的性格和故事情节的发展，是文康为了劝谕和说教而硬贴上去的"标签"，并不可取。

文康在《儿女英雄传》中的另一类"鼓噪"，是对小说故事情节的发展所作的评论。这是"评话"体文学作品的一个显著艺术特点，文康十分倾心于此。他喜欢一种全知式叙述型的艺术模式，将自己置于"上帝"的地位，对小说中一切人物命运和故事结局无所不知，无所不能，并常常担心读者误入歧途，因而不时发出种种议论，引导读者进入自己精心创造的艺术世界。

《儿女英雄传》的开头就说："这部书究竟传的是些甚么事？一班甚么人？出在哪朝哪代？列公压静，听说书的慢慢道来。这部书近不说残唐五代，远不讲汉魏六朝，就是我朝大清康熙末年、雍正初年的一桩公案。"接着是小说故事的背景和人物的介绍。从现代意义上的"小说"眼光来看，这段话可以用简单的一句话交代小说故事发生的时代就可以了，完全没有必要去花费这么多的笔墨。但是，这在讲述体的文学作品中却是必不可少的叙述语。

《警世通言》卷四《拗相公饮恨半山堂》的开头说："那位宰相是谁？在哪一个朝代？这朝代不近不远，是北宋神宗皇帝年间，一个首相，姓王名安石，临川人也。"两者如出一辙。

"评话"是供艺人讲述的底本。说书人在茶肆酒楼演出时，为了招徕听众，常常故意摆弄"噱头"，以聚敛人们的注意力。有时，听众的到来先后不等，为了不让后来者听不到完整的故事，也需要有一个"静场"的过程。

《儿女英雄传》是文康摹拟"评话"而创作的一部小说，类似上述艺人的叙述语在书中的出现，就不会是奇怪的事了。这些叙述语较多采用讲述者和听众（读者）交流的口气。小说中一再出现的"列公"，在另外的一些小说中则是"看官""读者诸君""说话的"等，都是为了引起听众和读者的注意而采取的艺术手段。

不仅如此，文康在《儿女英雄传》小说故事情节发展的转折关头，也常常发出"鼓噪"，提示故事前进的方向。如第十六回写安学海和邓九公等人商议如何去见何玉风，决定作一笔谈，"褚一官便起身去取纸笔"。以下是文康的一大节"鼓噪"声：

列公，趁他取纸的当儿，说书的打个岔。你看这个十三妹，从第四回书就出了头，无名无姓，直到第八回，她才自己说了句人称她作十三妹，究竟也不知她姓某名谁，什么来历。这书演到第十六回了，好容易盼到安老爷知道她的根底，这可要听听她的姓名了，又出了这等一个西洋法子，要闹什么笔谈，岂不惹听书的心烦性躁么？

列公，且耐心安心，少烦勿躁。这也不是我说书的定要如此，这稗官野史虽说是个玩意儿，其为法则，则与文章家一也：必先分出个正传、附传，主位、宾位，伏笔、应笔，虚写、实写，然后才得有个间架结构。即如这段书，是十三妹的正传，十三妹为主位，安老爷为宾位，如邓、褚诸人，并宾位也占不着，只算个"愿为小相焉"。但这十三妹的正传都在后文，此时若纵笔大书，就占了后文地步，到了正传写来，便没些气势，味同嚼蜡。若竟不先伏一笔，直待后文无端地写来，这又叫做"没来由"，又叫做"无端半空伸一脚"，为文章家最忌。然则此地，断不能不虚写一番；虚写一番，又断非照那种官家的"附耳过来，如此如此"八个大字的故套可以了事，所以才把这文章的筋脉放在后面去，魂魄提向前头来。作者也煞费一番笔墨！然虽如此，列公却又切莫认作不过一番空谈，后面自有实事，把它轻轻放过去，要听他这段虚文和后面的实事，却是逐句逐字，针锋相对。列公乐得破分许精神，寻些须趣味也！

下面一句是"剪断残言"，文康又回到前面的情节，描写褚一官取笔墨砚来以后安、邓两人的笔谈。这段"议论"，是他在叙述故事情节发展过程中突然插进来的，目的是唤起听众和读者的注意力。这是我国古代小说中常见的艺人叙述技巧。

从这段议论来看，文康先交代了十三妹在前十六回中的来龙去脉，帮助人们理解自己的艺术创作意图，以引起他们在思想上的"共鸣"。然后，他又指出这种创作意图的来源和意义，认为是评话艺术的一种"法则"。这番"议论"有助于听众和读者对小说中的人物和艺术的鉴赏，让他们在领略"评话"

115

故事情节、内容的同时，也学会欣赏这种艺术的美学"奥秘"。当然，它也显示了文康卖弄艺术才学的思想倾向。从听众和读者的审美心理来说，也有利于他们在紧张的情节之后得到一点精神上的松弛，集中精力进入以后的艺术情境。

我国"评话"艺术的主要表现手段，有说、噱、弹、唱等。在"评话小说"中，则是以"说"为主。这种"说"，大量的表现为第三人称的叙事。后来，它逐渐发展为第一人称的"代言"，再后来便成为具有立体感色彩的"起角色"。这种种叙述手法的交叉运用，使作品在平面的叙事之外，又有了立体的代言；在客观的说表之外，又有了主观的"起角色"。它们相互之间既树立起了对立面，又相辅相成，促使"评话"艺术有一套灵活、丰富的表现手段，从各种不同角度和侧面，用各种不同的方式和笔调，来表现故事和人物。

文康的《儿女英雄传》也具有这样的特点。他在客观的叙述进行之中，突然插进一段"议论"。作者从第三人称改变为第一人称，直接面对听众和读者发表"鼓噪"，不仅增强了故事的"悬念"，而且可站在说书人的立场和角度，对小说的创作意图进行评议和剖析，促使听众和读者进一步理解小说故事的发展，增强艺术的感染力。这种以说书人的身份直接代读者设想，代读者发言，代读者提出问题，又代读者答复问题的"议论"，可缩短听众、读者和小说中故事情节、人物的距离。

文康的上述"鼓噪"，把十三妹的过去、现在和未来联系起来，鲜明地显现十三妹的来龙去脉，增加了人物的可信性和说服力。董恂在评论文康的这种"鼓噪"时说："作者忽身入书中，忽身出书外，有'距跃三百，曲踊三百'之概，开后学无数法门。"

在"评话"各章(回)的结尾，一般惯例是交代全篇思想主旨，提示后面故事发展的情节内容。如《儿女英雄传》第二十八回，叙述安骥和张金凤、何玉凤结成美满姻缘后，文康发出"鼓噪"说：

天下哪里有这样的人家？这般的乐事？岂还算不得个欢喜团圆？不道那燕北闲人还有大半部文章，这《儿女英雄传》才演到第三番结束。

很明显，这是对"一龙两凤"婚姻的赞美，也向听众和读者交代了全书的艺术结构和故事情节，"还有大半部文章"。第二十九回的开头，文康紧接上文，说："这部书前半部演到龙凤合配，弓砚双圆。看事迹，已是笔酣墨饱；论文章，毕竟不曾写到安龙媒正传。"所以，他又向听众和读者"鼓噪"说：

燕北闲人知其故，故前回书既将何玉凤、张金凤正传结束清楚，此后便要入安龙媒正传。入安龙媒正传，若撇开双凤，重烦笔墨，另起楼台，通部便有'失之两橛，不成一贯'之病，所以这回书紧接上文，先表何玉凤。

以下的情节是从何玉凤入手，叙述"姊妹谈衷曲"，向着安骥的赴考中举及第一路前去，把小说逐渐推入高潮。

"开门见山"，"卒章显其志"，"文以载道"，贵在明志，是中国文学的艺术传统。无论是小说还是戏剧，都强调要突出主题，把作者的创作意图反复渲染。在作品的开头，强调要点明题意，使读者留下一个明晰的印象；结尾处须总结全文，向读者传达作者的主观感受和美学评价，以达到教育民众的目的。这一艺术传统的长处是显而易见的。但是，文学毕竟是形象的艺术，作家的创作意图应该通过作品中创造的艺术形象来体现，这样才能打动读者的心灵，在感情上真正接受作品蕴含的丰富题意，达到与之在思想上水乳交融，在潜移默化中陶冶情操的目的。从这一点上来说，文康在《儿女英雄传》中的"鼓噪"失于过多、过显、过泛，削弱了小说的艺术感染力。

（三）"链状"结构

文康在《儿女英雄传》中，将人物和事件作了合理的剪裁和巧妙的安排，使全书的艺术结构呈现"链状"。

什么是"链状"结构？我国古代著名的长篇小说《水浒传》可为典范。全书一百二十回，分成几个部分，各以主要的篇幅描写一个人物，各部分之间有一个（如宋江）或几个人物和主要事件（逼上梁山）联结起来，环环相扣，形成"链状"，把情节逐步推向高潮，人物形象也在其间日趋鲜明和生动。后世"评话"艺人把它改编成"武十回"（武松）、"宋十回"（宋江）、"卢十回"（卢俊义）、"石十回"（石秀）等，都不影响全书的艺术完整性。

《儿女英雄传》的结构形式也具有这样的"链状"特点。文康在小说中说过：

这书虽说是种消闲笔墨，无当于文，也要小小有些章法。譬如画家画树，本干枝节，次第穿插，布置了当，仍须渲染烘托一番，才有生趣。如书中的安水心，佟孺人，其本也；安龙媒，金、玉姊妹，其干也，皆正文也。邓家父女、张老夫妻、佟舅太太诸人，其枝节也，皆旁文也。这班人自开卷第一回直写到上回，才算一一的穿插布置妥贴，自然还需加一番烘托渲染，才完得这一篇造因结果的文章。（三十三回）

从这段话中可以看出，《儿女英雄传》的艺术结构是经过文康精心谋划的，决非心血来潮时的随意之举。全书以安家的命运为本，以安骥和张金凤、何玉凤的姻缘为主干，再穿插邓家父女、张老夫妻、佟舅太太等枝节，组合成一幅封建末世的风情画。

据文康在小说中的叙述，《儿女英雄传》至少可以分为几个大的段落，也就是他说的几"番"：

第一"番"，从第一回至第十二回。文康在第十二回中说："这第十二回是个小团圆，正是《儿女英雄传》的第一番结束也。"此"番"的内容是"骨肉叙天伦"，实质是描写"安学海正传"。

第二"番"，从第十三回至第二十回。文康在第二十回中说："都只道是这班人第一个欢场，哪知恰是这评话里的第二番结束。"此"番"的内容是"毁妆全孝道"，实质是"何玉凤正传"，兼带也完成了"张金凤外传"。

第三"番"，从第二十一回至第二十八回。文康在第二十八回中说："不道那燕北闲人还有大半部文章，这《儿女英雄传》才演到第三番结束。"此"番"的内容是"宝砚雕弓完成大礼"，实质是"一龙二凤"的婚姻奏鸣曲。

第四"番"是第二十九回至第三十六回。文康在第三十六回说："这回书交代到这里，便是《儿女英雄传》第四番的结束。"此"番"的内容是："满路春风，探花及第"，实质是"安龙媒(骥)正传"。

第三十七回后是第五、六……番，可惜由于全书残缺，未得具详。但每一"番"用主要的篇幅叙写一个故事，刻画一个(个别"番"另兼一个)人物的创作和结构意图相当显明。全书由安学海、张金凤、何玉凤、安骥的故事(第四十回中出现了长姐儿为安骥之妾的艺术描写，而她是列入小说第一回中出现的"人物图"中的一个"还有六七分姿色的青衣侍婢"。可以想象，第四十回后的主要故事情节的发展离不开长姐儿和安骥的故事)，基本上可以独立完成，各"番"之间又有着密切的联系，互相紧扣着推动全书向故事的高潮逐步发展。而贯串小说各"番"之间的一个主要人物是安骥。由于他处于各种人物关系的中心点上，从而辐射出人物之间的种种纠葛。然而，在全书的几个主要艺术形象中，安骥显得最为苍白。这大概是文康把他作为串连全书的主角而忽略了对其艺术形象精雕细刻的缘故吧。

对于《儿女英雄传》的这一组人物，文康成竹在胸。早在"缘起首回"中，他就借助梦中的幻象，把他们一一向读者交代明白：

为首的是个半老的儒者气象，装束得七品琴堂样子，同着一个半老婆婆，面上一团的慈祥忠厚。次后便是一个温文儒雅的白面书生，又是两个绝代女子——一个艳如桃李，凛若冰霜；一个裙布钗荆，端庄俏丽。还有一个朱缨花袭的长官，一个赤面白髯的壮士，又是一个淡妆瘦妇，两对中老年夫妻。还有六七分姿色的青衣侍婢，后面随着许多男的、女的、老的、少的、丑的、俏的。

读完全书，我们不难体味到文康的这一番良苦用心。正如董恂的评语所说："以上皆书中有数人物也。著此一笔，遂令自郐以下无一遗漏。"这种颇具匠心的艺术结构，表现了文康驾驭小说题材的杰出才华。

"链状"结构可以在人物和故事场景的转换中，不断地展现一幅幅生动多姿的社会生活画面，在广阔的社会背景上来表现真实的世相，使人有目不暇接之感，有利于表达小说的主题思想。

然而，"链状"结构在艺术上也有弱点：各部分之间既可相互独立，就很有可能会互相脱节，把整体割裂。文康注意到了这一点，在人物和故事的环环相扣中，"伏应虚实"，互相照应，使全书浑然天成。对此，他有一段精彩的论述：

在作书的，却别有一段苦心孤诣。这野史稗官虽不可与正史同日而语，其中伏应虚实的结构也不可少。不然都照宋子京修史一般，大书一句了事，虽正史也成了笑柄了。至于听书的又哪能逐位都从开宗明义听起，非这番找足前文，不成文章片断。并不是他消磨功夫，浪费笔墨。（第十二回）

《儿女英雄传》书中结构上的"伏应虚实"，确是文康"苦心孤诣"、惨淡经营的结果。如小说第二回，安学海夫妇在议论儿子和"隆府上的姑娘"的亲事时说：我们"倒也不在乎富室豪门。……那怕他是南山里、北村里的，也使得"。安学海的这几句话，看似信手拈来，其实并非漫不经意地随口而出。安骥在能仁寺带回的张金凤，正是"南山里、北村里的"乡下姑娘，在世俗的眼光中，她实在是配不上这个世代为官的八旗贵族公子的。显而易见，文康在这里暗埋着以后情节发展的伏线。这一点，董恂同样看得十分清楚。他说：

裁缝灭尽针线迹，安公之言已是正伏后文，即太太一驳，亦是反挑后文。但在此时，读者但见其闲论而已。故自无迹可寻。

再如小说第六回描写何玉凤在能仁寺救出安骥，给他松了绑，解开手上的绳扣，用雕弓把他从地上拉起来，又扶着他一步步踱出房来，在春凳上坐下。文康对何玉凤和安骥两人独处一室的情景，描绘得极为细致，也为以后两人的结合埋下伏线。尤其是张金凤的十番"妙解",步步进逼,"立消"何玉凤的"侠气",成就了她和安骥的婚姻。"此等簸弄,全为第二十六回'气息相通,肌肤相近'等句推波助澜。"董恂的这句评语倒是非常有识见的。

正是这种艺术上的"伏应虚实",使《儿女英雄传》的各"番"前后照应,环环相扣,融为一体,全书组成了一个完整的艺术世界。

(四) "笔法"多姿

《儿女英雄传》的笔法曾倾倒过不少后人。什么是笔法呢?它指作家在作品中表现社会生活和刻画人物形象时所运用的各种艺术手段。文康在《儿女英雄传》中的创作笔法瑰丽多姿,据董恂的评论,有十余种。它们在编织故事情节和创造人物形象上焕发异彩。下面仅就书中较为主要的五种略作说明。

1. "横风吹断"

《儿女英雄传》第七回的开头,文康在叙述十三妹在能仁寺刀歼众奸僧后,"正待向安公子讲她前番在悦来店走的情由,此番到这里来的原故"。此时,忽听得一阵悲惨的哭声,隔断了安骥和十三妹的叙话,而把小说的情节引向张金凤,朝着"一龙两凤"的方向发展。对此董恂评论说:"正在洗耳拭目,忽又横风吹断。"

这种"横风吹断"的创作笔法,在我国古代的小说创作中常能见到。如《水浒传》中三打祝家庄的描写,就是"横风吹断"法的成功运用。施耐庵在叙述宋江一打、二打祝家庄时,情节连贯,一气呵成,但至三打祝家庄时,却突然插入一段"解珍解宝双入狱,孙立孙新大劫牢"的故事情节,描写他们越狱、劫牢后,投靠梁山泊,成为进入祝家庄的一支部队,与宋江里应外合,才取得了大败祝家庄的胜利。作者插进去的这段故事,隔断了宋江一、二打和三打祝家庄故事的连续发展,但又和三打祝家庄之事关系密切。金圣叹在《读第五才子书》中把这种创作笔法名之曰"横云断山法"。

"横风吹断"与"横云断山"法在本质上是一致的,皆指在小说故事情节的发展过程中,突然生发出与它有密切联系的另一件事。《儿女英雄传》的"正传",主要是安骥和何玉凤。文康在第七回的描写,正是他们两人情节发展的关键之处,突然插进一个张金凤,让她在和安骥的婚事中占了"头筹",隔断了何玉凤和安骥故事的发展,但它却和这一情节主线密切有关。后来的何、安联姻，张金凤又立头功。这种"横风吹断"创作笔法的运用，可使故事情节的发展波澜迭起，环环相扣，避免平铺直叙，一览无余。

2."打叠归并"和"详略伸缩"

《儿女英雄传》第八回的开头，是文康评论何玉凤在能仁寺搭救安骥和张金凤一家的一段"鼓噪"，紧接着他用"闲言少叙"四字一转，进入叙述何玉凤家世。他先用第三人称的叙述语说：

却说这位姑娘，见张金凤问她的姓名来历，欲待不说，不但打不破张金凤的疑团，就连安公子直到此时也还不得知她是怎样一个人，怎么一桩事；若此刻先对张金凤讲一番，回来又向安公子说一遍，又恐听书的道是重絮，故此，她未曾开口，先自后间排插后面叫了声"安公子"。

董恂在这段话下评注说：

"一段情节，连叙两遍，非歧即复，自以打叠归并为宜，此定法也。至于打叠不来，归并不得，则有第十二回详略伸缩之法。"

很明显，文康在上述叙述语中用的是"打叠归并"的创作笔法。所谓"打叠归并"，是指对作品情节发展中"一件事情，连叙两遍"的情形，选择最适合艺术表现的场合进行叙述；而在另外需要叙述同一段情节的场合，将它略而不叙。在董恂看来，这是文学创作的"定法"，可以避免"重絮"，使小说故事的发展简练、紧凑。

《儿女英雄传》第十二回叙述安骥带着张金凤回家和父母团聚。他们自然要询问儿子的一番经历。在亲人面前，安骥"打叠不来，归并不得"，向父母一一详述了在悦来店、能仁寺的遭遇。由于父亲在县衙中，安骥只得分别向父母叙述。文康采用了"详略伸缩"笔法。他在描写母子相见时，详写一切。一个仔细盘问，不放过任何细节；一个认真作答，不隐瞒一毫情事。他从父亲的革职、筹办银两开始，到悦来店的"擎石"、能仁寺的化险为夷以及何玉凤的侠义相助和张金凤的亲事等都交代明白。后来，安骥又去见安学海，小说仅用"岂料其中必另有一段原故，却也断想不到公子竟遭了这一场大颠险"一句，轻轻带过。文康这样叙述父子见面的情景：

公子这才站起身来，从家中得信起身，一直到今日到店止，照方才回太太的话，应节省的节省，应加详的加详，并合张金凤联婚一段，一字不落，也都据实地禀了他父亲。

安骥要把自己的遭遇分别告知父母，如果不用"详略伸缩"的笔法，就会重复。现在作这样的艺术处理，恰到好处。"母子相见，逐节盘问，逐节登答；父子相见，一气叙述，一气论断。题只一题，文则两文。片语不复，绝大神通。"董恂的这段评语，如实说出了文康创作笔法的高妙。"打叠归并"和"详略伸缩"的灵活运用，使文康的《儿女英雄传》充满艺术的生机。

3. "设为问答"

《儿女英雄传》第八回中，叙述何玉凤在能仁寺救出安骥和张金凤，向两人抖落事情的真相时，文康使用了"设为问答"的创作笔法。小说是这样描写的：

此时安公子被十三妹一番言语，问得闷口无言，只有垂泪。半晌，叹了一口气说："姑娘，我安龙媒真是百口无词；只是姑娘你也有一些儿欠通之处。"十三妹听了，说道："怎么说了半天，我倒有了不是了呢？你倒说说，我倒听听。"

董恂对此评论说：

"问得有理，我亦要问。尝论书中事有易涉招问者，若俟将来读者疑而驳之，则作者无从声诉矣。于是往往以书中一人难之，亦即以书中一人解之；一难一解，怡然焕然，此史法也。补苴罅漏，莫善于此。燕北闲人每用此法，此其一也。又其变，则有设为问答之法。"

这种"设为问答"的创作笔法，实质上是一种人物对话的艺术。因为何玉凤向安骥和张金凤"交底"的这段叙述，内容较多，如果平铺直叙，势必缺乏艺术感染力。文康在人物对话的过程中，插入人物之间的一问一答，可使对话变得简短、风趣，增加变化，强化审美愉悦。在上述"设为问答"之后，安公子和何玉凤你一句，我一语，再加上张老夫妻的插话，使这段本来容易流于冗长和枯燥乏味的对话，变得十分生动传神。

4. "欲擒故纵"

金圣叹在《读第五才子书》中，提出过"欲合故纵"的命题，说："有欲合故纵法。如白龙庙前，李俊、二张、二童、二穆等救船已到，却写李逵重要杀入城去；还道玄女庙中，赵能、赵得都已出去，却有树根绊踢士兵叫喊等。令人到临了，又加倍吃吓是也。"

这里所说的"欲合故纵法"，是指小说故事的发展本来可以集结作合，却又故意放开，由此辐射出新的情节。文康在《儿女英雄传》第十三回中，也提出了"欲擒故纵"的创作笔法，说：

> 那时不仅安公子设疑，大约连听书的此时也不免发闷。无如他著书的要作这等欲擒故纵的文章。我说书的也只得这等依头顺尾地演说。大众须耐些烦，少不得听到那里就晓得了。

这段话之前，文康叙述安学海父子提到何玉凤的身世，安学海心中"明白如见"，而安骥则"满腹狐疑"，读者当然也莫名其妙。按照故事发展的逻辑，安学海应于此时把何玉凤的身世全部告诉儿子，可文康却故意隐瞒、拖延不讲，让安骥和读者都处于"不明事理"的地位。他把笔锋一转，又开始叙述其他的故事了。这种"欲擒故纵"的创作笔法，和金圣叹所说的"欲合故纵"完全相同。它有利于制造小说的"悬念"，使故事情节的发展一波三折，起伏跌宕，产生峰回路转的美感。

"欲擒故纵"法在《儿女英雄传》中的运用较为普遍。小说第八回的标题就是《十三妹故藏尾露头，一双人偏寻根觅究》。文康在叙述何玉凤向安骥和张金凤说知悦来店中的情形，故意不直言相告两个骡夫的奸计，而让安骥落入他们的圈套，为塑造何玉凤的艺术形象作了有力铺垫。

袁枚《续诗品》云"挑直使曲"，意谓读者对文学作品故事情节的发展望眼欲穿，而作者偏不径叙。我们如果用这句话来评论文康的"欲擒故纵"法的美学价值，也是非常适用的。董恂在评论文康的这种创作笔法时说：

> 若十三妹迳以骡夫被啖情节相告，叙事未免平直。作者不过欲避此病，转将安公子稚弱之态，十三妹讪笑奚落之神，写得栩栩欲活。文须如此作，方有警色；书须如此看，乃见会心。

真是一语破的。

5. "明修栈道，暗度陈仓"

《儿女英雄传》第十七回开头叙写安学海父子历经坎坷，终于在褚家庄找到了邓九公和褚一官夫妇。其时，"邓九公见了安太太和张姑娘，自然该有一番应酬；安太太、张姑娘见了褚大娘子，也自然该有一番亲热；那位姨奶奶从中自然还该有些话白儿；褚一官前妻生的那个孩子，自然也该略略点缀；随缘儿媳妇也该拜见拜见续公婆；他家那些村婆儿从不曾见过安太太这条旗装打扮，更该有一番指点窥探。无如此时安老爷是忙着要讲十三妹，安太太、张姑娘是忙着要问十三妹，听书的是忙着要听十三妹"，故事热闹非凡，情节千头万绪，然而"说书的只得一张口，说不得八面的话"，文康把一切都勾销，干脆来一个"有话则长，无话则短"。他把这种创作笔法，名之为"明修栈道，暗度陈仓"。

"明修栈道，暗度陈仓"，原是罗贯中编撰的《三国演义》故事。它指的是军事行动中的"声东击西"。文康把它运用到文学创作中来，显然也有着这种"声东击西"的美学追求。

在以上引述的小说情节中，每个人的神情、语态、行为等，都可发展成一篇完整的故事。而文康却将其弃之一旁，全然不顾，转向对何玉凤生活情境的叙述。这无疑是精简笔墨的一种创作技巧，把省略的笔墨用于对人物形象的刻画和故事情节的集中描述。这使《儿女英雄传》全书情节发展主线明晰，较少芜杂的枝蔓。有人曾把文康在小说中部分多余的"鼓噪"删削后重新出版，此书仍是一部优秀的小说佳作。

文康在《儿女英雄传》中的创作笔法，还有逆笔、补笔、曲笔、特笔、以撤为补、烘云托月、虚实相生等，呈现一个文学家的卓越才华。当然，他的这些创作笔法，有不少是后人根据作品推演出来的，并非文康在创作前已经定型了的，而且从今天的艺术眼光来看，似乎已是"老生常谈"的陈旧武器。然而，文康多姿的创作笔法，曾对丰富我国文学的创作技巧和艺术表现方法起了一定的作用，我们应给予恰当的评价。

五 白璧微疵——《儿女英雄传》的不足

文康的《儿女英雄传》是我国文学宝库中的一颗艺术明珠，但它也和封建社会中的许多文学名著一样，被蒙上各种历史的尘垢。当我们用今天的眼光来考察前人的时候，这种历史的尘垢就显现得更为鲜明。这本不足为奇，相信读者自会谅解。同时，严肃地指出它的不足之处，也是今人的责任。现把《儿女英雄传》的不足，略述如下：

（一）"只反贪官，不反皇帝"

文康生活的时代，正当我国封建社会崩溃的前夜。清王朝的没落和腐朽，历历可见，他在小说中对此也作了有力的揭露和批判，但是他"只反贪官，不反皇帝"。他在鞭挞"贪官"的同时，又极力美化和颂扬"皇帝"，对封建王朝本身丝毫也不去触动。读着《儿女英雄传》，一股"保皇"的气息扑面而来。文康从头至尾，都把"大清"的"圣世"作为歌功颂德的对象。如小说

第四十回，他称康熙皇帝为"大清圣祖"的"佛爷"，"临御六十一年，厚泽深仁，普被寰宇"，雍正皇帝是"唐虞再世，圣圣相传"，皆为"万民有福，四海同春"。这种肉麻的吹捧和阿谀，在小说中时有所见。他于命运的落拓中，仍然把希望寄托在封建王朝的"复兴"上，把自己捆绑在这个封建末世王朝的耻辱柱上。文康如此起劲地颂扬封建王朝，无疑会模糊人民的认识，松懈群众的斗志，成为封建统治阶级的殉葬者。

文康的"保皇"思想来源于中国封建社会中士大夫阶层的"忠君"思想，而"忠君"思想又往往和"爱国主义"扯在一起。要说清这个问题，非三言两语所能解决。文康在《儿女英雄传》中，曾经阐发过"家国一体"的思想，这是他世界观中的核心思想。应该说，这种"家国一体"的思想观念，也有着某种积极的因素。张宏生先生在《感情的多元选择》一书中说：

在封建社会，皇帝是人民的天然尊长，代表着国家的尊严和荣誉，在某种意义上，甚至能够决定整个民族的命运，所以忠君往往就是爱国的表现，特别是在民族被压迫和国家被侵略时，由于封建政权已作为整个民族的象征，而封建君主又是这个政权的最高统治者，因此忠君就能够起到维护民族利益的作用，与爱国也是密不可分的。

所以，至少自西汉以来，人们便已把皇帝和国家视为一体了。"历史地看，这种观点是有其合理性的。"他虽然是针对我国宋元之际的阶级关系和民族关系而说的，但我们在透视文康的这种"家国一体"的思想时，也应当作如是观。当然，我们在此无意为文康的历史局限性做辩护，但指出这一点会有助于正确认识文康及其《儿女英雄传》的思想价值。

（二）陈腐的封建"说教"

"唤醒痴人"和"维持名教"，是文康创作《儿女英雄传》的思想动机之一。"观鉴我斋"的"序"说，《儿女英雄传》是一部"诚正修齐治平"的"格致"小说。所以，小说中的安学海满口不离孔、孟、圣贤，企图以传统儒家的伦理道德来规范人们的思想行为。小说第二十九回安学海亲笔书写的教子"长匾"，可被视为一个非常典型的事例。这块"长匾"上写的是：

正其衣冠，尊其瞻视；潜心以居，对越上帝。足容必重，手容必恭；择地而蹈，折旋蚁封。出门如宾，承事如祭；战战兢兢，罔敢或易。守口如瓶，防意如城；洞洞属属，罔敢或轻。不东以西，不南以北；当事而存，靡他其适。勿贰以二，勿参以三；惟精惟一，万变是监。从事于斯，是日持敬；动静弗违，表里交正。须臾有间，私欲万端；不火而热，不冰而寒。毫厘有差，天壤易处；三纲既沦，九法亦斁。鸣呼小子，念哉敬哉！墨卿司戒，敢告灵台。

何玉凤看了，"只觉句句说得有理"。这种陈腐的说教，充斥全书，既毒害了读者的心灵，也影响了小说的艺术魅力。诚然，在文康的各种劝世"说教"中，也有某种合理的、积极的成分。如他劝人为善积德，不要醉心于功名、富贵、厚禄，强调侠义肝胆、扶弱锄奸等，都有利于社会道德的淳化和精神文明的发展，不宜轻易否定，而应作具体的历史的分析。

（三）宣扬封建迷信思想

这在《儿女英雄传》中也较为突出。如第三十五回描写主考官娄养正在阅卷时，想到朝廷"要向清真雅正一路拔取真才"，把洋溢着才气的安骥的试卷"丢在一边"。这时，"只听得门窗外一阵风儿，扫得窗棂纸簌落落的响，吹得那盏灯青焰焰的光摇不定"。帘拢动处，进来一位清癯老者，指令要取中安骥。这种活灵活现的描写，对塑造人物、发展情节、表现主题不无作用，但毕竟把"基点"建构在骗人的把戏上，到头来只能是一场梦呓。

小说第二十四回把安骥"一龙两凤"的婚姻，说成是神灵的安排，以及何玉凤拜亲祠的描写等，更属荒诞不经，文康却把这类封建迷信写得十分灵验，津津乐道。

在没有先进阶级正确思想指引的封建时代，各种迷信思想的盛行是非常自然的事，但这毕竟是社会愚昧和落后的表现。如果是一个有良知的正直的进步文学家，理应对它的虚伪性予以彻底的揭露，教育人民提高认识客观世界事物的能力。然而，文康没有这样做，反而迎合社会上的各种迷信思想和庸俗的低级趣味，将其当做法宝，企求冥冥之中的神灵来保佑人们获得各种幸福，这岂不是与科学的发展背道而驰吗？它暴露了文康思想上受封建制度毒害的深广。《儿女英雄传》中的这类描写，既贬损了小说的思想和艺术，也会麻痹人民反抗封建压迫的斗志。

（四）人物性格的前后不一

一部文学作品的成功与否，除了思想内容要有时代气息外，在相当程度上还取决于人物艺术形象的成功创造。一个杰出的作家，大多倾其全力于文学形象的艺术创造，从而"一炮打响"，形成"轰动效应"。文康在《儿女英雄传》中也注意及此，但比起《红楼梦》等小说来，他所取得的成功是微不足道的。尤其是在何玉凤身上体现出来的人物性格前后不一的缺陷，更是有损这部小说的艺术成就。正如清末的小说理论家邱炜爰所说：

> 《儿女英雄传》前半写十三妹，生龙活虎，不可捉摸，令人作天际真人想，分贴诸人，亦各色舞眉飞，恰如分两，读者几欲一一遇之纸中，而可数其主名也。中权写却婚赠金，细针密缕，尚见惨淡经营。入后文笔懈怠，可议之处，不胜枚举。

此话并非无稽之谈。小说前十回中的何玉凤，确是神采非凡，悦来店擎石，能仁寺救人，撮合安骥和张金凤成亲，仗义任侠，意气风发。然而，从小说第十一回起，她却判若两人，一副刚烈换了柔肠，其间的思想脉络不甚分明。尽管后来安学海说出了她的家世，张金凤又苦口婆心地劝说，文康为她思想转变的突兀作了大量的铺垫，但何玉凤前后性格的"反差"仍是那样的强烈。人们在欣然接受小说前半部中的"十三妹"这一艺术形象的同时，实在无法接受小说后半部中的"何玉凤"这一艺术形象。虽说她们同为一人，却极难将两者揉合一处，它们在读者的审美心理上失去了平衡。孙楷第先生说：

> 小说中之十三妹，前半则剑气侠骨，简直是红线、隐娘一流，及结婚后，则菊宴箴夫，想做夫人，又平平极了，与流俗女子无以异。一人人格前后不调和如此，真是怪事。（《关于〈儿女英雄传〉》）

造成这种"怪事"的重要原因之一，是文康在创作《儿女英雄传》时，按照自己的主观意图，随心所欲地把人物捏来捏去，而又完全不顾小说特定的艺术情景。这样就很难避免创作上的失误，更何况他又并非一位大手笔。这种人物艺术形象的前后不统一，把《儿女英雄传》引向一个"怪圈"——结构精湛而人物相对来说较为苍白。

除此以外，《儿女英雄传》的不足之处还有一些，但总的说来，它的成功是主要的。人们常用"白璧微疵"来形容优秀作品存在的某些缺点，这也同样适用于对文康这部小说的评价。何况，文康的不足，是他尝试着进行艺术探索的产物。当然，时代的、阶级的以及文康世界观上的原因是最根本的，对此我们似也不必过分地苛求他。

名家解读古典名著
侠义公案小说(上)

解读《三侠五义》

侯忠义 著

　　《三侠五义》堪称艺术水平最高的一部侠义公案小说，讲的是宋朝包拯审案断狱、安境保民以及侠客义士帮助官府除暴安良、行侠仗义的故事。本书为读者介绍了《三侠五义》中描写的审案故事，解读了书中描写的包公、展昭的形象，分析了书中人物塑造的艺术特点及其对后世小说的影响，探究了《三侠五义》系列的成书过程。

一 侠义公案两相益——《三侠五义》是侠义公案小说的代表作

《三侠五义》所叙，是宋朝包拯审案断狱、安境保民以及侠客义士帮助官府除暴安良、行侠仗义的故事。这两者之间，相互为用，以期达到"不负朝廷"或"致君泽民"的共同目的。它的出现，表明近代传统的公案小说与侠义小说的完全合流。《三侠五义》就是合流的"侠义公案派"小说的典型作品，是一部成功的代表作。

在中国古代小说发展的历史长河中，侠义和公案虽同属世情小说范畴，却是两个重要的、不同的题材。长期以来，它们独立发展，各有成就，形成两个流派。

公案小说以审案断狱为主，内容上大都歌颂刚正不阿、清明廉洁、执法如山、为民申冤的清官。公案小说是有其历史发展的线索和传统的，如在魏晋南北朝小说中，就孕育着公案小说的萌芽。《列异传》里的《苏娥》、《搜神记》里的《东海孝妇》就是其例。

《东海孝妇》写的就是一桩冤案：孝妇周青"养姑甚谨"，婆媳关系甚好。婆婆谓自己"已老"，惜妇"年少"，为免除守寡媳妇的负担和劳苦，宁肯自缢。然而婆婆死后，因其女告官，诬妇为凶手，官府不明，屈打成招，遂成冤案。狱吏于公"仗义执言"，据理力争，仍未改变冤妇的命运，她含冤而死。后任太守重审此案，为妇申冤，并亲身祭祀孝妇，地方方得安宁。

唐代传奇与轶事小说，亦不乏公案小说之作。如《纪闻·苏无名》，就是唐代一篇成功的推理破案小说。它表彰了武则天时的一个捕盗能吏苏无名。武则天曾赏赐太平公主细器宝物两食盒，所值黄金千镒，结果被盗。武则天大怒，限洛阳长吏三日破案，长吏限县尉二日，县尉限吏卒一日。吏卒无奈，只好求破案能手苏无名帮助。苏求武则天宽限日期，但"亦不出数十日耳"。苏见一伙出葬的胡人到一新坟处，虽设祭奠，但"哭而不哀"，撤奠之后，"巡行冢旁，相视而笑"。苏无名判定其坟为藏物之所，胡人则为盗贼。于是破了此案。

宋元时代的公案小说，一是说话中的"说公案"。这是民间说书艺人创作的公案小说，它主要叙述冤案的发生和经过，对含冤受屈者寄予很大的同情，最终清官判案只是小说的一个尾巴、官吏的例行公事。著名作品如《错斩崔宁》，主要写受害者崔宁、陈二姐含冤受屈的事实，重点并非指责官府的"率意断狱，任情用刑"。凶手是由刘大娘子发现并报告官府，才使案情大白于天下。《简帖和尚》也是着重叙述由于和尚的奸谋，致使皇甫松休妻，造成杨氏的悲剧，最后也是由于杨氏发觉和揭发了和尚的阴谋，冤案才得到昭雪。

二是在历代案例的基础上，演绎派生出公案小说。如五代和凝父子编的《疑狱集》、南宋庆元年间桂万荣的《棠阴比事》、郑克辑的《折狱龟鉴》、《明公书判清明集》等，就是各代的公案书。《醉翁谈录》记录的"私情公案"和"花判公案"，就是"公案书"的演变和发展，是"公案书"影响下的产物。这类故事重点是记述官吏的明敏断案和判词的巧妙、诙谐，视线集中在清官身上，而不是在受屈含冤者身上。它们主要来源于前代"公案书"，而不是现实生活中的故事。它们的思想、艺术价值显然不如前一类公案小说。

明代后期出现的一大批公案小说，如《龙图神断公案》《海刚峰先生居官公案传》《皇明诸司廉明奇判公案》《皇明诸司公案传》《明镜公案》等，与"公案书"关系密切，甚至保留了若干文牍形式，但也与话本小说关系密切，不断从中吸取题材。如《海刚峰先生居官公案传》（简称《海公案》），实际上是一部短篇小说集，它每回一个故事，一方面采取了公牍文书的形式，每回先有记述全案过程的一段说明文字，分"告""诉""判"三个部分，而内容又系小说家的编撰，并非海瑞实事，且与宋元话本关系密切。如第三十九回《捉圆通伸兰姬之冤》、第四十二回《判明合同文约》，就是宋元话本《简帖和尚》《合同文字记》的改编、脱胎之作。又如《僧徒奸妇》《妒奸成狱》《判给家财分庶子》《判谋陷寡妇》等，又为明代拟话本提供了素材。《龙图神断公案》与《海公案》性质相同，也是短篇小说集，而以包公贯串其书，题材上既有民间流传的故事，又有采自史书的案例，而不少内容又是从《海公案》辗转抄来的。

侠义小说以豪侠行侠仗义为主，歌颂重义尚武、扶困济危的精神。在汉魏六朝小说中，有《搜神记》里的《三王墓》（即《干将莫邪》）、《李寄斩蛇》，《世说新语》中的《周处》等，已初具侠义小说的风采。如《三王墓》中的侠客仗义相助，为被楚王枉杀的铸剑工匠干将复仇，竟牺牲自己的性命，这正是《史记》的《刺客列传》《游侠列传》中侠义精神的继续和发扬。

唐代的侠义小说比较成熟，如《红线》《昆仑奴》《聂隐娘》等，都是成功的作品，其中红线、聂隐娘、昆仑奴都是武艺高超、逾墙走壁、飞剑取人的侠客，带有浓厚的浪漫色彩。

宋元话本中，"朴刀""杆棒"类作品，属于侠义小说的范畴。如《宋四公大闹禁魂张》《杨温拦路虎传》等。直到明代的《水浒传》，始有长篇侠义小说出现，它被李贽冠以"忠义"之名，被天都外臣称为"有侠客之风，无暴客之恶"。清以前的侠义小说，从内容上看，其男主人公或凭个人的技艺去创英雄业绩，或组成群体去扭转乾坤；有的写实，有的幻想，分属两种类型。

清中叶《龙图公案》《三侠五义》的出现，使公案小说加入了大量的侠义内容，使侠义和公案这两类一向独立发展的小说被有机地结合在一起。"这等小说，大概是叙侠义之士，除盗平叛事情，而中间每以名臣大官，总领一切。"（鲁迅《中国小说的历史的变迁》）

这种大臣与侠士的关系，在《三侠五义》里就是包公与南侠、北侠、双侠、五鼠的关系。为什么能形成这种关系？这是因为侠士的"行侠仗义"需要官吏的支持，而官吏的"除暴安良"，亦需侠士的帮助。他们的目的是相同的。

《三侠五义》第十五回写包拯陈州放赈后，表示还要做几件惊天动地之事，"一来不负朝廷，二来与民除害，三来也显显我包某心中的抱负"。第一百一回写小诸葛沈仲元对黑妖狐智化说："你我不能致君泽民，止于侠义二字，了却终身而已，有甚讲究。"可见"不负朝廷"与"致君泽民"是他们的共同追求。

那么，促成侠义公案小说合流的原因何在呢？从艺术发展的传统说，以《龙图公案》为代表的公案小说，长期恪守案情加判词的模式，束缚着公案小说向着更高的水平发展，故加入大量的"侠义"内容，以使小说活泼充实；从社会现实的需要来说，清朝正走下坡路，封建统治虽能维持，但矛盾重重，危机四伏。百姓要求社会安定，呼吁清官；知识分子企盼兴邦治国，建功立业。于是，这种清官与侠客的结合，就符合社会与各阶层人物的需要。

鲁迅先生在《中国小说史略》中谈到《三侠五义》出现时说：

时去明亡已久远，说书之地又为北京，其先又屡平内乱，游民辄以从军得功名，归耀其乡里，亦甚动野人歆羡，但凡侠义小说中的英雄，在民间每极粗豪，大有绿林结习，而终必为一大僚隶卒，供使令奔走以为宠荣，此盖非心悦诚服，乐为臣仆之时不办也。

这说明了《三侠五义》等侠义公案小说，包括《施公案》《彭公案》

《永庆升平》等在内，所产生的社会背景之一。概括地说来：其一，近代这个时期并非是什么"太平盛世""清朗世界"，现实中的阶级斗争使统治阶级的"安全感"大大减弱了，于是侠勇之士就在公案小说中出现并发挥了重要作用；其二，官僚、侠士的除暴安良，以及侠士得到封赏，乃是表现了作者对功名利禄的追求以及维护和安定封建统治的愿望。

应该指出，《三侠五义》是市民思想的产物，它不可能超越忠孝节义等封建正统思想的樊篱，但又体现了人民群众的部分愿望和要求。小说中对豪强、显贵罪恶的暴露，对世态炎凉的抨击，都表达了人民对贤明政治的追求和对是非善恶的态度，有一定的意义和认识价值。

公案侠义小说经过短暂的繁荣，很快就走向下坡路，思想内容从《三侠五义》单纯的忠奸、正邪斗争，发展到镇压农民起义；从具有一定人民性的小说，发展为具有落后或反动倾向的作品。但近代公案侠义小说，无疑为晚清新武侠小说的产生，提供了有益的借鉴。

二 清代说书第一人——《三侠五义》的作者石玉昆

《三侠五义》问世之后，传布甚广，风行海内，家喻户晓，人人乐道，影响所及，至今未衰。关于它的作者，我们已经知道是石玉昆，这与小说史上许多连姓名都不知晓的作家相比，已属万幸。但让人遗憾的是，我们对他的生平与为人，知之较少，而且有些材料真伪难辨，莫衷一是。我们现简述其人其事如下：

石玉昆，字振之，天津人，大致生于清代嘉庆十五年（1810年），死于同治十年（1871年），是道光年间著名的说唱艺人，人称"石先生"。

曾中嘉庆四年（1799年）进士的清人富察贵庆在《知了义斋诗抄》中说："石生玉昆，工柳敬亭之技，有盛名者二十年。"以明末著名说书家柳敬亭比之石氏，可见其说书的成就。

据传，他登场时，书场内"过千人"，座无虚席；演出时，抚弦弹唱，字句清新，自成一派，被誉为"石派书"。金梯云抄本《子弟书·叹石玉昆》中描写石玉昆说书的情景谓：

则见他拨动了三弦如施号令，满堂中万缘俱静鸦雀无声；但显他指法儿玲珑嗓音儿嘹亮，形容儿潇洒字句儿清新。众诸公一句一夸，一字一赞，合心同悦，众口同音。

获得极大的成功。

今人金受申《老书馆见闻琐记》说"石玉昆原是'礼王府'说书供应人",这就是说他供职于高官显贵之家,要随时随地登台献艺。不过,也有人说他颇有骨气。富察贵庆诗中说他"为衣朱门无履迹,曳裙应怪太纷纷"。诗前小序说他"性孤僻,游市肆间,王公招之不至",仍然与权贵保持着一定的距离。

石玉昆以演唱包公故事出名。"编来宋代包公案,成就当时石玉昆。"(《叹石玉昆》)他演唱的《包公案》,又称《龙图公案》,也就是后来的《三侠五义》,取材非常广泛,熔铸了正史、笔记、元曲以及明代小说中的大量素材,内容丰博,演技精湛,故能取得"惊动公卿夸绝调,流传市井效眉颦"(《叹石玉昆》)的效果。这也说明石玉昆的唱本能适应不同阶级的口味,既有一定的人民性,也有适合统治阶级需要的地方,内容是复杂的。

名噪一时的石玉昆,生前未能见到笔录本《龙图公案》的刊印,更不用说《三侠五义》了,但他为我国近代小说史留下了一部精彩之作,至今仍熠熠生辉。

三 妙笔润色成佳章——《三侠五义》等书的由来

石玉昆的著述,就是他演唱的《包公案》。此后的《龙图耳录》《三侠五义》《七侠五义》等,俱系经他人之手改编《包公案》而成。

关于《龙图耳录》一书,孙楷第在《中国通俗小说书目》卷六《明清小说部乙》说:

诸本多无序跋。余藏抄本第十二回末有抄书人自记一行云:'此书于此毕矣。惜乎后文未能听记。'知此书乃听《龙图公案》时笔受之本。听而录之,故曰《龙图耳录》。……玉昆说唱《龙图公案》,今犹有传抄足本,唱词甚多,此《耳录》全书尽是白文,无唱词,盖记录时略之。

关于《龙图耳录》的听记情况,崇彝《道咸以来朝野杂记》中说,聚珍堂"所印之《包公案》(即《三侠五义》),最有名。因此书本无底本,当年故旧数友(原注:有祥乐亭、文冶庵),每日听评书,归而彼此互记,因凑成此书。其中人物,各有赞语(原注:今本无),多趣语,谐而雅。此道光间石玉昆所传也。"

由此可见,《包公案》在听记前并无底本,若有底本,又何必听记?记录者中有祥乐亭、文冶庵二人。祥乐亭生平事迹不详。而文冶庵即文良，属《儿女英雄传》作者文康的兄弟行。他曾官四川道员，但又是一个对小说有浓厚兴趣的人，在文康创作《儿女英雄传》的过程中，他多有赞助。（于盛庭《石玉昆及其著述成书》）文良有藏书之癖，其家藏书富而精；他对小说又有浓厚的兴趣，故参与记录、整理《龙图耳录》，不足为奇。那么只有白文而无唱词的抄本《龙图耳录》，与祥乐亭、文冶庵参与记录的本子，又有何关系呢？

乐善堂抄卖唱本《书目序》说："本堂抄卖……石派带赞新书，授自名人校正。"（李家瑞《从石玉昆的龙图公案说到三侠五义》）他的石派带赞新书目中，即有《龙图公案》；其言所谓"授自名人校正"，又与文良等"名人"记录的说法相合。

可见，乐善堂、百本堂及别野堂等抄卖的《龙图公案》唱本，大约就是出自文良等人的记录本。而《龙图耳录》传抄本，就是在这个记录本的基础上加工润饰而成的。

谢蓝斋抄本卷首云："《龙图公案》一书，原有成稿，说部中演了三十余回，野史内续了六十多本，虽则传奇志异，难免鬼怪妖邪，今将此书翻旧出新，不但删去异端邪说之事，另具一番慧妙，却攒出惊天动地之文。"这表示《龙图耳录》并非直接听书时的记录，而是在某种"成稿"的基础上删定改写成的。

《龙图耳录》的成书，大约可以这样推断：首先是由文良等人在听书时直录其辞的唱本；其后，又有人在唱本的基础上，整理出一百二十回的文本《龙图耳录》。这个经过润色加工的本子，比说唱记录本成熟，这是不言而喻的。《龙图耳录》对唱本而言，内容毫无增加，主要是斟酌删除唱词和润色加工文字而已。

那么，《龙图耳录》的改编者是谁呢？极有可能就是记录稿的参加者，包括文良、祥乐亭等人。诸人根据他们各自的记录，分头加以整理，形成了《龙图耳录》的不同抄本。如1981年上海古籍出版社出版的《龙图耳录》，就是根据谢蓝斋抄本排印的。谢抄本就是抄本（即整理加工本）中的一种。谢蓝斋，生平事迹无考。

《三侠五义》其书，是由入迷道人等改编《龙图耳录》而成，并刊行于世的，从而使石玉昆及其《包公案》故事，流传至今，产生重大影响。《三侠五义》初在光绪五年（1879年）由北京聚珍堂印行时，原名《忠烈侠义传》，

有问竹主人、退思主人及入迷道人三序。入迷道人"序"中说:

辛未(同治十年,1871 年)春,由友人问竹主人处得是书而卒读之,爱不释手。……是以草录一部而珍藏之。乙亥(光绪元年,1875 年)司榷淮安,公余时重新校阅,另录成编,订为四函,年余始获告成。去冬(光绪四年,1878 年)有世好友人退思主人者,亦癖于斯,因携去,久假不归,是以借书送迟嘲之。渠始嗫嗫言爱,竟已付刻于珍版矣。

据今人于盛庭考证,光绪十年(1884 年)《淮安府志》卷十二所载,光绪元年(1875 年)司榷淮安者为文琳,于此可定文琳即入迷道人。文琳,字贡三,属汉军正黄旗,光绪二十四年(1898 年)以刑部右侍郎卒,时年约七十岁。

另一篇《三侠五义》问竹主人的序,几乎就是谢蓝斋抄本《龙图耳录》卷首文字的翻版。序中所言"兹将书翻旧出新,添长补短,删去邪说之事,改出正大之文",明显都是指将《龙图公案》或《包公案》唱本改成白话文《龙图耳录》,非指《三侠五义》;"说部中演了三十余回,野史内续了六十多本(回)",是说《龙图公案》共约百余回故事,"说部"三十回是指石玉昆演唱的侠士传奇;"野史"盖指包公之事。退思主人"序"中言问竹主人"互相参合删定,汇集而成",也是此意。

由此看来,这位问竹主人也是如文良等人一样,是记录、整理《龙图公案》或《包公案》唱本的作家之一。而入迷道人从问竹主人处得到的正是文本《龙图耳录》,经他"重新校阅"而成《三侠五义》,因此可视入迷道人为《三侠五义》的改编者。

近代学者俞樾(1821—1906 年)在苏州见到潘祖荫从北京带来的《三侠五义》,引起极大兴趣,但他认为第一回叙"狸猫换太子"事,"殊属不经",遂"援据史传,订正俗说",重撰第一回。又以三侠即南侠展昭、北侠欧阳春,双侠丁兆兰、丁兆蕙,实为四侠,增以小侠艾虎、黑妖狐智化、小诸葛沈仲元,共为七侠;原五鼠即钻天鼠卢方、彻地鼠韩彰、穿山鼠徐庆、翻江鼠蒋平、锦毛鼠白玉堂,仍为五义士,改书名为《七侠五义》,于光绪十五年(1889 年)作序刊行,所以今有《三侠五义》《七侠五义》两本流传。

四 拨开云雾见真情——《三侠五义》中的审案故事

《三侠五义》全书一百廿回,字数五六十万,主要包括审案断狱与除奸锄暴两部分内容。全书围绕着包公审案断狱与众侠客协助包公等人与庞太师父子、襄阳王赵钰的斗争两大情节，组成了众多的小故事。其中有许多单纯以包公为主的断案故事，继承了小说、戏曲中包公审案折狱的传统，并重新加以创作，内容几乎全不相同。

《三侠五义》全书的案件，重要的有二十余例，既有政治方面的案件，如"狸猫换太子案""襄阳王谋反案"等，又有众多的刑事案件（杀人案）、民事案件（盗窃、诈骗等），题材丰富。我们虽把书中案件分列为二十余个，但已既不是元杂剧中的一案一剧，也不像《龙图公案》每篇独立不相连属，而常常是数案相联，案中有案，跌宕起伏，悬念屡生，贯通一气，构成一部完整的鸿篇巨制。

全书重要案例列目如下：

1. 狸猫换太子案（第一回、第十五至十七回）

2. 吴良图财杀死僧人案（第五回）

3. 皮熊、毕氏通奸杀人案（第五回）

4. 张别古乌盆案（第五回）

5. 陈应杰、刘氏通奸杀人案（第七回至九回）

6. 铡庞昱案（第九回至十五回）

7. 郑屠杀死妓女案（第十回、十一回）

8. 白熊谋杀李克明案（第十回、十一回）

9. 叶阡盗窃案（第十回、第十一回）

10. 刘四讹诈被杀案（第十一回）

11. 白安与白熊妻通奸案（第十一回）

12. 杨氏女婚姻争讼案（第二十回）

13. 庞吉用魇魔法谋害包公案（第二十回至二十二回）

14. 葛登云强抢白氏杀人案（第二十三回至二十六回）

15. 李保贪财杀死屈申案（第二十四回至二十六回）

16. 冯君衡图奸诈骗杀人案（第三十五回至三十九回）

17. 假包三公子诈骗案（第四十六回至四十八回）

18. 花花太岁强抢民女被误杀案（第四十五回、四十六回）

19. 林春、倪氏通奸案（第四十九回、五十回）

20. 宋升讹诈方善案（第五十一回、五十二回）

21. 进宝、碧瞻通奸杀人案（第六十九回、七十回）

下面我们分别介绍书中各案的审理情况，它们不仅反映了官吏秉公执法，还反映了他们之中的徇情枉法；不仅反映了清官的明察公断，还反映了他们受蒙蔽误断等各方面情况，在前所未有的深度和广度上反映了我国古代公案小说的成就。

开篇第一回即"狸猫换太子案"。言宋真宗无嗣，皇后又薨，闻李妃、刘妃均已妊娠，赐金丸两个，一个刻着"玉宸宫李妃"，一个刻着"金华宫刘妃"，并声言："二妃子如有生太子者，立为正宫。"刘妃心地不良，争立正宫，并与总管都堂郭槐定计，收买守喜婆尤氏，当李妃生产之时，将预先剥去皮毛，血淋淋、光油油的狸猫，换出太子，遂诬李妃产生妖孽，致其被贬冷宫下院。未料此谋被刘妃宫女寇珠知晓。当刘妃唤寇珠勒死太子，丢在金水桥下时，幸遇宫中首令太监陈林，二人用龙袱将太子包好，装入龙妆盒内，混出宫去，寄南清宫皇叔八千岁处由狄娘娘抚养。

后来刘妃亦生一子，遂立她为正宫。不料过了六年，其子夭亡，于是将南清宫八千岁三世子，即被抵换的太子过继承嗣，封为东宫太子。他因同情被贬在冷宫里的李娘娘，向刘妃求情引起刘妃疑忌。刘妃召陈林与寇珠对证，让陈林亲自拷问寇珠，寇珠"视死如归"，触槛而死。刘妃心有不甘，"说李妃心下怨恨，每夜降香诅咒，心怀不善，情实难宥"，诱天子赐死。宫中小太监余忠面似李妃，自愿替死，李妃以假余忠患病为名，被冷宫总管秦凤送至陈州家中。后刘后、郭槐火烧冷宫，秦凤自焚火中。

第十五回，包公以龙图阁大学士、开封府尹身份放赈陈州，铡死外戚庞昱，回京时在草州桥天齐庙设了公座。此时竟来了个破窑中的瞎婆婆，状告当今天子不孝之罪，可谓今古最大奇案。在翻案之前，包公与李妃认了母子，以遮人耳目；李妃住在开封府中，因包夫人奉侍至诚，以古今盆"天露"使李娘娘"凤目重明"；又趁狄娘娘（圣上认为是自己的生母）圣诞，李妃亲到南清宫，与狄娘娘见了面，狄娘娘认出李妃。当皇帝来到南清宫，认了母后，包公假设阎罗殿，使郭槐招认陷害李妃之罪。刘后在阴谋暴露之后，惊吓而死，郭槐立剐，李妃还宫，在仁寿宫旁建寇宫人的"忠烈祠"，包公加封首相，公孙策为主簿，四勇士赏六品校尉，"封陈林为都堂，范宗华为承信郎，破窑改为庙宇，钦赐白银千两，香火地十顷，就叫范宗华为庙官，春秋两祭，永垂不朽"。李妃真可谓苦尽甘来，报应不爽。此案经《三侠五义》传播，几至家喻户晓。

实际上书中写的第一个案件，应是包公任定远县知县时审问的"吴良图财杀死僧人案"（第五回）。案叙木匠吴良，夜与庙中和尚喝酒，得知僧人把二十多两银子藏在伽蓝神泥胎脑袋内时，遂见财起意，用斧子劈死僧人，取走银子。未料遗下墨斗和六指手的血印，因此包公想到凶手当为六指木匠，遂通过召集县中木匠画花盆架子，发现了真正的凶手，可谓"神探"。

同回中又叙述了两个案子：一是"皮熊、毕氏通奸杀人案"。案件由珊瑚扇坠引发。皮熊与杨大成之妻毕氏通奸，二人合谋杀了杨大成，皮熊得了一个珊瑚坠，拿回家交予妻子柳氏保管。柳氏因与吕佩有奸，故又赠与吕。吕佩在外面佩带，被珊瑚坠原主匡必祐、匡必正叔侄发现，告到县衙。包公不仅审清了案子，且定罪亦属精当："将毕氏定了凌迟，皮熊定了斩决"，杀人偿命，可谓公允；"吕佩责四十板释放，柳氏官卖，匡家叔侄将珊瑚坠领回无事"，赏罚有致，泾渭分明。

一是"张别古乌盆案"。叙苏州人刘世昌，做缎行生意。只因回乡，借宿赵大家，被他夫妻用绳子勒死，将其血肉和泥焚化，做成乌盆。当张别古去赵大家索要三年前赵大所欠柴钱四百文时，无意中携走了这只乌盆。这个能自己申冤告状的乌盆，简直就是刘世昌本人的化身，在张别古的帮助下，它告状成功，使冤魂得以安宁，恶人得到报应。

包公因此案而名声远播，但也因夹死凶手赵大，被上司所嫉，例应革职。在京城大相国寺时，因被圣上所梦，召进宫中驱鬼，后升为开封府尹，从此他审的案件就格外多而且重大。

包公升职时已知玉宸宫冤案，真正接手的是"陈应杰、刘氏通奸杀人案"。七里村居民张政仁因族弟张有道三日前无故而亡，告状到祥符县。有道妻刘氏言其夫是"心疼病死"，开棺检尸亦无伤痕，不能定罪。公孙策扮成郎中，二访七里村，给尤狗儿媳妇治病，始知张有道妻刘氏与大户陈应杰通奸，用两个元宝、六亩地的代价买通尤狗儿，让他在坟堆里找尸龟，晒干研成粉末，人食必死，而无伤痕。案明之日，刘氏定了凌迟，陈大户定了斩立决，狗儿定绞监候。陈家拨数亩地给尤氏婆媳过活。

"郑屠杀死妓女案""白熊谋杀李克明案""叶阡盗窃案"。包公放赈途中，在三星镇接一妇人诉状，言其子韩瑞龙天明时到郑屠肉铺买了个猪头，被巡更发现是一女子人头，故解至公堂。包公提审郑屠，郑拒不承认人头系从他处而来；又在韩家搜出无首男尸一具。赵虎私访，抓住叶阡儿偷窃无头女尸，经包公审问，他还误盗白熊藏在木匣中的一个男人头。埋女尸处，正是郑屠家后院，系郑屠见财起意，杀死妓女，尸体埋在后院，被叶阡翻出，人头给了韩瑞龙，此谓"郑屠杀死妓女案"。男尸系白熊表弟李克明，为得其游仙枕和赖掉五百两纹银旧债，白熊将李杀死，由管家白安将尸体埋于货屋，后租给了韩家，人头放在熊妾王蕊柜内，被叶阡偷出。由此案情大白，此谓"白熊谋杀李克明案"。"叶阡盗窃案"，是由前案引发而追出的另一案件。

"铡庞昱案"。公孙策在七里村私访时，得遇投奔开封府的王朝、马汉、张龙、赵虎，四人在铁仙观大钟下救出被凶僧扣住的陈州人田忠。田忠欲进京控告当朝国丈庞太师之子庞昱监禁其家主田起元，抢走主母金玉仙，吓死老主母之罪。适逢包公陈州放赈，亲赐御札三道，包公特制成龙、虎、狗三把铡刀，分别对付上、中、下三品人物。街遇十名父老呈状告太师之子庞昱到陈州挑力壮之人造盖花园，抢美貌女子作姬妾，蠢笨之人充当服役，民不聊生，纷纷逃难之罪行。庞昱为逃避包公，派项福前去行刺，结果中了南侠袖箭被擒。项福被擒后一一招承，供出庞昱。故叫马汉带人往观音庵救金玉仙，派张龙、赵虎去东皋林捉拿庞昱。庞昱到案，认为其父与包公有师生之谊，言语有回护之意，故一一招供。未料包公翻脸不认人，用龙头铡铡了庞昱，大快人心。

"杨氏女婚姻争讼案"。寡妇杨氏有二女，长名金香、次名玉香。次女出嫁之时，长女亦失踪。不料第二天亲家赵国盛来找，说讨来的媳妇不对，把二女换成了长女，因为长女丑，二女俊，现在讨了一个丑媳妇，所以诉于官府。此事真相为展昭探得，包公审出，此乃通真观小道士谈月，用三百两银子买通杨寡妇，让玉香改妆，随谈月逃走，用金香顶替出聘。案情大白之际，杨寡妇母女发在教坊司，金香入空门为尼，谈月充军，赵家偿银五十两，另行择娶。

"庞吉用魇魔法谋害包公案"。包公与庞吉结成宿怨，庞吉屡害不止，不见成效。今有通真观老道邢吉，得庞太师谢银一千两，用魇魔法，令包公"躺在床上，双眉紧皱，二目难睁，四肢全然不动，一语也不发"（第二十回），一连就是五天，脉息渐渐微弱起来，七日可以毙命。展昭在通真观偶然听到此事，直奔京城庞太师花园，杀了老道邢吉，碰破作法妖瓶，拿走包公木人，使包公得以康复。

"葛登云强抢白氏杀人案"。湖广武昌府江夏县南安善村寒儒范仲禹，得善人刘洪义资助一百两银子、一头黑驴,与妻白玉莲、子金哥三人,一起赴京赶考。考完三场,范生与妻儿去万全山探访岳母,结果未遇。他把妻儿放在青石上休息,将黑驴放青啃草,自己出了东山口寻找,打听不着,回来时却不见了娘子与金哥。放声大哭之际,一年老樵夫告诉他见一妇人,被离此五里的独虎庄戚烈侯葛登云抢去。范寻至独虎庄索妻,被葛登云乱棍打死,装入箱中,抛至荒郊。未料被报录人冲散,打开箱子,范生复苏,却已疯癫。这时正遇来寻找他的妻弟白雄。原来金哥被一猛虎衔去,遇樵夫掷斧中虎,小儿落地,樵夫救起。此樵夫名叫白雄,正是小儿母舅。白雄带他到八宝村,与姥姥相见。第二天白雄去东山口寻找范生、白氏,正遇已疯癫的姐夫范仲禹。为使他们相认,回家抱来金哥时,却又不知范生去向。白雄与金哥寻至城内住处,得知范生已中状元,人却未归。范妻白氏在独虎庄被葛登云逼勒,自缢而亡,后又复苏,与男子屈申错附了灵魂。经包公用古镜复魂,公孙策用五木汤治好范生疯癫,范、白全家终于团圆,详情又见“李保杀死屈申案”。

“李保杀死屈申案”。屈申、屈良兄弟在城中鼓楼大街办了个兴隆木厂,“买卖作了个铁桶相似,甚为兴旺”。屈申拿了四百两纹银,备了一头酱色花白的叫驴,到万全山船厂订货。因行市不对,买卖未成,傍晚酒后回城,路遇范仲禹骑的黑驴拴在小榆树上。屈申贪财,将自己骑的驴留在小榆树上,把黑驴骑走。不久天气突变,遇上黄沙天气,他借宿李保家中。李保正是包公夫人的家仆,在包公罢了定远县知县时,窃银逃走,流落至此,被店主李老儿招为女婿,今成店主。他见财起意,将屈申灌醉,用绳勒死,背至北山坡抛下,把驴轰走。天明,屈申活了,声音娇呖,发出女声,自称“奴家”,说自己是“悬梁自尽的”,所叙经历却是白玉仙被葛登云逼迫致死。那正是白玉仙的灵魂错附在屈申身上所致。这时范仲禹、屈良与白雄亦寻来,因白雄误牵花白驴子,被屈良认为是杀弟凶手。此案从祥符县又解至开封府,又有范仲禹所骑黑驴奔至包公轿前告状,引导赵虎等人至万全山庙外。见庙内有一薄棺,倒在一旁,一个美妇正与一老道厮打。此棺当是白玉仙自缢后,葛登云令人装入此棺内的。二人跟赵虎赴开封之际,认出李保:“那南山坡站立那人,仿佛是害我之人。”遂将李保拴上,一起奔开封府而来。包公一一审问清楚,又用游仙枕入阴阳宝殿,告知用古镜滴血还魂,二人又复原男女之身。公孙策亦用五木汤治好了状元范仲禹之病。范、白一家团圆,屈氏兄弟亦领回银两,不过花白驴充官,以为贪图便宜之戒。好人均得好报。恶人葛登云用虎头铡、李保用狗头铡处死，李妻绞监候，恶人终得恶报。

"冯君衡图奸诈骗杀人案"。颜查散奉母命来姑丈家投亲读书，以备明年考科。姑丈柳洪嫌贫爱富，欲退女儿之婚。女儿柳金蝉不从。柳氏后妻冯氏，有侄儿冯君衡追求金蝉，设计欲害颜相公。这日恰遇金蝉丫环绣红给颜生送来约会信柬，尚未拆读即被冯君衡窃去，字儿写的是今夜二鼓在内角门相会，私赠银两，以便让颜生移他处安心攻读，俟科考后功成名就，再来成亲。不料冯君衡冒名相会，被绣红发觉，冯将其掐死，窃去银两、首饰、衣服，在现场留下偷来的颜生的扇子和字帖儿。柳洪以"颜生无故杀害丫环"罪，告于祥符县。颜生甘愿认罪，以维护小姐名节。小姐自缢身亡，柳洪将小姐殓后停棺后花园。家仆"驴子"起更盗棺，不料小姐还魂，"驴子"欲掐小姐，被白玉堂杀死。雨墨拦包公轿告状，包公传柳洪、乳母田氏，问明了颜生、小姐、丫环情由，又由雨墨口中问出换扇、盗柬情节，从而将杀死人命的冯君衡正法。

"'花花太岁'强抢民女被误杀案"。王朝、马汉暗访白玉堂，在花神庙遇"花花太岁"严奇抢劫民女，被卢方阻拦，"花花太岁"与卢方动手，结果被他同党史丹误伤，"脑浆迸裂"而死，结果卢方成了误杀人命犯。包公礼遇卢方，定史丹误伤罪名，完结此案。卢方是因韩彰、徐庆、蒋平三义士自去冬至今，杳无音信，故此寻来，未料遇到官司，释放后方知众员外均住在庞太师花园后楼文光楼。韩彰、徐庆、蒋平夜探开封府，欲救卢方，结果徐庆被捉，旋即释。为救马汉所中毒药镖伤，蒋平回文光楼从韩彰处诓出解药两丸，救了马汉，气走韩彰，白玉堂亦搬出文光楼。卢方、徐庆、蒋平暂在开封府当差。

"假包三公子诈骗案"。赵虎私访，从管城县承差赵庆处得知包公侄儿包三公子进香，故意绕走苏州，一来为游山玩水，二来为勒索州县的银两。在管城县向知县索要程仪三百两，因交不出，将他吊在马棚，打了一顿马鞭子，应了另盖公馆、孝敬银两，方才放出。承差因此脱逃，有家难奔，有国难投，故此上吊，被赵虎所救。赵虎叫他向开封府告状，看包公如何处理，未料竟误告到太师庞吉处。

在圣殿之上，包公承认"臣有家教不严之罪"，"理应严命，押解来京"，"从重究治"。当包三公子押解到京时，有包兴来探，告诉他"相爷已在各处托嘱明白，审讯之时不必推诿，只管实说，相爷自有救公子之法"（第四十七回）。大理寺文彦博审案，庞吉心腹孙荣、廖天成陪审。包三公子认罪，提审包兴通风报信时，包兴却不认账，被孙荣喝打二十大板。包兴要求与三公子当堂对质，包三公子却说此人并非包兴，同时开封府当堂投递文书，言包公三个侄子俱在开封府，请带大堂对质，始知前三公子者乃是假冒之人。包公审问假冒者武吉祥诈银多少，同伙多少，可认得城中见过的包兴？"假包兴"原是庞太师府管账伙计，受庞太师、孙荣等人之命，前去假三公子处诱供。奏明圣上，将武吉祥处死，庞吉"不准入朝从政"，孙荣、廖天成降三级调用，赵庆赏银十两，仍当原差。

"林春、倪氏通奸杀人案"。一天，包公下朝，忽见两个乌鸦随轿呱呱乱叫，又见有个和尚名法明跪倒呈状，口称冤枉。包公差江樊、黄茂跟踪乌鸦，乌鸦一直往南飞至宝善庄始不见，却发现两个穿青衣的——一个大汉与一女扮男装的女子。两人欲拿大汉，反被大汉打倒在地，被庄丁绑入庄内。庄主林春，本是绿林，与江樊相识。江樊不肯吃请，不接受林春银两，林春于是翻脸无情，吊打江、黄二人，关进东院。傍晚二人被彻地鼠韩彰救出。

林春又勾引庄南锡匠之妻倪氏。倪氏上宝珠寺烧香，故意丢下裙子，半夜有人敲门，前来送裙，锡匠开门之时，被人割头而去。倪氏告状，县官疑是寺中和尚所为，在后院搜出裙子，包着锡匠的脑袋。差人捉去本寺和尚法聪，法明不服，去开封府告状。林春闻知，将倪氏改妆藏至家里东跨所。韩彰捉住林春、倪氏，又力拼管家大汉雷洪，把三人一起绑赴开封府，俱各招认。乌鸦之事，原是两只乌鸦因风折断翅膀，多亏法聪侍养得以飞腾，故今有鸣冤引路之举，令人惊奇。

"宋升讹诈方善窝主案"。此地宋乡宦失盗，主管宋升声言窝主是学究方善先生，因有金镯为证。实为方善上街为逃到他家里的包公侄子包世荣打药，在路上拾了一只金镯，看了看拿到银铺内去瞧成色，恰被宋升看见，讹成窝家，扭到县里，后由包三公子一封书信而释案。宋升被掌嘴十个，逐出衙门，了结此案。

"进宝、碧瑶通奸杀人案"。杭州仁和县秦家庄员外秦昌，为小儿延得寒儒杜雍为师。杜雍为饱学之士，一生性情刚直，落落寡合。秦昌安人郑氏，即小儿之母，服侍丫环为彩凤；妾碧瑶，服侍丫环为彩霞。外面执事四人：进宝、进财、进禄、进喜。先生的饮食，皆由郑氏或彩凤照料，引起碧瑶的不满。碧瑶为勾引先生，送来酒菜，并丢下戒指，被先生拒绝。事被发觉，秦昌将碧瑶锁在花园空房内，吩咐不给饭吃，欲将其活活饿死。未料进宝素与碧瑶有染，此时不仅饿不死，反倒遂其私欲。二人计谋，杀了秦昌，掌了家私，快乐一生。

平时员外与安人分寝，员外在东间，安人在西间，由彩凤陪睡。此夜秦昌到西间来，彩凤到了东间睡着，被前来行凶的恶奴误杀。彩凤母受唆告官，仁和县令金必正将秦昌拘审，秦昌承认因奸不遂而杀人，以免家中丑事外扬。金县令不信，暂且寄监。秦昌命杜雍暂理家务，进宝四人轮流来监值宿服侍。北侠夜探秦家，以观杜雍为人，不辨真假，在后面三间花厅杀了一对苟且男女，还以为是杜雍与郑氏，其实杀的是碧瑶和进禄。金县令验尸，得进宝托进禄送给碧瑶的字束，言其今晚不能前往赴约之事。又从床下搜出血衣裹着鞋袜，知是进宝之物，故审进宝，疑案即明。进禄是趁进宝不在时勾搭成奸的。进宝杀人抵命，进禄、碧瑶其罪该死，杀奸之人，再行访查缉状。此案完结。

"马强谋杀太守案"。霸王庄马强被北侠所擒，庄内恶棍树倒猢狲散，遂冒名北侠，大肆抢掠。马妻上告县衙，并由马强家人姚成进京上告倪太守"结连大盗，明伙执仗"，奉旨将"马强提解来京，交大理寺严讯；太守倪继祖暂行解任，一同来京，归案备质"。因马强强辞狡赖，至死不招，故北侠打劫一事，真假难辨，须到案作证。圣旨即下，命白玉堂访拿北侠，解京归案审讯。白玉堂出京到杭州，以奉旨访拿钦犯自居，在慧海妙莲庵，与北侠在救一受淫尼威逼的书生时相遇，两人交手，白玉堂被北侠点了胁下之穴，"犹如木雕泥塑一般"，不能动弹。白深感脸上无光，回寓所上吊，又被北侠救下，终于承认"此人本领胜我十倍，我真不如也"。最后由双侠给二人说合，双方皆不失脸面地赴京。

双侠与黑妖狐智化送走了北侠、白玉堂后颇为不愤，认为"倪太守乃是为国为民，如今反遭诬害；欧阳兄又是济困扶危，遇了贼扳。似这样的忠臣义士负屈含冤，仔细想来，全是马强叔侄过恶。除非设法先将马朝贤害倒，剩了马强，就不难除了"。（第七十九回）于是他们设计了一个扳倒马强的计划：由智化盗出马朝贤主管的四值库所藏皇上的九龙珍珠冠；双侠丁兆蕙将其藏于马强家佛楼之内；再由小侠艾虎去开封府，言此冠拟送谋反的襄阳王，故此马氏叔侄的死罪定矣。此案经大理寺文彦博、枢密院掌院颜查散等审问，定下马朝贤监守自盗，理应处斩；马强抢掠妇女，私害太守，斩立决；倪继祖官复原职，北侠义举无事。从审马强妻子郭氏处，知悉趁伙打劫者乃是马家众寇所为，于是北侠的牵连亦明。

"施俊被诬图财杀人案"。金辉之婿施俊回乡途中病倒，盘缠用尽；书僮锦笺接着亦病，卧床不起。施俊自己出来为锦笺抓药，遇见卖粮的李存、郑申。李存资助施俊十两纹银。郑申醉酒，施俊送郑回住处翠芳塘。路过店门，郑不让施再送，施亦作罢。过了两日，施俊被告上堂，原因是郑申之妻两日不见丈夫回家，遣人到李存家寻问，始知郑申已拿二百两银子回家，现今人银均无，事有可疑，故告到官，把李存拿在衙内，细细追问，方知郑申喝醉了，由施相公送回。拿审施生，问明真情，暂时寄监。锦笺到新任长沙太守邵邦杰处鸣冤，邵准了此状，命方攸县到翠芳塘查看。忽见乌鸦从芦苇中飞起，复落下去，方发现芦苇内有一具尸首，即是郑申之尸，脖项有手扣伤痕，故将此塘其他七户带到太守府审问：

方公将七家人名单呈上。邵老爷叫：“带上来，不准乱跪。”一溜排开，按着名单跪下。邵老爷从头一个看起，挨次看完，点了点头，道：“这就是了。怨得他说，果然不差。”便对众人道：“你等就在翠芳塘居住么？”众人道：“是。”邵老爷道：“昨夜有冤魂告到本府案下，名姓已然说明。今既有单在此，本府只用朱笔一点，便是此人。”说罢，提起朱笔，将手高扬，往下一落，虚点一笔道：“就是他，再无疑了。无罪的只管起去，有罪的仍然跪着。”众人俱各起去，独有西边一人，起来复又跪下，自己犯疑，神色仓皇。邵老爷将惊堂木一拍，道：“吴玉，你既害了郑申，还想逃脱么？本府纵然宽你，那冤魂断然不放你的。快些据实招上来！”左右齐声喝道：“快招，快招！”

邵公揣摩罪犯心理，一审即成，系吴玉见财起意，手掐郑申咽喉致死。吴玉处斩，起回赃银，施生留府，与假牡丹小姐、实为小姐丫环佳蕙成亲。

“襄阳王谋反案”。襄阳王赵爵乃皇叔，因对当今皇上承继帝位不满，故蓄意作对。他以襄阳为据点，盖冲宵楼，设铜网阵，内藏盟单，与朝廷对抗。他招兵买马，声势浩大，另外左有黑狐山金面神蓝骁率旱路，右有飞叉太保钟雄督率水寨，与襄阳成鼎足之势。皇上派颜查散巡按襄阳，又派金辉为襄阳太守，以加强对襄阳王的监督。自颜查散到任后，接了呈子无数，全是告襄阳王的：也有说他霸占地亩的，也有说他抢夺妻女的，他甚至把稚子弱女之家无故搜罗入府，稚子排演优伶，弱女教习歌舞。黎民遭此惨害，不一而足。

众义士赤石崖捉了盗首蓝骁，十里堡拿了刺客方貌，解赴东京，都是赵爵的硬证，又白玉堂独探冲宵楼，坠落铜网而死。此后众侠客齐集襄阳，破铜网阵，盗取盟单，剪除襄阳王。

五　忠君贤臣传古今——《三侠五义》中的包公形象

　　侠义公案小说的普遍特征就是以"忠义"为宗旨。因此，无论是在公案内容还是在侠义内容中，都是绝对的颂扬皇帝而不敢有丝毫的不敬。如当包公向皇帝介绍卢方、蒋平等人时，害怕"有犯圣意"，便把"钻天鼠"改为"盘桅鼠"，"翻江鼠"改为"混江鼠"，恐说出"钻天""翻江"有犯圣忌，就是一例。这类小说中的皇帝都是好皇帝，《三侠五义》中的好皇帝就是宋仁宗。但皇帝的活动总是有限的，于是就有清官出现。这些清官以他们的忠君思想和行为显示了浓厚的帝王观念，最典型的清官就是包拯。

　　鲁迅在《中国小说史略》中说："凡此流著作，虽意在叙勇侠之士，游行村市，安良除暴，为国立功，而必以一名臣大吏为中枢，以总领一切豪俊，其在《三侠五义》者曰包拯。"小说中，包拯通过一系列的审案断狱，表明自己是一个杰出的忠臣、能吏。

　　作为真实人物，包拯在《宋史》中有传；作为文学形象，他早已出现在宋元以来的话本、戏曲和小说中。但《三侠五义》中的包公，无疑是最为完整、丰满、传奇的形象。他的内容，不见其他作品（或只有少数近似内容），故可视为《三侠五义》作者独有的创作，杰出的艺术贡献。

　　首先，小说在一至四回，专门增加了对包公出身的描写。虽然其中夹杂着种种迷信的渲染，但终究从超凡绝俗中还了他一个普通的血肉之躯，令人可亲、可敬，可以信赖。这是民间传说的成果。

　　小说中写包公名拯，出生江南庐州府合肥县包家村，父名包怀，人称"包善人"，又称"包百万"。已有二子，长子包山，妻王氏，生了一子，尚未满月；次子包海，妻李氏，尚无儿女。其母周氏，四十开外始得包公。因包公诞生时其父梦见一个青脸红发的怪物从空中掉将下来，以为妖邪，故此不喜。

　　老二包海为多分家私，撺掇包父将刚生下的包公丢在锦屏山后，声言已死。结果被老大包山捡回，养在自己屋内，嫂王氏以己乳喂哺，将自己孩子寄往他处厮养。至长到七岁，方不再呼兄嫂为父母。包公九岁放牧，在山中古庙中救了狐狸变化的女子，故此狐曾三次报恩。前两次：一是二嫂欲害包公，做了放毒油饼，却被癞犬吃了，癞犬被毒死；二是二嫂骗包公进枯井捞她丢失的金簪，不料得了一面古镜。此后包公延师求学。

书中第三回说到座师宁老先生给他起名的含义："遂乃给包公起了官印一个'拯'字，取意将来可拯民于水火之中；起字'文正'，取其意'文'与'正'，岂不是'政'字么？言其将来理国政必为治世良臣之意。"十六岁中生员，接着乡试中魁；会试途中，在隐逸村口由狐仙帮助，为吏部天官李文业之女驱邪定亲，完成了狐仙三报恩的夙愿。在村镇店中，他又结识展昭，从此在展昭等侠客义士的帮助下，走上了仕宦之路。

包公是一个大公无私、刚正不阿、机智果断、为国为民的理想人物。他在书中审了大大小小二十余起案件，充分展示了他折狱审案的作风、精神和态度。他注意调查，细致取证，严密推理，量刑适当，故使他享誉朝野。

如起初他中了第二十三名进士，榜下得了凤阳府定远县知县，一路易服私访，深入民间，可见他做官的特点。如他在做定远县知县期间所审的"吴良图财杀死僧人案"，就典型地代表了包公审案折狱的风格。

案件起因是有人告沈清在伽蓝殿杀死一名僧人。包公提审时，看此人不过三旬，战战兢兢，匍匐在地，不像个刁顽行凶之人。他自称雨夜进庙，在伽蓝殿存身，天尚未明时出庙，身上沾了血迹，血水系从神橱下流过，杀人之事，实所不知。包公进行了合理的推理：他既谋害僧人，为何衣服并无血迹，光有身后一片呢？再者虽是血伤，并无凶器。于是他亲至伽蓝殿做实地调查，不料在殿下捡了一个墨斗，发现伽蓝神身后有六指的血印，因此想到木匠身上。暴露凶手过程可谓绝妙：

包公问道："咱们县中可有木匠么？"

胡成应道："有。"包公道："你去多叫几名来，我有紧要活计要做的，明早务要俱各传到。"胡成连忙答应，转身去了。

到了次日，胡成禀道："小人将木匠俱已传齐，现在外面伺候。"包公又吩咐道："预备矮桌数张，笔砚数分，将木匠俱带至后花厅，不可有误。去罢。"胡成答应，连忙备办去了。

这里包公梳洗已毕，即同包兴来至花厅，吩咐木匠俱各带进来。只见进来了九个人，俱各跪倒，口称："老爷在上，小的叩头。"包公道："如今我要做各样的花盆架子，务要新奇式样。你们每人画它一个，老爷拣好的用，并有重赏。"说罢，吩咐拿矮桌、笔砚来。两旁答应一声，登时齐备。只见九个木匠分在两边，各自搜索枯肠，谁不愿新奇讨好呢！内中就有使惯了竹笔，拿不上笔来的；也有怯官，战战嗦嗦画不像样的；竟有从容不迫，一挥而就的。包公在座上，往下细细留神观看。不多时，俱各画完，挨次呈递。老爷接一张，看一张；看到其中一张，便问道："你叫什么名字？"那人道："小的叫吴良。"包公便向众木匠道："你们散去。将吴良带至公堂。"左右答应一声，立刻点鼓升堂。

包公入座，将惊堂木一拍，叫道："吴良，你为何杀死僧人？从实招来，免得皮肉受苦。"吴良听说，吃惊不小，回道："小人以木匠做活为生，是极安分的，如何敢杀人呢？望乞老爷详察。"老爷道："谅你这厮决不肯招。左右，尔等立刻到伽蓝殿将伽蓝神好好抬来。"左右答应一声，立刻去了。

不多时，将伽蓝神抬至公堂。百姓们见把伽蓝神泥胎抬到县衙听审，谁不要看看新奇的事，都来。只见包公离了公座，迎将下来，向伽蓝神似有问答之状。左右观看，不觉好笑，连包兴也暗说道："我们老爷这是装什么腔儿呢？"

只见包公重新入座，叫道："吴良，适才神圣言道，你那日行凶之时，已在神圣背后留下暗记，下去比来。"左右将吴良带下去。只见那神圣背后肩膀以下果有左手六指儿的手印；谁知吴良左手却是六指儿，比上时丝毫不错。吴良吓得魂飞胆裂，左右的人无不吐舌，说："这位太爷真是神仙，如何就知是木匠吴良呢？"

案情大白，其实也很简单：吴良与庙中僧人是朋友，当他知悉僧人把二十多两银子藏在伽蓝神脑袋内时，见财起意，用斧子劈了僧人，闹了两手血，"因此上神桌，便将左手扶住神背，右手在神背的脑袋内掏出银子。不意留下了个手印子"。墨斗是他在抽斧子时落在地下的。尽管审伽蓝神泥胎是荒唐的，但不影响此案的真实性。

重视取证，实事求是，是包公审案折狱的一贯作风。对吴良、皮熊判罪如此，铡庞昱、访李妃也是如此。尽管他一听申冤的是李娘娘，"黑脸也黄了"，紧张得很，然而他还是要求原告提出冤案的证据。只有当李妃拿出刻有玉宸宫及娘娘名号的金丸以后，他才"来至娘娘面前，双膝跪倒，将包儿顶在头上，递将过去，然后一拉竹杖，领至上座，入了座位，包公秉正参拜"。（第十六回）可见其为官审案一丝不苟，兢兢业业。

包公不仅在市井细民面前秉公执法，在当朝权贵面前他同样铁面无私。太师庞吉之子庞昱在陈州放赈，荼毒百姓，无恶不作。包公既没有因他是当朝权贵便畏葸不前，也没有因自己与庞吉有"师生之谊"便徇私废公。为了给受害者申冤雪恨，包公设计拿住了庞昱，问明罪状，立即把他斩于龙头铡下。可见他在平民与权贵面前维护封建法制同样都是坚定的、严厉的，故犯法行奸者都怕他。这里引一段他第一次使用龙头铡开铡庞昱的描写，以为佐证：

　　包公登时把黑脸放下，虎目一瞪，吩咐："请御刑。"只这三个字，两边差役一声喊，堂威震吓。只见四名衙役将龙头铡抬至堂上，安放周正。王朝上前抖开黄龙套，露出金煌煌、光闪闪、惊心落魄的新刑。恶贼一见，胆裂魂飞。才待开言，只见马汉早将他丢翻在地。四名衙役过来，与他口内衔了木嚼，剥去衣服，将芦席铺放，立刻卷起，用草绳束了三道。张龙赵虎二人将他抬起，走至铡前，放入铡口，两头平均。此时马汉、王朝黑面向里，左手执定刀把，右手按定刀背，直瞅座上。包公将袍袖一拂，虎项一扭，口说"行刑"二字；王朝将彪躯一纵，两膀用力，只听"咔嚓"一声，将恶贼登时腰斩，分为两头一边齐的两段。

　　四名差役连忙跑上堂去，各各腰束白布裙，跑至铡前，有前有后，先将尸首往上一扶，抱将下去。张、赵二人又用白布擦抹铡口的血迹。堂阶之下，田起元主仆以及父老并田妇村姑见铡了恶贼庞昱，方知老爷赤心为国，与民除害，有念佛的，有趁愿的，也有胆小不敢看的。

　　包公上面吩咐："换了御刑，与我将项福拿下。"听了一个"拿"字，左右一伸手便将项福把住。刚才这厮见铡了庞昱，心已然突突乱跳，今又见拿他，不由地骨软筋酥，高声说道："小人何罪?"包公一拍堂木，喝道："你这背反的奴才! 本阁乃奉命钦差，你擅敢前来行刺。行刺钦差，即是叛朝廷，还说无罪? 尚敢求生么?"项福不能答言。左右上前，照旧剥了衣服，带上木嚼，拉过一领粗席卷好。此时狗头铡已安放停当。将这无义贼行刑过了，擦抹御铡，打扫血迹，收拾已毕。

　　一切侥幸都是多余的，庞昱、项福的幻想都落空了。

　　以上引文表明了包公的凛然正气、耿直性格。就他审案的内容来说，有的直接介入了朝廷的重大政治斗争，如书中"狸猫换太子"一案，实际上是朝廷内部的一场权力之争。作者将这个故事赋予了忠奸的意义，让包公对李妃表示同情，对刘后表示愤慨，围绕皇子的命运，敷演出动人的故事。这个故事原与包公无关（元杂剧《陈琳抱妆盒》），只有到了《明成化说唱词话》中的第七十四回《仁宗认母传》、第七十五回《百家公案》，《龙图公案》中的《桑林镇》，才把这个故事与包公联系在一起。《三侠五义》吸收了仁宗认母故事，并沿着表现忠奸斗争的道路发展而更加完善和动人，包公的忠臣形象也更加突出。

包公对自己亲属犯罪一视同仁，并不苟且，这是他最大的特点，也是他形象中最可宝贵之处。当然，这种执法与忠君是紧紧联系在一起的。如他对误传为包三公子敲诈地方、索贿官吏的一段描写：

且说包公自那日被庞吉参了一本，始知三公子在外胡为，回到衙中，又气又恨又惭愧。气的是大老爷养子不教；恨的是三公子年少无知，在外面闯此大祸，恨不能自己把他拿住，依法处治；所愧者自己励精图治，为国忘家，不想后辈子侄不能恪守家范，以致生出事来，使他在大庭之上磕头请罪，真真令人羞死，从此后，有何面目忝居相位呢？越想越烦恼，这些日连饮食俱各减了。……

但包公审案中，也有"张别古乌盆案"之例。这是包公借助荒诞无稽的迷信怪异，取得案情的重大突破。这种迷信色彩与包公案的传统妖异内容、民间的神奇色彩有密切关系。此案是说小沙窝内有一老者张别古（与众不同谓之"别"，不合时宜谓之"古"），一日去东塔洼赵大处索要三年前欠的一担四百文柴钱。不料三年不见，赵家房舍焕然一新，赵大发了财了，都称"赵大官人了"。张别古进得门来，见赵大干起烧盆生计，除讨得四百钱外，还向赵大讨要了一个"黢黑的乌盆"。归去路上，受秋风吹拂，他将怀中乌盆掉地，盆于是发出哀叫，说："摔了我的腰了。"张别古吓得捡起盆子就跑，只听后面说道："张伯伯，等我一等。"直至回到屋里，乌盆始诉说：

"我姓刘名世昌，在苏州阊门外八宝乡居住。家有老母周氏，妻子王氏，还有三岁的孩子乳名百岁。本是缎行生意。只因乘驴回家，行李沉重。那日天晚，在赵大家借宿，不料他夫妻好狠，将我杀害，谋了资财，将我血肉和泥焚化。到如今闪了老母，抛却妻子，不能见面。九泉之下，冤魂不安。望求伯伯替我在包公前申明此冤，报仇雪恨。就是冤魂在九泉之下，也感恩不尽。"说罢，放声痛哭。

张别古闻听他说的可怜，不由地动了他豪侠的心肠，全不畏惧，便呼道："乌盆！"只听应道："有呀，伯伯。"张别古道："虽则替你鸣冤，惟恐包公不能准状，你须跟我前去。"乌盆应道："愿随伯伯前往。"张别古见他应叫应声，不觉满心欢喜，道："这去告状，不怕包公不信。言虽如此，我是上了年纪之人，记性平常，必须将他姓名住处记清背熟了方好。"于是重新背了一回，样样记明。

"乌盆案"的内容极为骇人心魄，侦破过程却异常简单，让冤魂自叙其被害经过，一举破案，虽为明了，却缺少与罪犯的接触过程。因犯人心理准备不足，没出示有力的证据，故赵大就不认罪，命毙杖下，包公也因此丢了官。

可见此案的审断是不成功的。

包公也非神仙，而是人间大臣，因此他也有粗心失误和喜怒哀乐。初审"冯君衡强奸讹诈杀人案"时，他听完诉说后，竟产生了这样的想法：

包公听毕，暗暗思想道："可惜金蝉一番节烈，竟被无义的颜生辜负了。可恨颜生既得财物，又将绣红掐死，其为人的品行，就不问可知了，如何又有寄柬留刀之事，并有小童雨墨替他申冤呢？"想至此，便叫："带雨墨。"左右即将雨墨带上堂来。包公把惊堂木一拍，道："好狗才，你小小年纪，竟敢大胆蒙混本阁，该当何罪？"雨墨见包公动怒，便向上叩头道："小人句句是实话，焉敢蒙混相爷。"包公一声断喝："你这狗才，就该掌嘴！你说你主人并未离了书房，他的扇子如何又在内角门外呢？讲！"

颜生既得银两，为何又杀死丫环？既为凶手，为何又留下扇子、字柬？岂不是不打自招吗？因此包公有这样的想法，当是他的失误和笨拙所致，这也是作者故意让他犯的错误，以便引起他对白玉堂寄柬留刀的重视，也可见白玉堂这个行动的先见之明。总算没让包公一错到底，否则杀了颜查散，他也就失去一个好门生了。

第五十回，白玉堂来相府投石问路，扔下字柬，声称自己来借"三宝"，其实他并不知道"三宝"藏于何处。未料包公见到字柬，立命前去看示"三宝"，起到给贼引路的作用，可谓愚蠢至极。至于小侠艾虎以假证出首马朝贤，使他误断要案，更是典型的例子。

包公为了自己的形象和脸面，显得私心过重，替个人考虑太多。如春闱考试，包公当了主考官，为了避免非议，竟然不准他的侄儿包世存入试，可见他个人的患得患失，没有"举贤不避亲"的勇气。此事见第七十一回。倒是天子比他更为开明："朕原为拣选人才，明经取士，为国求贤，若要如此，岂不叫包世存抱屈吗？"

包公也会"耍奸"。如对在天昌镇行刺的项福就是一例。刺客行刺，本该死罪，包公亦无宽赦之意，但为套出口供，严惩庞昱，他竟耍了一些手段：

此时包公、公孙策便衣便帽，笑容满面，道："好一个雄壮的勇士！堪称勇烈英雄。"回头对公孙策道："先生，你替我松了绑。"包公笑道："我求贤若渴，见了此等勇士，焉有不爱之理？况我与壮士又无仇恨，他如何肯害我，这无非是受小人的捉弄。快些松绑！"公孙策对那人道："你听见了？老爷待你如此大恩，你将何以为报？"说罢，吩咐张、赵二人与他松了绑。王朝见他腿上钉着一枝袖箭，赶紧替他拔出。包公又吩咐包兴："看座。"

那人见包公如此光景，又见王、马、张、赵分立两旁，虎势昂昂，不由良心发现，暗暗夸道："闻听人说，包公正直，又目识英雄，果不虚传。"一翻身扑倒在地，口中说道："小人冒犯钦差大人，实实小人该死。"包公连忙说道："壮士请起，坐下好讲。"那人道："钦差大人在此，小人焉敢就座？"包公道："壮士只管坐了，何妨！"那人只得鞠躬坐了。包公道："壮士贵姓尊名？到此何干？"那人见包公如此看待，不因不由地就顺口说出来了，答道："小人名叫项福。只因奉庞昱所差……"便一五一十说了一遍。"不想大人如此厚待，使小人愧怍无地。"包公笑道："这却是圣上隆眷过重，使我声名远播于外，故此招忌，谤我者极多。就是将来与安乐侯对面时，壮士当面证明，庶不失我与太师师生之谊。"项福连忙称"是"。包公便吩咐公孙策与壮士好好调养箭伤。公孙策领项福去了。

他对庞昱也是如此。明明要治罪，他却口口声言与太师有门生之谊："你我乃年家弟兄，有通家之好。"造成庞昱的错觉和幻想，认为包公似可包庇他一二，有设法救他之意，故对十父老并田忠、田起元的控告及抢掠妇女罪，一一招承。包公甚至对他派遣刺客项福一事亦不放过，可见包公的手段了。

又如为使郭槐老实招承陷害李妃之罪和设谋经过，包公使用了"装神弄鬼"的手段，也取得满意的结局。如：

刚言至此，忽听鬼语啾啾，出来了两个小鬼，手执追命索牌，说："阎罗天子升殿，立召郭槐的生魂随屈死的冤鬼前往质对。"说罢，拉了郭槐就走。恶贼到了此时，恍恍惚惚，不因不由跟着。弯弯曲曲，来到一座殿上，只见黑凄凄，阴惨惨，也辨不出东南西北。忽听小鬼说道："跪下！"恶贼连忙跪倒。便听叫道："郭槐，你与刘后所做之事，册籍业已注明，理应堕入轮回；奈你阳寿未终，必当回生阳世。惟有寇珠冤魂，地府不便收此游荡女鬼。你须将当初之事诉说明白，她便从此超生。事已如此，不可隐瞒了。"郭槐闻听，连忙朝上叩头，便将当初刘后图谋正宫，用剥皮狸猫抵换太子、陷害了李妃的情由，述说一遍。

忽见灯光明亮，上面坐着的正是包公，两旁衙役罗列，真不亚如森罗殿一般。早有书吏将口供呈上，又有狱神庙内书吏一名，亦将郭槐与女鬼说的言语一并呈上。包公一同看了，吩咐拿下去，叫他画供。恶贼到了此时无奈，已知落在圈套，只得把招供画了。

你道女鬼是谁？乃是公孙策暗差耿春、郑平到勾栏院将妓女王三巧唤来。

多亏公孙策谆谆教演，便假扮女鬼套出真情，赏了她五十两银子，打发她回去了。

包公颇有远见卓识，能识英雄豪杰于蒿莱之中，规谏劝善，给予极大的重用和信任，这是包公形象的又一重要特点。

包公第一次当官就被革职，离开了定远县知县之任。但在去京途中，他被土龙岗的山大王王朝、马汉、张龙、赵虎掳掠上山，绑缚柱上。当他被南侠展昭救下时，对这四条汉子毫无芥蒂，并说：“我看四位俱是豪杰，为何做这勾当？”由于他的信任，当包公出任开封府时，他们四人投效麾下，从此成为包公最忠诚的保镖和“护卫”。

重用公孙策亦是一例。初识公孙策，他不仅毫无犹豫地接受了然和尚的推荐，而且与他一起研究案件，派他微服私访，出谋划策，使其成了自己不可缺少的左右膀之一。当包公陈州放粮，圣上赏了御札三道，包公问公孙策如何处置时，公孙策为包公画了龙、虎、狗三把铡刀图案，此时小说细腻地描写了公孙策的心理，颇可见一斑：

去后不多时，包公下朝，大家叩喜已毕，便对公孙策道：“圣上赐我御札三道，先生不可大意。你须替我仔细参详，莫要辜负圣恩。”说罢，包公进内去了。这句话把个公孙策打了个闷葫芦，回到自己屋内，千思万想，猛然省悟，说：“是了，这是逐客之法。欲要不用我，又赖不过了然的情面，故用这样难题目，我何不如此如此鬼混一番，一来显显我胸中的抱负，二来也看看包公胆量。左右是散伙罢咧！”于是研墨蘸笔，先度量了尺寸，注写明白。后又写了做法，并分上、中、下三品，龙、虎、狗的式样。他用笔画成三把铡刀，故意以“札”字做“铡”字，看包公有何话说。画毕，来至书房。包兴回明了包公，请进。公孙策将画单呈上，以为包公必然大怒，彼此一拱手就完了，谁知包公不但不怒，将单一一看明，不由春风满面，口中急急称赞：“先生真天才也！”立刻叫包兴传唤木匠，“就烦先生指点，务必连夜荡出样子来，明早还要恭呈御览。”公孙策听了此话，愣呵呵地连话也说不出来，此时就要说“这是我画着玩的”，也改不过口来了。

他对慕名已久的“三侠五义”，更是优礼相加。尽管他们之中有人触犯了刑律，他也能出自爱护、重用人材的考虑，不究既往而加以重用。在这一点上，他与皇上是完全一致的。如第四十九回宋仁宗看完卢方、徐庆、蒋平三义士表演的绝技之后，有一段自我表白：

“朕看他等技艺超群，豪侠尚义，国家总以鼓励人材为重，朕欲加封他等职衔，以后也会有本领的各怀向上之心。卿家以为如何？"

作为"卿家"的包公自然是圣意的忠实执行者，当然不会反对了。又如白玉堂，虽然他闯过皇宫内苑，在忠义祠题诗，万寿山前杀命，奏折内夹带字条，大闹庞府杀了侍妾，但一旦表示效忠、守法，就立即被重用。包公说："你等不知圣上此时励精图治，惟恐野有遗贤，时常地训示本阁，叫细细访查贤豪俊义，焉有见怪之理！只要你等以后与国家出力报效，不负圣恩就是了。"（第五十八回）可谓宽宏大量。

在包公形象上，亦可见若干怪异色彩，蒙着一层神秘的面纱。如他出生时，其父白昼而梦，"蒙眬之际，只见半空中祥云缭绕，瑞气氤氲；猛然红光一闪，面前落下个怪物来，头生双角，青面红发，巨口獠牙，左手拿一银锭，右手执一朱笔，跳舞着奔落前来"。原来是天奎星下凡。故包公赋有超人的智慧和遇难呈祥的结局。

又因为他是上界星宿下凡，故刚正严肃，邪不压正，镇邪驱祟。他从定远县罢官，暂住京城大相国寺时，也是因皇帝梦见此人，绘成丹青，被丞相王芑的买办厨子发现，从而被请到玉宸宫驱邪的。冤魂寇珠托太监杨忠之体，倾述冤情，以求超度，也属怪异内容。但他也由此被圣上加封"阴阳"学士，人人皆称包公是"善于审鬼，白日断阳，夜间判阴"的万能"神探"了。

包公以他的多谋善断、清明廉洁、刚正不阿、不畏权贵、是非分明、惩恶扬善的品格，被古今誉为天下第一清官。石玉昆的《三侠五义》对此是作出了杰出贡献的。

六 除暴安良显诚意——《三侠五义》中的侠义故事

《三侠五义》另一个主要内容，就是歌颂侠客义士除暴安良、扶危济困的英雄行为，赞扬他们为清官解忧、为朝廷分难的义举。这些侠客义士，主要是指南侠展昭，北侠欧阳春，双侠丁兆兰、丁兆蕙，黑妖狐智化，小诸葛沈仲元，小侠艾虎及五义钻天鼠卢方、彻地鼠韩彰、穿山鼠徐庆、翻江鼠蒋平、锦毛鼠白玉堂等。对什么叫做侠？作者说得好：

真是行侠作义之人，到处随遇而安，非是他务必要拔树搜根，只因见了不平之事，他便放不下，仿佛与自己的事一般，因此，才不愧那个'侠'字。（第十三回）

他还通过北侠欧阳春之口，说出了侠义之人应该具备的风格：

　　凡你我侠义做事，不要声张，总要机密。能够隐讳，宁可不露本来面目；只要剪恶除强，扶危济困就是了，又何必谆谆叫人知道呢？（第六十回）

　　可见作者认为，只有对社会有强烈的责任感，能够机智、勇敢地扶危济困之人，才能称之为"侠义"。这是积极、进步的一面。当然，一般的"江湖义气"，并非可取；为统治者卖力的行为，并非都值得肯定，需要我们认真加以分析和鉴别。

　　总之，《三侠五义》中的侠义之士当初都是由盗而侠，既有着自己强烈的个性特征，又常常表现为不甘寂寞、向往建功立业而最终投身政府，成为维护既有的阶级统治、安定社会秩序的积极力量。他们的态度都相当一致：皆尊朝廷、重名教而贬盗寇。

　　关于《三侠五义》内容的依据和时代背景，小说第四回末交待得异常清楚：

　　且说朝廷，自从真宗皇帝驾崩，仁宗皇帝登了大宝，就封刘后为太后，立庞氏为皇后，封郭槐为总管都堂，庞吉为国丈加封太师。这庞吉原是个谗佞之臣，倚了国丈之势，每每欺压臣僚。又有一班趋炎附势之人，结成党羽，明欺圣上年幼，暗有擅自专权之意。谁知仁宗天子自幼历过多少磨难，乃是英明之主。先朝元老左右辅弼，一切正直之臣照旧供职，就是庞吉也奈何不得。因此朝政法律严明，尚不致紊乱。

　　这就是作者对历史也是对现实的估计和认识。

　　在石玉昆看来，清王朝的封建秩序是稳固的，但也危机四伏，表现在朝廷和地方上都出现了一批依仗特权欺压人民的皇亲国戚和土豪劣绅。如庞昱、葛登云、马刚、马强、苗秀、苗恒、卞龙、卞虎等人。他们横行乡里，鱼肉百姓，造成社会的动荡和百姓的怨恨。他们是封建制度的不稳定因素，故作者怀着愤怒的心情，给这些压迫者和剥削者以猛烈的揭露和鞭挞，这是有进步意义的。

　　侠义小说内容之所以能在明清时代大量产生，首先在于一个"侠"字，它迎合了人们尚侠崇武的普遍的社会心理。下面我们就分叙书中的主要侠义情节，并略加评点。

　　全书从第三回开始正式描写这类故事，同时侠义人物也就陆续出现和登场。

　　金龙寺展昭杀凶僧。包公进京赴试途中，在沙屯儿歇宿金龙寺。未料此寺法本、法明和尚抢掠妇女、杀人越货，无所不为。南侠展昭夜探凶寺，救出遇难包公主仆,火烧金龙寺,为地方除一大害。卖豆腐的孟老汉对包公主仆说:"二位不知,这金龙寺自老和尚没后,留下这两个徒弟无法无天,时常谋杀人命,抢掠妇女。他比杀人放火的强盗还厉害呢!不想他也有今日!"可见展昭此举的意义。

丁兆蕙湖亭赠银。展昭封官后,回家祭祖,又游西湖,在断桥上见一老者投湖,被渔船上一少年渔郎救起。此少年即茉花村的双侠之一丁兆蕙。所救老者周增,开茶馆为生,名"周家茶楼"。三年前在门前救一倒毙青年郑新,留在铺中收养,又招为女婿。当女儿不幸病故,郑新续娶王氏后,翻脸无情,先将"周家茶楼"改为"郑家茶楼",后以老汉将茶楼卖与他为由,告老汉讹了他。周上县告郑,但仁和县收到郑的好处,竟打了他二十大板,逐出境外,故他想不通而寻死。渔郎仗义疏财,第二天中午就资助周老汉四百两银子,重开"周家茶馆",而所需银钱竟是昨晚偷的郑新的不义之财,共九包四百二十两。

白玉堂开封府留刀寄柬。展昭与茉花村的双侠丁氏昆仲在望海台欢宴,得遇芦花荡荡南陷空岛的五义士中的大爷卢方。陷空岛内有个卢家庄,庄主卢方因有爬杆之能,绰号"钻天鼠";二爷韩彰,黄州人,行伍出身,会做地沟地雷,绰号"彻地鼠";三爷徐庆,山西人,铁匠出身,能探山中十八孔,绰号"穿山鼠";四爷蒋平,金陵人,能在水中居住,开目视物,绰号"翻江鼠";五爷白玉堂,金华人,形容秀美,文武双全,绰号"锦毛鼠"。

白玉堂不满展昭"御猫"之称,亲赴东京较艺,途中与赴京攻读以备明年应试的举子颜查散相遇,结成生死之交。白玉堂遇颜于贫困之际,此时他冒名"金懋叔","头戴一顶开花儒巾,身上穿一件零碎蓝衫,足下穿一双无根底破皂靴头儿,满脸尘土,实在不像念书之人,倒像个无赖。"(第三十三回)他在店中与颜生同桌而食,并要好酒好肉。书中写他要一口活鲤鱼情景,显露出陷空岛义士的本色:

金生道:"可有活鲤鱼么?"小二道:"要活鲤鱼是大的,一两二钱银子一尾。"金生道:"既要吃,不怕花钱。吾告诉你,鲤鱼不过一斤的叫做'拐子',过了一斤的才是鲤鱼。不独要活的,还要尾巴像那胭脂瓣儿相似,那才是新鲜的呢!你拿来,吾看。"又问:"酒是什么酒?"小二道:"不过随便常行酒。"金生道:"不要那个,吾要喝陈年女贞陈绍。"小二道:"有十年镏下的女贞陈绍,就是不零卖,那是四两银子一坛。"金生道:"你好贫哪!什么四两五两?不拘多少,你搭一坛来当面开开,吾尝就是了。吾告诉你说,吾要那金红颜色浓浓香，倒了碗内要挂碗，犹如琥珀一般，那才是好的呢！"小二道："搭一坛来，当面锥尝。不好不要钱，如何？"金生道："那是自然。"

说话间，已然掌上两支灯烛。此时店小二欢欣非常，小心殷勤，自不必说。少时端了一个腰子形儿的木盆来，里面欢蹦乱跳，足一斤多重的鲤鱼，说道："爷上请看，这尾鲤鱼何故？"金生道："鱼却是鲤鱼。你务必用这半盆水叫那鱼躺着，一来显大，二来水浅，它必扑腾，算是活跳跳的，卖这个手法儿。你不要拿着走，就在此处开了膛，省得抵换。"店小二只得当面收拾。金生又道："你收拾好了，把它鲜串着。可是你们加什么作料？"店小二道："无非是香蕈口蘑，加些紫菜。"金生道："吾要'尖上尖'的。"小二却不明白。金生道："怎么你不晓得？尖上尖就是那青笋尖儿上头的尖儿，总要嫩切成条儿，要吃那末咯吱咯吱的才好。"店小二答应。不多时，又搭了一坛酒来，拿着锥子倒流儿，并有个瓷盆。当面锥透，下上倒流儿，撒出酒来，果然美味真香。先舀一盅递与金生，尝了尝，道："也还罢了。"又舀了一盅递与颜生，尝了尝，自然也说好。便倒了一盆灌入壶内，略烫一烫，二人对面消饮。小二放下小菜，便一样一样端上来。金生连箸也不动，只是就拂手疙疸慢饮，尽等吃活鱼。

二人饮酒闲谈，越说越投机，颜生欢喜非常。少时用大盘盛了鱼来。金生便拿起箸子来，让颜生道："鱼是要吃热的，冷了就要发腥了。"布了颜生一块，自己便将鱼脊背拿筷子一划，要了姜醋碟，吃一块鱼，喝一盅酒，连声称赞："妙哉，妙哉！"将这面吃完，筷子往鱼腮里一插，一翻手就将鱼的那面翻过来，又布了颜生一块，仍用筷子一划，又是一块鱼，一盅酒，将这面也吃了。然后要了一个中碗来，将蒸食双落一对瓣在碗内。一连瓣了四个，舀了鱼汤，泡了个稀糟，忽喽忽喽吃了。又将碟子扣上，将盘子那边支起，从这边舀了三匙汤喝了，便道："吾是饱了。颜兄自便，莫拘莫拘。"颜生也饱了。（第三十三回）

由此可见金生是个不同凡响的人物，他不仅懂吃善吃，且出手大方，一顿饭下来，共花银十三两四钱八分，但竟不付款："颜兄，吾也不闹虚了，咱们京中再见，吾要先走了。"被颜生书僮雨墨看成"诓嘴吃的""篾片之流"。但当颜生无钱典当衣服之际，他却来与颜生结成异姓兄弟，"拜了把子"。他付了结拜仪式花的十八两三钱银子，代赎了兴隆镇的当票，换住了大店，并与颜生买马、治衣、购靴帽，并赠颜生一百余金而去。

颜查散的姑父柳洪，是个吝啬、抠门儿、"顾财不顾亲的人"。他自幼把女儿金蝉许配给了颜查散，但见颜生家道败落，颇有悔婚之意。今闻颜生到来，他本不欲见，但又打听："是什么形象来的？"当听是"穿着鲜明的衣服，骑着高头大马，带着书僮，甚是整齐"时，就忙叫家人"快请"，自己也迎了出来。当颜生说到家业零落，"特奉母命投亲，在此攻书，预备明年考试"时，就"更觉烦了"，将颜生"送至花园幽斋居住"。柳洪与续妻冯氏商量退婚，不料被小姐的乳母田氏听去，与小姐密商二更送银两衣物给颜生，让其另觅住处，未料丫鬟绣红送颜生的约会字柬时，字柬被冯君衡窃去，他冒名相会，被绣红发觉，就杀死绣红，栽赃颜生。颜生甘心认罪，入祥符县，小姐自缢。

白玉堂黉夜入后花园，见小姐还阳，于是杀死盗棺害人的牛驴子。柳洪查看尸首之际，白玉堂又盗走柳洪十封银子，去打点牢头，使颜生不致在狱中受苦；他又从监中带走雨墨，让他拦轿告状；他还到开封府留刀寄柬，柬上写着四个大字——"颜查散冤"。终使冤案得到澄清。

禁苑题诗杀郭安。颜查散案结之后，白玉堂要施展自己的本领，目的是一来使当今知道我白玉堂，二来也显显我们陷空岛人物，三来我做的事必开封府审理，我再设计，诓展昭入陷空岛奚落一场，看"是猫儿捕了耗子，还是耗子咬了猫？纵然罪犯天条，斧钺加身，也不枉我白玉堂虚生一世，那怕从此倾生，可以名扬天下"。（第四十四回）

他于是一探皇宫内苑。去禁院，见万寿山总管郭安（郭槐之侄）命小太监何常喜用转心壶装毒酒欲毒死陈林，于是白玉堂杀郭缚何，让何在开封府交待阴谋；同时他在忠烈祠题诗，乃是一首五言绝句："忠烈保君王，哀哉杖下亡，芳名垂不朽，博得一炉香。"圣上得知郭安事后说："此人虽是暗昧，也却秉公除奸，行侠作义，却也是个好人。"

庞吉生辰，误杀二妾，恶人先告状，参奏"开封府遣人谋杀二命事"。没想到白玉堂夜探庞府，在折中夹了一张纸条，上写："可笑，可笑，误杀反诬告。胡闹，胡闹，老庞害老包。"致使真相大白，庞吉罚俸三年。

柳青仗义夺赃银。只因白玉堂出陷空岛两月有余，四义不放心，先是韩彰、徐庆、蒋平，后又有卢方俱来京寻找白玉堂。三鼠韩彰、徐庆、蒋平来京之前，又与白面判官柳青劫夺了凤阳太守孙珍欲献给庞太师的寿礼八盆松景，内藏黄金千两。柳青说："非是小弟贪爱此金，因敝处连年荒旱，即以此金变了价，买粮来赈济，以抒民困。"（第四十回）取了千两黄金，留下

"无义之财，有意查收"八个大字。

三义圣前显绝技。为访寻白玉堂，陷空岛四义士卢方、韩彰、徐庆、蒋平均来东京，除韩彰因蒋平诓药救马汉被气走，白玉堂不知去向外，其他三人均在开封府听差。一日，受圣上召见，在寿山福海展现了他们的绝技。首先看卢方的绝技：

刚来到寿山福海，只见官殿楼阁，金碧交辉，宝鼎香烟，氤氲结彩；丹墀之上，文武排班。忽听钟磬之音嘹亮，一对对提炉，引着圣上，升了宝殿。顷刻，肃然寂静。却见包公牙笏上捧定一本，却是卢方等的名字，跪在丹墀。圣上宣到殿上，略问数语。出来了老伴伴陈林，来到丹墀之上，道："旨意带卢方、徐庆、蒋平。"此话刚完，早有御前侍卫将卢方等一边一个架下。起胳膊，上了丹墀。两边的侍卫又将他等一按，悄悄说道："跪下。"三人匍匐在地。侍卫往两边一闪。圣上叫卢方抬起头来。卢方秉正向上。仁宗看了，点了点头，暗道："看他相貌出众，武艺必定超群。"因问道："居住何方？结义几人？作何生理？"卢方一一奏罢。圣上又问他因何投到开封府。卢方连忙叩首，奏道："罪民因白玉堂年幼无知，惹下滔天大祸。全是罪民素日不能规箴，忠告善导，至令酿成此事。惟有仰恳天恩，将罪民重治其罪。"奏罢叩头。

仁宗见他情甘替白玉堂认罪，真不愧结盟的义气，圣心大悦。忽见那边忠烈祠旗杆上黄旗被风刮得忽喇喇乱响，又见两旁的飘带有一根绕在杆上，一根却裹住滑车，圣上就借题发挥道："卢方，你为何叫做盘桅鼠？"卢方奏道："只因民船上篷索断落，罪民曾爬桅结索，因此叫盘桅鼠，实乃罪民末技。"圣上道："你看那旗杆上飘带缠绕不清，你可能够上去解开么？"卢方跪着，扭项一看，奏道："罪民可以勉力巴结。"

圣上命陈林将卢方领下丹墀，脱去罪衣罪裙，来到旗杆之下。他便挽掖衣袖，将身一纵，蹲在夹杆石上，只用手一扶旗杆，两膝一蜷，只听"咔""咔""咔""咔"，犹如猿猴一般，迅速之极，早已到了挂旗之处，先将绕在旗杆上的飘带解开。只见他用腿盘旗杆，将身形一探，却把滑车上的飘带也就脱落下来。此时圣上与群臣看得明白，无不喝彩。忽又见他伸开一腿，只用一腿盘住旗杆，将身体一平，双手一伸，却在黄旗一旁，又添上了一个顺风旗。众人看了，谁不替他担惊。忽又用了个拨云探月架式，将左手一甩，将那一条腿早离了杆。这一下把众人吓了一跳。及至看时，他早用左手单挽旗杆，又使了个单展翅。下面自圣上以下，无不喝彩连声。猛见他把头一低，滴溜溜顺将下来，仿佛失手的一般，却把众人吓着了，齐说："不好！"再一看时，他却从夹杆石上跳将下来，众人方才放心。天子满心欢喜，连声赞道："真不愧'盘桅'二字。"陈林仍带卢方上了丹墀，跪在旁边。

再看徐庆表演穿山钻洞的绝技：

话说天子见那徐庆鲁莽非常，因问他如何穿山。徐庆道："只因我……"蒋平在后面悄悄拉他，提拨道："罪民，罪民。"徐庆听了，方说道："我罪民在陷空岛连钻十八孔，故此人人叫我罪民穿山鼠。"圣上道："朕这万寿山也有山窟，你可穿得过去么？"徐庆道："只要是通的，就钻得过去。"圣上又派了陈林，将徐庆领至万寿山下。

徐庆脱去罪衣罪裙。陈林嘱咐他道："你只要穿山窟过去，应个景儿即便下来，不要耽延工夫。"徐庆只管答应。谁知他到了半山之间，见个山窟，把身子一顺，就不见了。足有两盏茶时，不见出来。陈林着急道："徐庆，你往那里去了？"忽见徐庆在南山尖之上，应道："唔！俺在这里。"这一声连圣上与群臣俱各听见了。卢方在一旁跪着，暗暗着急，恐圣上见怪。谁知徐庆应了一声，又不见了。陈林更自着急。等了多回，方见他从山窟内穿出。陈林连忙招手，叫他下来。此时徐庆已不成模样，浑身青苔，满头尘垢。陈林仍把他带至丹墀，跪在一旁。圣上连连夸奖："果真不愧'穿山'二字。"

翻江鼠蒋平的绝技曾擒过淫贼，探过君山，可谓高超至极：

又见单上第四名混江鼠蒋平。天子往下一看，见他匍匐在地，身材渺小；及至叫他抬起头来，却是面黄肌瘦，形如病夫。仁宗有些不悦，暗想道："看他这光景，如何配称混江鼠呢？"无奈何，问道："你既叫混江鼠，想来是会水了？"蒋平道："罪民在水中能开目视物，能在水中整个月住宿，颇识水性，因此唤作混江鼠。这不过是罪民小巧之技。"仁宗听说"颇识水性"四字，更不喜悦，立刻吩咐备船，叫陈林进内："取朕的金蟾来。"

少时，陈伴伴取到。天子命包公细看。只见金漆木桶之中，内有一个三足蟾，宽有三寸，长有五寸，两个眼睛如琥珀一般，一张大口恰似胭脂，碧绿的身子，雪白的肚儿，更衬着两个金眼圈儿，周身的金点儿，实实好看，真是稀奇之物。包公看了，赞道："真乃奇宝！"

天子命陈林带着蒋平上一只小船，却命太监提了木桶，圣上带领首相及诸大臣，登在大船之上。此时陈林看蒋平光景，惟恐他不能捉蟾，悄悄告诉他道："此蟾乃圣上心爱之物。你若不能捉时，趁早言语，我与你奏明圣上，省得吃罪不起。"蒋平笑道："公公但请放心，不要多虑。有水靠求借一件。"

陈林道："有，有。"立刻叫小太监拿几件来。蒋平挑了一身极小的，脱了罪衣罪裙，穿上水靠，刚刚合体。只听圣上那边大船上太监手提木桶，道："蒋平，咱家这就放蟾了。"说罢，将木桶口儿向下，底儿向上，连蟾带水俱各倒在海内。只见那蟾在水皮之下发愣。陈林这里紧催蒋平："下去，下去，快下去！"蒋平他却不动。不多时，那蟾灵性清醒，三足一晃，就不见了。蒋平方向船头，将身一顺，连个声息也无，也不见了。

天子那边看得真切，暗道："看他入水势，颇有能为。只是金蟾惟恐遗失。"眼睁睁往水中观看，半天不见影响。天子暗说："不好！朕看他懦弱身躯，如何禁得住在水中许久！别是他捉不住金蟾，畏罪自溺死了罢？这是怎么说！朕为一蟾，要人一命，岂是为君的道理！"正在着急，忽见水中咕嘟嘟翻起泡来。此泡一翻，连众人俱各猜疑了：这必是沉了底儿了。仁宗好生难受。君臣只顾远处观望，未想到船头以前，忽然水上起波，波纹往四下一开，发了一个极大的圈儿，从当中露出人来，却是面向下，背朝上。圣上看了，不由地一怔。猛见他将腰一拱，仰起头来，却是蒋平在水中跪着，两手上下合拢；将手一张，只听金蟾在掌中呱呱地乱叫。天子大喜，道："岂但颇识水性，竟是水势精通了。真是好混江鼠，不愧其称！"忙吩咐太监将木桶另注新水。蒋平将蟾放在里面，跪在水波上，恭恭敬敬向上叩了三个头，圣上及众人无不夸赞。见他仍然踏水奔至小船，脱了衣靠。陈林更喜，仍把他带往金銮殿来。

圣上均赏了六品校尉之职，俱在开封府供职。

白玉堂智偷三件宝。白玉堂二次探相府，前来借三宝。他在留下的字柬上写道："我今特来借三宝，暂且携归陷空岛。南侠若到卢家庄，管叫御猫跑不了。"仍然与展昭"合气"、作对。因包公令包兴前去看视三宝，中了白玉堂投石问路之计；又因耳房失火，众人来救，于是三宝失盗。

锦毛鼠龙楼封护卫。南侠带了路引，来到松江府，投了文书，要见太守，太守竟是田起元，夫人金玉仙，展昭竟是他们的救命恩人。展昭与府中观察头领余彪登舟，撑到卢家庄，到飞峰岭下停住。展昭一人弃舟上岭，乘月色来到卢家庄，被一步一步引诱至通天窟被困。展昭与白玉堂相赌，三日内，展昭盗去三宝，白玉堂情愿上开封府认罪；倘若不能，展昭当隐姓埋名，不必再"出世"了。茉花村丁氏双侠得知妹夫展昭被擒，丁兆兰借送人之机探听消息，亦被白玉堂软禁在螺蛳轩内。其时卢方、徐庆、蒋平俱来茉花村，共商擒白救展之计。

蒋平出主意说："这倒不妨，现有焦能在此，先叫他回去，省得叫老五设疑。叫他于二鼓时在蚯蚓岭接待丁二弟，指引路径如何？"二爷道："如此甚妙。但不知派我什么差使？"蒋平道："二弟，你比大哥三哥灵便，沉重就得你担。第一先救展大哥，其次取回三宝，你便同展大哥在五义厅的东竹林等候，大哥三哥在五义厅的西竹林等候，彼此会了齐，一拥而入，那时五弟也就难以脱身了。"大家听了，俱各欢喜。先打发焦能立刻回去，叫他知会丁大爷放心，务于二更时在蚯蚓岭等候丁二爷，不可有误。焦能领命去了。

丁二爷如约与焦能相见，截掠巡更人的腰牌衣服，拉开通天窟的铜环，救出展昭，然后二人又来到五义厅东竹林内，知悉三宝藏在连环窟，半路截获去取三宝的白福，收回三宝。结果未到三日，即盗回三宝。白玉堂颇感伤面，夺路而逃，越过后墙，竟奔后山而去。到了山根之下，已无铁索可以渡江，只好乘船。船至江心，蒋平将船底儿朝天，把锦毛鼠弄成水老鼠了。在众义士义气的感召下，白玉堂甘心赴京听审，而与展昭亦冰释前嫌。在包公的保荐下，宋仁宗"加封展昭实授四品护卫之职，其所遗四品护卫之衔，即着白玉堂补授，与展昭同在开封供职，以为辅弼。"

卞家疃偷银惊恶徒。蒋平与张龙、赵虎同到平县翠云峰寻找韩彰，因韩彰母亲的坟墓在此峰下，年年韩彰必于此时拜扫。翠云峰有个灵佑寺，韩彰隐匿寺中不见。蒋平走后，韩彰欲游西湖，来到仁和县。在客寓隔壁，花了五两多银子，从人贩手中救出死而复生的孩童邓九如，并安置在汤圆铺张老儿处。不料张老儿欠太岁庄庄主马禄五两银子，要以小儿抵债。酒楼之上，书生倪继祖替其还银，保住了小九如。在座的包兴问明了小孩的原委，原来是包三公子的义子，于是说服老者与邓九如一同进京。韩彰在前往杭州途中的大夫居酒店，恰遇悭吝成性又最强梁的卞虎，外号"癞皮象"；其父卞龙，自称"铁公鸡"。夜阑人静，韩彰来到卞家疃，窃走了二百两银子，留下核桃大的字说："爷爷今夕路过汝家，知道你刻薄成家，广有金银，又兼俺盘费短少，暂借银四封，改日再还，不可误赖好人。如不遵命，爷爷时常夜行此路，请自试爷爷的宝刀，免生后悔！"（第六十一回）吓得父子二人无可奈何，惟有小心而已。

惩花蝶二爷和好。回归旧路时，韩爷又遇男女二人推一小车过一树林，韩爷截住小车，救出车内被拐骗的巧姐。蒋平从大夫居得知韩彰消息，访查中夜宿铁岭观。淫贼花蝴蝶被追至此观，用闪身计镖打韩彰，擒住龙涛。韩彰奔桑花镇去了。蒋平夜里从砖塔中救出龙涛，用钢刺杀了恶道吴连成，刺伤花蝶。在桑花镇，蒋平从店家为一军官准备活鲤鱼一事，得知韩彰住在此店，并身负毒镖之伤。蒋平以情感化韩彰，二人从此和好如初。

北侠除霸太岁庄。在会仙楼吃酒，恶奴强横，惹恼了在场的北侠欧阳春、双侠丁兆兰。夜里二鼓，丁氏独探太岁庄，偷了北侠的宝刀带上，飞身跃上墙头，到了耳房，又至大房，爬伏在房檐窃听。众姬姜卖俏争宠，听千岁爷马刚自称"孤家"颇有造反之心，刚欲抽刀杀他，刀却失踪，已被北侠取回，他又装扮成妖怪模样砍下马刚的头而去。欧阳春对丁氏双侠说："凡你我侠义做事，不要声张，总要机密。能够隐讳，宁可不露本来面目。只要剪恶除强、扶危济困就是了，又何必谆谆叫人知道呢？"（第六十回）欧阳春的侠义宗旨令人钦佩。

擒花蝴蝶二爷立功。北侠欧阳春、双侠丁兆兰在太岁庄墙外结识了本县捕快龙涛，龙涛请其二人协助他缉捕淫贼花蝴蝶花冲。龙涛介绍花蝴蝶："也是少年公子模样，却是武艺高强。因他最爱采花，每逢夜间出入，鬓边必簪一枝蝴蝶，因此人皆唤他是花蝴蝶。每逢热闹场中，必要去游玩，若见了美貌妇女，他必要下功夫，到了人家采花。这厮造孽多端，作恶无数，前日还闻得他要上灶君祠去呢！小人还要上那里去访他。"

欧阳春在河神庙遇韩彰、蒋平。蒋平假扮道人独去邓家堡私访，被花蝴蝶识破被捉；欧阳春、韩彰亦进邓家堡，救了蒋平。韩彰与花蝴蝶对阵，磕飞其刀，花蝴蝶往北墙跑去。韩彰在后追赶，他只好跳出高墙，往板桥中间跑去，被蒋爷抱入水中擒住。北侠与邓车对阵，磕了邓的三十二个弹子，邓只好逃走，奔霸王庄去了。

韩彰押花蝴蝶至开封府，包公上朝递折，花冲罪名依议处斩，"五鼠"同住一室。自闹东京，弟兄分手，至此方才团聚。丁兆兰同老母妹子来京，准备其妹丁兆华与展昭成婚之事。众英雄与丁大爷义气相投，过了新年，方始回杭。

北侠、智化大闹霸王庄。杭州太守倪继祖，其父倪仁，定李太公之女为妻，定物为祖传的一枝并梗玉莲花，拆开却是两枝，合起来便是一朵。他与妻子各佩一枝。夫妻因去泰州探亲，雇船前往，船户贺宗、贺豹杀了倪仁，劫了财物，抢了李氏。幸得船上帮工杨芳之助，李氏逃脱了毒手，在林中分娩，生下男儿，胸前别下半枝莲花，留在林中，自己奔了白衣庵当了尼姑。小儿被倪家庄倪太公捡去，起名倪继祖。杨芳投奔倪太公以照料小相公，改名倪忠。

继祖幼时聪明绝顶，过目不忘，十六岁即中生员。一日闲游，过白衣庵，与李氏相遇，始知真相，并有半枝莲花为证。四年后的大比之年，继祖进京赴试中举，殿试榜眼，用为编修，今放外任为杭州太守。上任之初，无数的诉状皆告霸王庄马强，他乃太岁庄马刚的宗弟，朝中总管马朝贤是他的叔父，故仗势横行，无所不为，霸田占产，抢掠妇女；家中盖起招贤馆，广招天下英雄豪杰，欲谋不轨。马强抢来翟九成的外孙女锦娘，不料弱女手持剪刀，行刺马强，被打入地牢。翟九成自尽，被北侠所救，恰遇倪继祖主仆私访，得叙冤情。不料马强出庄，将倪太守主仆诓入庄内。庄内主管系船家贺宗，认出倪忠，确认太守主仆。

夜晚，继祖主仆被丫环朱绛贞放出，继祖答应为其父朱焕章申冤，又将一朵莲花转交其父。倪氏主仆路上逃散，倪太守重被马强捉回，关进地牢，被黑妖狐智化、北侠欧阳春救出，送回衙门。第二天欧阳春、太守衙内捕快二十余人，由智化、艾虎作内应，擒住马强，朱焕章的冤案得申；寻问朱家得莲花经过，始知他们曾掩埋倪仁尸首，捡得莲花，小女喜爱，故留之。今由此为媒，太守与朱绛贞成就了婚姻。

蒋平擒盗治洪泽。洪泽湖水连年为患，包公保举颜查散治河。圣上即升颜查散为巡按，稽查水灾，兼理河工民情，主事公孙策、护卫白玉堂协同帮办。一日来到泗水城，即有赤堤墩的百姓控告水怪为害，常把百姓在堤上栖身的窝棚拆毁。颜查散与白玉堂白日登西虚山观水，晚上与堤民躲入棚内。此夜发现一水怪上岸，白玉堂飞石两中，打倒妖怪，原来是人扮的。审问水怪得知，原是十三名水寇聚集在三皇庙内，白日以劫掠客船为生，夜间假装水怪，要将赤堤墩的堤民赶散，他等方好施为作事。

颜巡按奏请蒋平前来协助。公孙先生、费千总探水被水寇擒在三皇庙。蒋平来后，第一天就力杀三寇，闯入三皇庙，知公孙先生已被人救走，躲在螺蛳湾毛九锡、毛秀父子家中。毛氏父子颇晓治水之法，绘有一幅水势地理图，后颜巡按将毛氏父子请至衙内，一同治水，不过四个月光景，水平土平，大功告成。此时蒋平与官兵又杀死六个水寇，擒获四个，最后在水中俘虏了寇首邹泽，供出假装水怪，欲令行旅不敢从此经过，再派人占据洪泽湖要地，以备为襄阳王谋反效力。

治水灭寇之后，颜查散加升为文渊阁大学士，特旨巡按襄阳；公孙策为主事，白玉堂实授四品护卫，所遗四品护卫之衔，着蒋平补授，公孙策、白玉堂、蒋平同在襄阳效力。

小侠贪杯退黑狼。蒋平从开封到杭州茉花村访北侠，在来峰镇悦来店擒住霸王庄逃走的马强管家贺宗（杀死倪继祖之父倪仁的凶手），他正欲加害贪杯醉酒的小侠艾虎。蒋平只好跟艾虎结伴去卧虎沟。书中写艾虎贪杯道：

蒋爷暗想道："我看艾虎年幼贪杯，而且又是私逃出来的，莫若我带了他去，一来尽了人情，二来又可找欧阳兄，只是他这酒，必须如此如此。"想罢，对艾虎道："我虽把你带去，你只是要依我一件事。"艾虎听说带了他去，好生欢喜，便问道："四叔，你老只管说是什么事，侄儿无有不应的。"蒋爷道："就是你的酒，每顿只准你吃三角，多喝一角都是不能的。你可愿意吗？"艾虎听了，半晌方说道："三角就三角，吃荤强如吃素，到底有三角可以解解馋，也就是了。"

二人乘船往湖广进发，路遇风暴，蒋平救起遇盗落水老者雷震，又帮雷震寻回船上失物，不料原船早就开走了。原船上艾虎只好一人登岸，上岸后肚内饥饿，见两渔人在窝铺内饮酒作乐，将人打跑，强抢酒食；又因饮酒过多被渔民所擒，由路过的书生施俊讨情而作罢。于是两人结拜，施为兄，艾为弟，从此作别。经由绿鸭滩，参加了十三家众人为张老儿所认义女（即遇难落水的施俊未婚妻金牡丹）的乡宴，又帮忙打退了黑狼山骚扰的喽罗。因穷追众寇，艾虎被绊脚索绊倒，为沙凤仙、沙秋葵二女所救，由智化、欧阳春做主，小侠艾虎与凤仙定了亲。

北侠仗义擒蓝骁。金辉赴襄阳太守任所，由枯梅岭走旱路，在赤石崖被军山强贼蓝骁抓上山去。随行家眷被卧虎沟沙龙等人救走，结果蓝骁率兵围困了沙龙、风仙、秋葵等。此时欧阳春、智化、丁兆蕙三人来卧虎沟动员沙龙同去襄阳辅佐颜查散，不料正逢沙龙有难，欧阳春、丁兆蕙率众救援。蓝骁与北侠交手被擒，群寇无首，兵败如山倒，金辉太守也被救下山来。在卧虎沟，牡丹与父母相认，前嫌尽释，并知佳蕙在长沙与施俊成亲，故金太守亦乘船至长沙，说明真相，待施俊赴金太守任上与牡丹小姐完婚。

小诸葛韬晦建功。小诸葛沈仲元本投奔在霸王庄内。当众人捉拿马强时，他却装病不肯出头；等众人计议投奔襄阳，自己转想："赵爵久怀异心，将来国法必不赦宥，就是这些乌合之众也不能成其大事。我何不将计就计，也上襄阳投在奸王那里，看个动静。倘有事关重大的，我在其中调停，一来与朝廷出力报效，二来为百姓剪恶除奸，岂不大妙。"沈仲元藏于叛王府内，做事当比其他侠客义士更难。他仗着自己聪明，智略过人，凡事看透，犹如掌上观文，仿佛逢场作戏，从游戏中生出侠义来。这次他主动请缨，与方貌来十里堡行刺襄阳太守金辉，目的就是怕万一事成，不好交待。二人一进公馆，即通报大人，被智化发觉，故方貂爬上北耳房，倒垂势往下观瞧时，背上利刃即被艾虎抽去，砍伤被捉。当白玉堂、智化夜探冲宵楼时，又是沈仲元引路出险。他也是个侠义之人。

众侠齐服钟太保。襄阳王赵爵欲害颜查散，进而伤及包公，又谋出盗印一计。钻云燕子、坐地炮申虎与神手大圣邓车前来巡按府盗印，申虎被擒，邓车逃走。襄阳王命把官印丢在洞庭湖山环之内逆水泉。南侠与卢方等四义来到巡按府，始知白玉堂五天不见踪影。白玉堂那日改了行装，在天齐庙存身，二鼓到木城之下，探访冲宵楼。他进楼转了几个门户，在正北找到楼梯，砍死病太岁张华，却不防还有一人小瘟疫徐敞，他见张华丧命，便暗暗将索簧上妥专等拿人。白玉堂登梯上楼，无门可入，便撬窗而进。楼内八面有小小窗棂，外面明亮。撬开小窗，原来是下面灯光，照彻上面一个灯球，此光射到中梁之上，有绒线系定一小小锦匣，内藏盟书。白忽觉脚下滚板一翻，落入八卦铜网阵内，周身被箭射中，体无完肤，骨殖葬于九截松五峰岭，交君山钟雄派人看守。

蒋平冒死下逆水泉捞回印信，徐庆挖去刺客邓车双眼，恳求南侠与他同去祭奠五弟，并盗取骨殖，结果二人不慎落入梅花坑被擒，押入君山囚禁。为救二人，蒋平与丁兆蕙等人乘船入君山水寨，用宝剑砍断竹城，进入水寨内的旱寨，跟随引路喽啰，救出徐庆，盗回白玉堂骨殖。

智化与丁兆蕙假扮渔夫送鱼，首探君山寨；此后欧阳春与智化又假扮武夫与公子前去君山诈降，并与钟雄结成金兰之好。此后分别将龙涛、姚孟、柳青等安排进寨，趁钟雄生辰之日，将其灌醉，用鸡鸣五鼓断魂香薰住，换上展昭的衣服，由龙涛背出，送到陈起望。众侠客义士以义气相感，使钟雄"欣然向善"，反叛襄王，归服朝廷。众侠义告别钟雄，齐奔襄阳讨逆去了。

七 名缰利索总牵心——《三侠五义》中的展昭形象

在《三侠五义》的侠义人物中，无疑南侠展昭、锦毛鼠白玉堂是最重要的，也是写得最好的。尤其是展昭，更是作者心目中的"完人"和"楷模"。

展昭，常州府武进县遇杰村人氏，表字熊飞，人称"南侠"。这个形象的特点之一："绿林高人"。展昭虽非出身绿林，但与绿林关系密切。第六回写包公罢官回京，在土龙岗被山贼王朝、马汉、张龙、赵虎掳掠上山，危急之际，展昭无意中救了他。原来王朝素与他相好，但展昭却与他们不同，他充分认识到人生的价值，故他告别绿林的时候，是准备投向帝王政治的怀抱，成为统治集团的得力助手的。书中写展昭初期的侠义行为，如金龙寺杀凶僧，土龙岗逢劫夺，天昌镇拿刺客，以及庞太师后花园冲破魔魇之事，均与包公有关，为他以后投奔官府，为朝廷服务，打下了良好基础。虽然他在行侠仗义时是那样的英伟洒脱，坦荡无私，然而对皇上的赐号"御猫"的美称却沾沾自喜，顾不得自我尊严，迫不及待地"在房上与圣上叩头"。当然，如果没有皇帝及代表皇帝意志的清官对侠义的重用、提携、褒奖，就丧失了绿林与朝廷合流的基本条件。

第三十回写展昭颇为得意地向双侠丁氏兄弟叙说受封赏之事道：

"至于演试武艺，言之实觉可愧，无奈皇恩浩荡，赏了'御猫'二字，又加封四品之职，原是个潇洒的身子，如今倒弄得被官拘束住了。"

这表明他脱离了绿林，成了吃皇粮的四品官员，竟沾沾自喜，颇为得志地炫耀于人。然而他却也失去了独立、自由的人格。

特点之二：武艺超群。如金龙寺杀凶僧、苗家集窃银、安平镇寄柬、太师府偷换春酒、西湖畔夜探郑家茶楼等，都显示了南侠的高超武艺。包公评价展昭是：

"若论展昭武艺，他有三绝：第一，剑法精奥；第二，袖箭百发百中；第三，他的纵跃法，真有飞檐走壁之能。"（第二十二回）

跃武楼圣上观艺，充分展现了南侠的武功和剑法、袖箭、腾越三绝：

展爷谢恩，下了丹墀。早有公孙策与四勇士俱各暗暗跟来，将宝剑递过。展爷抱在怀中，步上丹墀，朝上叩了头。将袍襟略为掖了一掖，先有个开门式，只见光闪闪，冷森森，一缕银光，翻腾上下。起初时身随剑转，还可以注目留神；到后来竟使人眼花缭乱。其中的削砍劈剁勾挑拨刺，无一不精。合朝文武以及丹墀之下众人，无不暗暗喝彩。惟有四勇士更为关心，仰首翘望，捏着一把汗，在那里替他用力。见他舞到妙处，不由地甘心佩服："真不愧'南侠'二字。"展爷这里施展平生学艺，着着用意，处处留心。将剑舞完，仍是怀中抱月的架式收住，复又朝上磕头。见他面不更色，气不发喘。

天子大乐，便问包公道："真好剑法！怪不得卿家夸奖。他的袖箭又如何试法？"包公奏道："展昭曾言，夜间能打灭香头之火。如今白昼，只好用较射的木牌，上面糊上白纸，圣上随意点上三个朱点，试他的袖箭，不知圣意若何？"天子道："甚合朕意。"谁知包公早已吩咐预备下了，自有执事人员将木牌拿来。天子验看，上面糊定白纸，连个黑星皱纹一概没有，不由得提起朱笔，随意点了三个大点，叫执事人员随展昭去，该立于何处任他自便。因袖箭乃自己炼成的，步数远近，与别人的兵刃不同。

展昭深体圣意，随执事人员下了丹墀，斜行约二三十步远近，估量圣上必看得见，方叫人把木牌立稳，左右俱各退后。展昭又在木牌之前，对着耀武楼遥拜。拜毕，立起身来，看准红点，翻身竟奔耀武楼。跑来约有二十步，只见他将左手一扬，右手便递将出来，只听木牌上"拍"的一声；他便立住脚，正对了木牌，又是一扬手，只听那边木牌上又是一声"拍"；展爷此时却改了一个卧虎势，将腰一躬，脖项一扭，从胳肢窝内将右手往外一推，只听得"拍"，将木牌打得乱晃。展爷一伏身，来到丹墀之下，往上叩头。

此时已有人将木牌拿来，请圣上验看。见三枝八寸长短的袖箭，俱各钉在朱红点上，惟有末一枝已将木牌钉透。天子看了，甚觉罕然，连声称道："真绝技也！"包公又奏："启上吾主，展昭第三技乃纵跃法，非登高不可，须脱去长衣方能灵便。就叫他上对面五间高阁，我主可以登楼一望，看得始能真切。"天子道："卿言甚是！"圣上起身，刚登胡梯，便传旨："所有大臣俱各随朕登楼，余者俱在楼下。"便有随事内监回身传了圣旨。包公领班，慢慢登了高楼。天子凭栏入座，众臣环立左右。

展昭此时已将袍服脱却，扎缚停当。四爷赵虎不知从何处暖了一杯酒来，说道："大哥且饮一杯，助助兴，提提气。"展爷道："多谢贤弟费心。"接过一饮而尽。赵爷还要斟时，见展爷已走出数步。赵爷却自己悄悄地饮了三杯，过来跷着脚儿，往对面阁上观看。

单说展爷到了阁下，转身又向耀武楼上叩拜。立起来，他便在平地上鹭伏鹤行，徘徊了几步。忽见他身体一缩，腰背一躬，嗖的一声，犹如云中飞燕一般，早已轻轻落在高阁之上。这边天子惊喜非常，道："卿等看他，如何一转眼间就上了高阁呢？"众臣宰齐声夸赞。此时展爷显弄本领，走到高阁柱下，双手将柱一搂，身体一飘，两腿一飞，"嗤""嗤""嗤"顺柱倒爬而上。到了柁头，用左手把住，左腿盘在柱上，将虎体一挺，右手一扬，作了个探海势。天子看了，连声赞"好"。群臣以及楼下人等无不喝彩。又见他右手抓住椽头，滴溜溜身体一转，把众人吓了一跳。他却转过左手，找着椽头，脚尖儿蹬定檀方，上面两手倒把，下面两脚扰步，由东边蹿到西边，由西边又蹿到东边。蹿来蹿去，蹿到中间，忽然把双脚一蜷，用了个卷身势往上一翻，脚跟蹬定瓦垄，平平地将身子翻上房去。天子看至此，不由失声道：

"奇哉！奇哉！这哪里是个人，分明是朕的御猫一般。"谁知展爷在高处业已听见，便在房上与圣上叩头。众人又是欢喜，又替他害怕。

只因圣上金口说了"御猫"二字，南侠从此就得了这个绰号，人人称他为御猫。此号一传不知紧要，便惹起了多少英雄好汉，人人奇才，个个豪杰。若非这些异人出仕，如何平定襄阳的大事。

南侠展昭于是当上了皇上"御前四品带刀护卫"，从此走上了仕途。他兢兢业业，一丝不苟，效忠官府与朝廷。因此，本书及其续书都给他安排了高官厚禄的完满结局，为侠义之士树立了一个样板。

特点之三：忍让谦和。他在书中，几乎是个完人。第二十九回、第三十回写他在杭州救周老，不与双侠丁兆蕙争功；茉花村与丁家小姐比剑定亲，不争胜负，都显示出他的谦让品格。他与白玉堂相反，非"才高必狂、艺高必傲"之辈，凡事都能做到谦逊有致，不露痕迹，成为最有修养、最有道德的侠客义士。如白玉堂与他"合气"，他立即表示谦让：

公孙先生在旁听得明白，猛然省悟道："此人来找大哥，却是要与大哥合气的。"展爷道："他与我素无仇隙，与我合什么气呢？"公孙策道："大哥，你自想想，他们五人号称五鼠，你却号称御猫，焉有猫儿不捕鼠之理？这明是嗔大哥号称御猫之故，所以知道他要与大哥合气。"展爷道："贤弟所说似乎有理。但我这'御猫'乃圣上所赐，非是劣兄有意称猫，要欺压朋友。他若真个为此事而来，劣兄甘拜下风，从此后不称御猫，也未为不可。"

展昭这样做，并非表示他的软弱可欺，抑或技不如人，而是对朝廷、法律以及执法者的尊重，是对圣上尽忠的一种表现，而非为个人意气所能致。这显示出展昭性格特征的思想基础。

可以这样说，在我国古代小说中，展昭是御用侠义人物中写得最成功的一个典型。他既不失扶危济困的本色，但也更多地表现了他浓厚、正统的帝王思想。如他在榆林镇酒楼，助胡成妻王氏银两，为其婆婆、丈夫治病，又为免除胡成的疑忌，扮成夜游神说明真相，以救贤孝节妇脱此窘境，可谓"救人救彻"了。他虽与"绿林"有联系，却是以不反朝廷、不为非作歹为前提；他虽然失去了自由、独立的人格，却换来维护名教纲常、建功立业的自身价值和仕途前程。作者的用意，大约就是鲁迅说的"大旨在揄扬勇侠，赞美粗豪，然又必不背于忠义"。（《中国小说史略》）他的形象，是由社会条件和个人环境决定的，是时代的产物。

八 平话的风格，杰出的艺术——《三侠五义》的艺术特色

《三侠五义》在艺术上，明显具有说书艺术的特色，"绘声状物，甚有平话习气"（《中国小说史略》），保存了平话艺术的特点。写豪侠人物，活泼有致，栩栩如生，正如鲁迅所说：

"至于构设事端，颇伤稚弱，而独于写草野豪杰，辄奕奕有神，间或衬以世态，杂以诙谐，亦每令莽夫分外生色。"（《中国小说史略》）

在具体的创作上，仍然保存了说书人的基本特点，如故事恢宏完整，情节离奇曲折，表达脉络分明，语言诙谐幽默等，都吸收了民间创作的优点。

作者善于在惊险曲折的情节中展示人物性格。如第五十九回写包兴自合肥回京，路过太岁庄，被庄主马强恶奴强掠坐骑；酒楼上又见恶奴强索高利贷，于是引起在场北侠欧阳春、双侠丁兆兰的不满和义愤。丁兆兰年轻气盛，锋芒毕露，高声张扬，公开宣称要刺杀庄主马强；欧阳春老成持重，考虑周密，不动声色，两个分别夜探太岁庄，北侠在丁兆兰动手之前就杀了马强。通过这一情节，将欧阳春与丁兆兰两人的不同性格，对照分明，分外醒目。

《三侠五义》中的人物大都个性鲜明。白玉堂心高气傲，锋芒毕露；蒋平心机深细，机警灵活；丁氏双侠富贵大方、风流倜傥；沈仲元忍辱负重、随机应变等，各有特色。这中间最成功的要算白玉堂。正如前文所引，他说：

"我既到东京，何不到皇宫内走走。倘有机缘，略略施展施展，一来使当今知道我白玉堂，二来也显示我们陷空岛的人物，三来我做的事，圣上知道，必交开封府，既交开封府，再没有不叫南侠出头的。那时我再设个计策，将他诓入陷空岛奚落一场。是猫儿捕了耗子，还是耗子咬了猫？纵然罪犯天条，斧钺加身，也不枉我白玉堂虚生一世。哪怕从此顷身，也可以名传天下。"

为此，他出入深宫内院，杀人题诗，闯相府盗走"三宝"，通天窖囚展昭，螺蛳轩禁丁大侠，看来他不畏国法，不顾亲朋，颇有一些江湖豪气。通过"五鼠闹东京"这一曲折情节，重点刻画了白玉堂的人物形象。

通过细节写人物，尤其是写市井势利小人，颇为出色：写其心态，活灵活现。如第十五回写金辉家的幕宾李平山，因与金姜巧娘勾搭，畏罪潜逃，令他在泊港船中发现已荣任太守的金辉官船，立即前往讨情，望能得到随船赴任之允诺。当金太守应后，立即小人得志，换了一副面孔，对蒋爷盛气凌

人：

蒋爷正在纳闷，只见李平山从跳板过来，扬着脸儿，鼓着腮儿，摇着膀儿，扭着腰儿，见了蒋平也不理，竟进舱内去了。蒋爷暗道："这小子是什么东西！怎么这等的酸！"只得随后也进舱，问道："那边官船，李兄可认得么？"李平山半晌，将眼一翻，道："怎么不认得？那是吾的好朋友。"蒋爷暗道："这酸是当酸的。"又问道："是哪位呢？"李平山道："当初做过兵部尚书，如今放了襄阳太守金辉金大人，哪个不晓得呢？吾如今要随他上任，也不上九仙桥了，明早就要搬行李到那边船上，你只好独自上湘阴去罢。"

小人得志，立刻改样，就"你我"相称，把"弟兄"二字免了。

蒋爷道："既如此，这船价怎么样呢？"李平山道："你坐船，自然你给钱了，如何问吾呢？"蒋爷道："原说是帮伙，彼此公摊，我一人如何拿得出来呢？"李平山道："那别和吾说，吾是不管的。"蒋爷道："也罢，无奈何，借给我几两银子就是了。"李平山将眼一翻，道："萍水相逢，吾和你啥个交情，一借就是几两头！你不要瞎闹好不好？那有太守在这里，吾把你送官究治，那时休生后悔。"蒋爷听了，暗道："好小子，翻脸无情，这等可恶！"

当他恶性不改，在船上与巧娘渲淫，被蒋平发觉，喊人捉奸，李平山被金公退回到本船时，他又是一副可笑、可卑面孔。这里有一段精彩的心理描写说明作者对这类人物可谓熟悉已极：

且说李平山就如放赦一般，回到本船之上。进舱一看，见蒋平床上只见衣服，却不见人，暗道："姓蒋的哪里去了？难道他也有什么外遇么？"忽听后面嚷道："谁？谁？谁？怎么掉在水里头了？到底留点儿神呀！这是船上，比不得下店，这是玩的么？来吧，我换你一把儿。这是怎么说！"然后方听战战哆嗦的声音，进了舱来。平山一看，见蒋平水淋淋的一个劲儿打战儿，问道："蒋兄怎么样？"蒋爷道："我上后面去小解，不想失足落水。多亏把住了后舵，不然险些儿丧了性命。"

平山见他哆嗦乱战，自己也发起觉嗦来了，连忙站起拿过包袱来，找出裤袜等件，又拣出了一分旧的给蒋平，叫他："换下湿的来晾干了，然后换了还吾。"他却拿出一双新鞋来。二人彼此穿的穿，换的换。蒋爷却将湿衣拧了，抖了抖，晾起来，只顾自己收拾衣服，猛回头见平山愣愣呵呵坐在那里，一会儿搓手，一会儿摇头，一会儿拿起巾帕来拭泪。蒋平知他为哪葫芦子药，也不理他。

原来李平山在那里得命思财，怕人生痛，又是害怕，又是可惜，又是后悔,又是伤心。害怕者,方才那个样儿见金公,他要翻起脸来,吾将何言启对?不定闹出什么事来,幸而还好,他竟会善为我辞焉。可惜者,难得这样好机会,而且睹面见了,应许带吾上任;吾这一去,焉知发多少财?不定弄到什么田地,至没能耐,也可以捐个从九品,末八流。后悔者,姨奶奶打发人来,吾不该就去,何妨写个字儿回复她,伺我到了那边船上,慢慢的觑便,再会佳期,即不然就应他明日晚上也好。吾到底到了她那边船上,有何不可的呢?偏偏的一时性急,按纳不住,如今闹的这个样儿,可怎么好呢?伤心者,细想巧娘的模样儿,恩情儿,只落得溺于水中,果于鱼腹,生生儿一朵鲜花,被吾糟蹋了,岂不令人伤心!想到此,不由得又落下泪来。

《三侠五义》通过这些富有情趣的市井生活来塑造人物,使小说富有生活气息,真实可信。

真正的市井人物范宗华,是书中成功的人物形象之一。通过他独有的幽默对话和可笑举动,表现了这个善良人物的美好心灵:

不多时,地方来到马前跪倒。老爷闪目观瞧,见此人年有三旬上下,手提一根竹竿,口称:"小人地方范宗华,与钦差大人叩头。"包公问道:"此处是何地名?"范宗华道:"不是河,名叫草州桥。虽然有个平桥,却没有桥,也无有草,不知当初是怎么起的这个名儿?连小人也闹得纳闷儿。"两旁吆喝:"少说,少说。"老爷又问道:"可有公馆没有?"范宗华道:"此处虽是通衢大道,却不是镇店码头,也不过是荒凉幽僻的所在,如何能有公馆呢?再者也不是站头……"包兴在马上着急道:"没公馆,你就说没公馆就完了,何必这许多的话?"老爷在马上,用鞭指着问道:"前面高大的房子是何所在?"范宗华回道:"那是天齐庙。虽然是天齐庙,里面是菩萨殿老爷殿娘娘殿俱有,旁边跨所还有土地祠。就只老道看守,因没有什么香火,也不能多养活人。"包兴道:"你太唠叨了!谁问你这些?"老爷吩咐:"打道天齐庙。"两旁答应。老爷将马一带,竟奔天齐庙。……

没有他对本地的熟悉,没有他到处扛着"放告"的高脚牌,怎么会有李妃的申冤呢?小说中写他恪职尽责,颇为真切:

范宗华连连答应,跟包兴来至西廊,朝上跪倒。包公问道:"此处四面可有人家没有?"范宗华禀道:"南通大道,东有榆树林,西有黄土岗,北边是破窑,共有不足二十家人家。"老爷便着地方扛了高脚牌,上面写"放告"二字,叫他知会各家,如有冤枉前来天齐庙申诉。范宗华应"是",即扛了高脚牌,奔至榆树林。见了张家,便问:"张大哥,你打官司不打?"见了李家，便问："李老二，你冤枉不冤枉？"招的众人无不大骂："你是地方，总盼人家打官司，你好讹钱！我们过的好好清静的日子，你找上门来叫打官司。没有什么说的，要打官（观）音寺儿，就合你打。什么东西！趁早儿滚开，真他妈的丧气！你怎么配当地方呢？你给我走罢！"范宗华无奈，又到黄土岗，也是如此，被人痛骂回来了。他却不怕骂，不辞辛苦，来到破窑地方，又嚷道："今有包大人在天齐庙宿坛放告，有冤枉的没有？只管前去申冤。"一言未了，只听有人应道："我有冤枉，领我前去。"范宗华一看，说道："哎哟，我的妈呀！你老人家有什么事情，也要打官司呢？"

谁知此位婆婆，范宗华他却认得，可不知底里，只知是秦总管的亲戚，别的不知。这是什么缘故呢？只因当初余忠替了娘娘殉难，秦凤将娘娘顶了余忠之名抬出官来，派亲信之人送到家中，吩咐与秦母一样侍奉。谁知娘娘终日思想储君，哭的二目失明。那时范宗华之父名唤范胜，当时众人俱叫他"剩饭"，正在秦府打杂，为人忠厚老实好善。娘娘因他爱行好事，时常周济赏赐他，故此范胜受恩极多。

《三侠五义》中，亦有精彩的景物描写，工整对仗，形象生动。如对京师景色则写道：

即如京师，玉蛛金鳌，真是天造地设的美景。四时春夏秋冬，各有佳景，岂是三言两语说得尽的呢！比如春日绿波初泛，碧柳依依，白鹭群飞，黄鹂对对；夏日则荷花馥郁，莲叶亭亭；秋日则鹭影翩翩，蝉声唧唧；冬日则池水结冰，再遇着瑞雪缤纷，真个是银妆世界一般。况且楼台阁殿，亭榭桥梁，无一不佳。然而每日走着，时常看着，皆以为常，也就不理会了。

《三侠五义》作为通俗文学，在文字叙述上，重复、套用是常见的现象；在遣词造句上，也不那么讲究，但它却具有幽默诙谐、生动逼真、口语化的特点，使《三侠五义》的语言有极大的魅力。

语言诙谐幽默，使用了大量的谚语、歇后语。如第三回写包公与展昭相遇，包公请展昭吃饭，要了一角酒，三碟菜，最后还是展昭"会了钱钞"，这时写道：

"包兴暗道：'我们三爷嘴上抹石灰。'"意思是白吃，这是一句歇后语。大概包公白吃的机会不多，因此这次白吃格外令包兴兴奋。类似这种语言，书中俯拾即是。

语言俚俗，口吻毕肖，几如口语。如第六回包公与太监同去玉辰宫驱妖的一段描写：

不多时，只见杨忠张牙欠嘴，仿佛睡醒的一般，瞧见包公仍在那边端坐，不由悄悄地道："老黑，你没见什么动静，咱家怎生回复圣旨？"包公道："鬼已审明，只是你贪睡不醒，叫我在此呆等。"杨忠闻听，诧异道："什么鬼？"包公道："女鬼。"杨忠道："女鬼是谁？"包公道："名叫寇珠。"杨忠闻听，只吓得惊异不止，暗自思道："寇珠之事算来将近二十年之久，他竟如何知道？"连忙赔笑道："寇珠她为什么事在此作祟呢？"包公道："你是奉旨同我进宫除邪，谁知你贪睡。我已将鬼审明，只好明日见了圣上，我奏我的，你说你的便了。"杨忠闻听，不由着急道："哎呀！包，包先生，包老爷，我的亲亲的包，包大哥，你这不把我毁透了吗？可是你说的，圣上命我同你进宫，归齐我不知道，睡着了，这是什么差使眼儿呢？怎的了，可见你老人家就不疼人了！过后就真没有用我们的地方了？瞧你老爷们的这个劲儿，立刻给我个眼里插棒槌，也要我们搁得住呀！好包先生，你告诉我，我明日送你个小巴狗儿，这么短的小嘴儿。"包公见他央求可怜，方告诉他道："明日见了圣上，就说'审明了女鬼，系金华宫承御寇珠含冤负屈来求超度她的冤魂。臣等业已相许，她以后再不作祟'。"杨忠听毕，记在心头，并谢了包公，如敬神的一般。他也不敢言语亵渎了。

　　书中确有油滑、庸俗的语言表现，但大量的是在看似油滑、实则辛辣的语言中，起到讽刺、挖苦人物的作用。如对冯君衡的一段描写，就充分表现了作者运用语言的高度技巧，把一个胸无点墨、故作风雅、苟蝇偷生、心术不正的纨绔子弟的愚昧可笑表现了出来：

　　到了次日，吃毕早饭，依然犹疑了半天，后来发了一个狠儿，便上幽斋而来。见了颜生，彼此坐了，冯君衡便问道："请问你老高寿？"颜生道："念有二岁。"冯君衡听了不明白，便"念"呀"念"的尽着念。颜生便在桌上写出来。冯君衡见了，道："哦，敢则是单写的二十呀！若是这么说，我敢则念了。"颜生道："冯兄尊齿二十了么？"冯君衡道："我的牙却是二十八个，连糟牙。我的岁数却是二十。"颜生笑道："尊齿便是岁数。"冯君衡便知是自己答应错了，便道："颜大哥，我是个粗人，你和我别总闹文。"颜生又问道："冯兄在家作何功课？"冯君衡却明白"功课"二字，便道："我家也有个先生，可不是瞎子，也是睁眼儿先生。他教给我作什么诗，五个字一句，说四句是一首，还有什么韵不韵的。我哪里弄得上来呢？后来作惯了，觉得顺溜了，就只能作半截儿，任凭怎么使劲儿，再也作不下去了。有一遭儿，先生出了个'鹅群'叫我作，我如何作得下去呢？好容易作了半截儿。"颜生道："可还记得么？"冯君衡道："记得很呢！我好容易作的，焉有不记得呢。我记是：'远看一群鹅，见人就下河。'"颜生道："底下呢?"冯君衡道："说过就作半截儿，如何能够满作了呢?"颜生道："待我与你续上半截，如何?"冯君衡道："那敢则好。"颜生道："白毛分绿水，红掌荡清波"。冯君衡道："似乎是好，念着怪有个听头儿的。还有一遭，因我们书房院子里有棵枇杷，先生以此为题。我作的是：'有棵枇杷树，两个大槎枒。'"颜生道："我也与你续上罢：'未结黄金果，先开白玉花。'"

九 《续侠义传》《小五义》与《续小五义》——《三侠五义》的续书

《三侠五义》的出现，引起社会上的巨大轰动。于是，续书之作蜂起，格外令人瞩目。因其内容与《三侠五义》紧密相连，或续写三侠（七侠）五义本人的曲折经历，或续写他们的后代建功立业的事迹，都是人们极为关心和愿意知道的。现介绍三种续书：《续侠义传》《小五义》与《续小五义》。

《续侠义传》

《续侠义传》十六回，为《三侠五义》续书之一，因版本稀有，少为人知，故公私小说书目均少著录。原书未署作者姓名及刊刻年代、堂号，亦无序跋。1991年人民文学出版社据赵景深藏本排印出版。

《续侠义传》的故事情节紧接《侠义传》（即《三侠五义》），是唯一描写三侠五义故事的续书，与叙述三侠五义后人的《小五义》《续小五义》完全不同。

该书叙锦毛鼠白玉堂夜探冲霄楼，盗取盟书，杀了张华、徐备，误坠铜网遭擒，押进内花园地牢。襄王有招降之意，"解衣推食"，企图打动白玉堂。

襄王元妃兄女名元翠绡，"聪明美丽""通今博古"，十岁时被女道士唐时剑客聂隐娘带进深山，"日日传她轻身剑术"，三年回家时已成"绝技"，"一枝百炼匕首，形如柳叶，长约五寸"，"中人立死"。十六岁时，父母双亡，元妃致书，让翠绡来襄阳探亲，翠绡于是与老仆元全、丫鬟飞奴一起到襄。元全被襄王派来看守白玉堂。他见玉堂是个英雄，又是个朝廷命官，苦无能力救助。后元妃苦谏襄王不成，郁郁病死。襄王逼翠绡为姿，于是翠绡从冲霄楼盗出盟书，给元全闷香，薰住守卫，救出白玉堂，并把盟书让元全交白，以便使他交差，自己欲归籍守业。后被巡按颜查散夫妇迎入衙中暂居。

包拯将盟书证据禀明天子，仁宗命颜查散节制京西路各州郡人马，将襄王拿解进京。庞太师探得讯息，密告襄王，襄王决定先行下手，命西梁山尤冲攻打宜城，又自带千余人去围攻巡按府。白玉堂等众侠士传齐三百余人，反去打王府。元小姐火烧王府和冲霄楼，回过头来又夹攻襄王人马，翠绡飞剑首取郑天雄，襄王退兵大安。第二日，襄王靠百丈山吕武攻城，城外要隘均被襄王党羽驻扎，围了襄阳。尤冲也破了宜城。这时朝廷峡州、随州、中庐、南漳、邓城五路援兵已到，白玉堂、南北侠于是夜探城外敌营，烧了火器、草料，南漳、峡州兵马冲来，解了城围。

退走的襄王兵袭占了南漳、郧州、潜江三地，并四出扰掠，民不堪苦。巡按颜查散查点陆军二万，都已操练精熟，器具齐全，准备出征。双侠、蒋平将三千水军、数百战舰，亦练得整齐灵变，择了正月下旬吉日，祭旗出征，杀奔襄河而来。

襄王将宜城升作承天府，自立"襄国大王"，大封诸将，魏明公授为襄国丞相、开国公。颜巡按水陆两路进攻，几经大战，攻占南北两岸。此战中，内探小诸葛沈仲元被军师魏明公识破被杀，黑妖狐智化、小侠艾虎等亦被监禁，钟雄反出襄王，投奔了巡按。

官军攻下南漳，擒获了杨麒、杨麟，以二杨等三人交换回智化、艾虎等。此后，官军靠翠绡飞剑杀了尤冲之妻娇莺、娇燕，平了襄王外援西梁山；官军又恢复了荆门，宜州、郧州、潜江，屡传捷报。面对逆势，尤冲请来其师头陀，襄王礼拜为"国师"，出战官军。第一仗连败钟雄、智化、任传桂、沙龙诸将，第二仗使展昭、欧阳春、柳青、白玉堂等也未得胜，头陀连伤七将。后请翠绡参与剿贼，飞剑直取尤冲、头陀性命，官军乘胜赚取府城，引兵直下襄王所逃地江陵，水陆两军四万人马，"将江陵团团围住，水泄不通"。大将吕武保襄王出逃，被白玉堂活捉。江陵克复，各地反叛亦渐平息，巧扮道士的军师魏明公，亦被南侠展昭在平江城捕获。

颜查散捷奏到京，天子大悦，降旨三侠五义、元翠绡来京候旨。对襄王故妃元氏格外开恩，不削妃封，将襄王邸第改为忠愍王妃祠，春秋致祭；展昭、白玉堂拜镇国将军、御前都指挥使，卢方、欧阳春授了武卫将军，韩彰、徐庆授为屯卫将军，丁兆兰、丁兆惠授为骁卫将军，蒋平以冠军将军充京营水军都统制。叛逆各贼：襄王令其自尽，魏明公凌迟，太师庞吉、内监鲍仕、宋性三人处斩，"襄阳一场虎斗龙争的大案结束"。

翠绡朝见后，又受太后、皇后赏赐，面试诗才，钦赐婚白玉堂，加奉忠孝郑国夫人。白玉堂完婚后，与四义请假，回籍修墓，翠绡到金华祭祖，经回陷空岛，住了十年，生二子白璟、白琦。又六年，翠绡偕玉堂去钟山扫墓，入山不归，修道成仙，不知所终。四义亦隐居陷空岛，卢方长寿至一百五十岁，无疾而终。其他人如智化、艾虎郁郁不得志，均早亡；展昭做了副经略使，欧阳春遁入空门，丁兆兰养亲，丁兆蕙官至左卫将军，"七侠""五义"各有归宿。

《三侠五义》原书，在侠义人物中，是把展昭当做重点描写对象的。书中明显地赞颂展昭的侠义性格和用世抱负，流露出对高官厚禄、光宗耀祖的赞美和艳羡之情。而这部续书却不同，作者以白玉堂为主角，把一个孤傲不驯、目空一切的白玉堂做了较大的改变，将他写成一个历经磨难后颇知深浅，冷静、有见地的卓越性格。这种性格的变化，特别是安排五义功成身退、归隐江湖的义举，尤其是白玉堂夫妇入山修道的行为，充分体现了五义的侠骨、性格和人生追求，表现了清末部分不满黑暗政治、虽想建功立业但又找不到出路的知识分子的人生理想。在这一点上，《续侠义传》是胜过《三侠五义》的。

全书艺术上结构严谨，脉络分明，情节跌宕有致。作者注意人物形象的刻画，如主人公白玉堂身陷图圄时无可奈何、百无聊赖的精神状态，以及当他接到元翠绡盗来的襄王盟书后，一改其孤傲不驯、目空一切的性格，思想上受到极大的震动，小说写道：

我在忠烈祠题诗，开封府盗宝，自以为英雄无二，自遇北侠始知天下尚有能人。岂料闺中一女子，更有此神出鬼没的手段，又如此深隐不露！（第四回）

通过这种心理描写，表明人物思想的转变，形成了性格的独特变化。小说对反面人物军师魏明公的描写也极为成功。作者并未将他漫画化或故意丑化，而是写出他奸诈成性、诡计多端的性格，从而加以谴责和鞭挞，故给人留下深刻印象。小说的语言平易，通俗流畅，绝少平话语气，可见是文人的创作。

原书正文之前，有《评赞》二十五则，所评人物不限续书，正书亦在其内。评赞显系模仿金圣叹笔法，但臧否人物，探微阐幽，颇有见地。如言本书白玉堂的地位与价值说：

> 三侠以展昭为主，五义以白玉堂为主……就前半而论，则展以德胜，白以才胜，似乎展优于白；及地牢出险之后，玉堂如良骥追风，一日千里。结尾处展出白隐，则仙凡顿别，玉堂其犹龙乎！细玩全书脉络，又明明以玉堂为主，而展昭亦主中之宾。其进德之猛，避世之超，识力迥出诸人之上，在上上人物中，是谓无上上品。

赞者对白玉堂的评论是极其恰当、高明的，表明了作者独特的见解和眼光，而思想上又在一定程度地越出了儒家的道德规范和世俗的识见，极其难得。

《小五义》

《小五义》，又名《忠烈小五义传》，一名《续忠烈侠义传》，一百廿四回。此书作者，其序自称系石玉昆原稿。此说并不可靠，一般推测，抑或草创于石氏，后由其门人弟子润色加工而成，遂冒以旧稿之名。鲁迅说："疑草创或出一人，润色则由众手。"（《中国小说史略》）

《小五义》的写作年代，第八十五回回首说："光绪四年（1878年）二月间，正在王府说《小五义》，有人专要听听孝顺歌，余下只可信口开河，自纂一段，添在《小五义》内。"这似乎是作者的自白，表明《小五义》的故事在光绪四年仍是口头文学，若干年后才写出来，而讲这个故事和写这部书的人都不可能是石玉昆。此人在王府说书的事，《小五义》七十六回回首还提到过一次。

《三侠五义》卷末预告了《小五义》等续书的情节纲目，如"小侠到陷空岛、茉花村、柳家庄三处报信，柳家五虎奔襄阳，艾虎过山收服三寇，柳龙赶路结拜双雄，卢珍单刀独闯阵，丁蛟丁凤双探山，小兄弟襄阳大聚会，设计救群雄；直到众虎豪杰脱难，大家共议破襄阳，设圈套捉拿奸王，施妙计扫除众寇。押解奸王，夜赶开封府，肃清襄阳郡，又叙铡斩襄阳王"等，在《小五义》中或不见，或变了样。可见预告与创作、幻想与真实是两回事，也由此说明了此时《小五义》并未成书。

《小五义》从颜查散奉旨上任开始，写众侠客为朝廷除害，竞相去探襄阳王所布铜网阵的故事。这时，白玉堂因探铜网阵已死，老一辈义侠大都衰老，下一辈中卢方之子卢珍、韩彰义子韩天锦、徐庆之子徐良、白玉堂侄子白芸生、欧阳春义子艾虎，合称"小五义"。他们在投奔颜查散途中，一路铲除地方豪强，扶弱济贫，最后集中武昌，同老一辈侠义一起，准备共破铜网阵。

《小五义》保持了《三侠五义》的优点，如情节曲折惊险，头绪众多纷纭，但线索清晰，主次分明；悬念迭起，生动感人。蒋平、艾虎、徐良等人形象亦颇生动。但其文字不如《三侠五义》，艺术水平不高。

小说第四十二回之前，主要叙颜查散巡按襄阳府，白玉堂夜探冲霄楼落入铜网阵而亡，以及北侠欧阳春、黑妖狐智化诈降君山寨，义降飞叉太保钟雄的故事。这部分内容与《三侠五义》重复，但写得详尽。

第一回补叙襄阳赵珏（皇叔）谋反情由，乃是因宋太祖兄弟三人：赵匡胤、赵光义、赵光美，兄弟承业，宋太祖将帝位传给其弟赵光义，此为宋太宗，宋太宗逼死其弟赵光美，传位给自己的儿子。襄阳王赵珏乃光美之子，为此不满，"抱恨前仇"，故有谋反之事。后叙赵珏在襄阳的所作所为：

招聚四方勇士，宠幸镇八方王官雷英，设摆铜网阵，招聚山林盗寇，海岛水贼。暗约君山飞叉太保钟雄，挡住洞庭湖水路八百里。黑狼山金面神栾肖，黑煞帅葛明，花面太岁葛亮等，挡住旱路。水路有洪泽湖高家堰，镇湖蛟吴泽。水旱路塞断太宗的气脉，南北不能通商，东西不能畅行。并有王府招来群寇：金鞭将盛子川，三手将曹得玉，赛玄坛崔平，小灵官张保、李虎、夏侯雄，金枪将王善，银枪将王保。并有邓家堡群寇：青脸虎李集，双枪将祖茂，铜背猿猴姚锁，赛白猿杜亮，飞天夜叉柴温，插翅彪王录，一支花苗天禄，柳叶杨春，春火将军韩奇，神偷皇甫轩，出洞虎王晏桂，小魔王郭进，钻云燕申虎，过度流星灵光，小瘟蝗徐畅，赛方朔方雕，圣手秀士冯渊，小诸葛沈仲元，神手大圣邓车，辅佐王爷，共成大事。

钦派按院颜查散为钦差，代天巡狩察办荆襄九郡，文有主簿公孙策，武有四品右护卫白玉堂。此时黑妖狐智化带徒弟艾虎亦到襄阳。艾虎住进襄阳太守金辉衙内，保护金大人；智化夜探王府，知晓冲霄楼三层上面有王爷大众的盟单，楼下设铜网阵。他在楼外巧遇锦毛鼠白玉堂，二人正奔冲霄楼，被人发现，被迫出府。

第二天夜交三鼓，马棚失火，巡按印信被神手大圣邓车盗去，但抓住了另一窃贼钻云燕申虎。据申虎言，所盗官印，放在冲霄楼内三天，以作鱼饵，抓获前去探楼之人；第四天便抛入君山后身，逆水寒潭内。此处水势凶猛，鹅毛沉底，就是神仙也捞不上来。第三日夜，白玉堂去冲霄楼追印，杀了过度流星灵光、小瘟蝗徐畅二人，误中三环套索，坠落盆底坑内十八扇铜网罩中，乱弩攒身而死。

蒋平至襄阳，展昭、卢方、韩彰、徐庆亦被皇上派来襄阳帮颜大人办事。知五弟阵亡，只得打听寒潭所在。正东蟠龙岭五棵大松树下，有新起的白玉堂坟头，往北即寒水潭。卢方在五松岭本欲自尽，却救了被喽兵玷辱的路彬之妻、鲁英之姊，成了两人的大恩人，从他们口中始知王府之人将印系上红绸从鹅头峰抛下，故使蒋平第三次下潭从石缝中将印捞出。一计不成，襄阳王又派邓车前来行刺，小诸葛沈仲元巡风。沈仲元身在曹营心在汉，名为巡风，实为告密，让韩彰、徐庆拿住邓车。沈仲元欲投大人，弃暗投明，但韩、徐并无推荐之意，气走了沈仲元。徐庆逼展昭与他同祭白玉堂，不幸坠落坟前坑内被捉。在路彬、鲁英引导下，蒋平潜入水寨救出徐庆；北侠欧阳春等人绕着水沟，奔白玉堂新坟而去，将坟刨开，请出藏白玉堂骨灰的古磁坛而去。

为救展昭，收复君山，北侠欧阳春、黑妖狐智化诈降君山寨。要说君山的景色，十分动人：

智爷二人由跳板上船，跳板拉在船上，开了船。二人舱中一看，外面水天一色，这就看见了君山。只见山上树木森森，满山的花朵，并且山上还有庙宇，远远传来钟声。好一座名山胜境！怎见得，有赞为证：有二人，用目观。瞧山景，真好看。还有一个古庙，却在上边。山水为画，画里深山。未免得引动了二位英雄往四下观。山连水，水连山；山水出，瀑布泉，水影之中照出了一座君山。水秀丽，把山缠；水与山连，山与水连。山中寺，寺依山；山在寺前，寺在山弯，山寺的钟声到耳边。高僧隐，在山洞边。寺内的僧人望景观山，又在水畔，又在山寺前。山花开放，花儿满山。山里花香，花映山岭。花发山岭，山岭花鲜。山花清妙，花长深山。山花叠放，花又似山。花倚山峰，山峰花遍。赏花人，登山看。山中沽酒，沽酒在山。松在山上，山上松连。松和翠韵，流水高山。山儿叠，松林伛。松如云水，山寺之间。花上松枝，重上高山。山松花寺，共与水连。好一个清幽景物天然妙，真能够令人观瞧的十分爽然。

欧阳春、智化诈降受到飞叉太保钟雄礼遇，三人结成金兰之好，拜为兄弟；接着劝"降"了南侠，召来了沙龙、丁兆蕙、柳青、龙滔、姚猛等好汉入伙，作为帮手，趁十一月初为钟雄拜寿之际，将其灌醉，用薰香薰倒，劫至晨起旺，钟雄义降大宋，君山反正。

第四十二回以后叙蒋平从钟雄处得知，设铜网阵的是雷英义父彭启，现住雷英处。而蒋平又救过雷英之父雷振之命，故离晨起望，直进襄阳城，找到真珠八宝巷雷振家，夜盗彭启，由智化、钟雄合谋，假设阴曹地府，伪装阎罗恐吓彭启，逼其供出铜网阵图。

颜巡按在武昌府突遭劫持，盗贼并留诗曰："审问刺客未能明，中间改路保朝廷；原有素仇相践踏，盗去大人为谁情。"取诗每句第一字，连成一句，显系"沈仲元盗"。原来潜伏襄阳王府之内的小诸葛沈仲元，因前番来投未得知遇，遂盗按院大人以为报复，同时也作自荐之阶。艾虎闻信自己去找沈仲元救颜大人，于是奔娃娃谷找沈师母甘婆，结果误投岳州府，得识马龙、张豹，结成兄弟；在华容县南，艾虎、张豹大闹崔龙家花园，得遇表兄胡小纪。艾虎、胡小纪、乔宾三人行经乌龙岗，在飞毛腿高解黑店遇徐良，二人大闹黑店，徐良镖伤高解，夺得大环宝刀。徐良乃徐庆之子，人称山西雁，又号多臂熊。"多臂熊"是说他的暗器功夫，会打镖、打袖箭、打飞蝗石、打花装弩，会打会接，百发百中，百无一失；"山西雁"是比的当初列国时跟随晋公子重耳的文臣武将。二人追高解未着，艾虎仍上娃娃谷，与徐良相约黄花镇聚会，再一同去武昌。

卢方寄信陷空岛，其子卢珍约茉花村双侠丁兆兰共赴襄阳。路遇韩彰义子霹雳鬼韩天锦落难，因无盘费，受店家侮辱。后三人同行至百花岭，韩天锦空拳打虎，巧结展昭之侄、展耀之子展国栋，卢珍与展昭侄女、展辉之女订亲。行至黄花镇，卢珍、韩天锦与徐良、艾虎及白玉堂侄子玉面小专诸白芸生不期而遇，遂结拜成兄弟，此为"小五义"。丁兆兰说："你们五人正当结义为友，上辈是陷空岛的五义，你们若拜了盟兄弟，可称为是'小五义'。"排行是：白芸生、韩天锦、徐良、卢珍、艾虎。

五人分赴武昌。徐良、艾虎在耿家屯杀了盗贼马二混子；在知府牢内救出马龙、张豹。在九天庙又活捉凶僧自然和尚，救了微服私访的石门县知县邓九如。徐良、艾虎桃花沟遇胡小纪、乔宾，四人买路上行人酒喝中计，被押至桃花寨主病判官周瑞寨内。幸赖徐良清醒，用弩箭伤了周瑞，赶走贼众，火烧贼窝，才脱此难。至兴隆老店，黑店主崔龙、崔豹乃是艾虎冤仇，他们夜走地道，从各屋桌下的铁锅中进屋杀人。不料，杀小义士未成，同伙倒死了二人。二崔接战，不是对手，落荒而逃，奔至云霞观，被梁道兴藏起。艾、胡、乔三人在庙内被梁用药茶麻翻，徐良急中生智，用花弩射中妖道咽喉毙命，救活三人，崔龙、崔豹逃命。

来到武昌境内，遇白福，得悉白芸生在鱼鳞镇顺兴店散逛时走失。艾虎在酒馆听说白芸生被囚云翠庵尼姑庙，尼姑妙修是个淫乱女贼。艾虎被倒骑毛驴的神行无影谷云飞引至云翠庵。原来芸生得知高守备之子高保勾结妙修，骗焦玉姐到尼庵以便逞强，故赶至尼庵，欲救玉姐，却坠落深坑被擒。玉姐兄焦文俊系谷云飞之徒，进庵杀了高保，救回了玉姐。徐良、艾虎来庵救了芸生，妙修被谷云飞用闭血法点倒，被石头砸死。众小英雄于是共奔武昌府。

北侠欧阳春、南侠展昭、双侠丁兆蕙为寻按院，在杨家店打败金箍头陀邓熊飞，重整了佛寺。这日行至夹峰山，得知施俊、金牡丹、佳蕙被山大王抢去。三侠带书童锦笺上山，在山口云清观遇沈仲元的师兄、徐良的师父云中鹤魏真。四人一起上山，施俊等果真被玉面猫熊威、赛地鼠韩良、过云雕朋玉劫上山来。因施俊之父施昌曾救过熊威的命，故此不仅未杀施俊，且待如上宾。卢方、徐庆、智化等追寻沈仲元，豹花岭的开山豹冯天相、花面狼侯俊杰为沈仲元报仇，智骗三侠客上当，幸得胡烈救出，将二贼擒获交官，其余众喽兵遣派至君山效力。这日来到夹峰山，闻施俊蒙难，亦来相救，众人遂得相会。众人从韩良口中探知沈仲元携颜按院及师母甘婆、师妹兰娘投奔长沙府朱文、朱德兄弟。众人烧了山寨，熊威率队亦投君山，韩良护送施俊，路遇艾虎，转由艾虎护送，其余人赴武昌府。

蒋平、柳青往娃娃谷寻甘婆、兰娘母女，途中避雨，收鲁士杰为徒，并拿住私通襄阳王的范天保之妻喜鸾，吓走闪电手范天保。蒋平搭船上武昌，在黑水湖遇水贼，柳青被大寨主吴源所擒，多亏二寨主分水兽邓彪相救，假做了寨主。蒋平探明按院下落，正欲营救柳青，适逢卢方、徐庆等人赶到，齐上蟠蛇岭；蒋平在水下击毙大寨主吴源，遂破黑水湖。

沈仲元在颜查散面前巧言申辩，从而得到宽恕，即送颜大人回武昌府。众义士自黑山湖相迎，蒋平水灌沈仲元以为报复。南侠、北侠、双侠、智化等直奔长沙府。在郭家营，魏真镖杀受聘襄阳王的双锤将郭宗德，烧了合欢楼，救了温员外的小姐暖玉。最后各路侠义同归按院，自武昌往襄阳。铁臂熊沙龙背来阵图，众人参悟，分工破阵。魏真剑剁网弦，卢方、北侠、徐庆、南侠自东西两侧攻入，尽杀守阵残兵，不料被王官、雷英点燃茶薪，众豪杰被困，智化、沈仲元秘盗王府盟单落空；蒋平、柳青薰襄阳王中傀儡计，误登翻板坠落被囚。

以上是《小五义》的情节梗概。《小五义》情节曲折感人，悬念迭起，有强烈的故事性，正符合我国人民在长期的文化生活中所形成的欣赏习惯和审美情趣，这是《小五义》赢得读者喜爱的原因之一。

鲁迅在《中国小说史略》里说《三侠五义》《小五义》"写草野豪杰，

辄奕奕有神，间或衬以世态，杂以诙谐，亦令莽夫分外生色"。其中小五义的形象就比较突出，如白芸生至诚孝心，性情刚直；韩天锦天生鲁朴，热胆血性；徐良性情豪爽，胆大心细；卢珍翩翩公子，颇具心计；艾虎逞强莽撞，侠胆义肠等。

其中艾虎的形象写得比较突出。如写他侠胆义肠、莽撞逞能又缺乏算计时，小说在第六十七回写他一听说拜兄马龙被人陷害入狱时，肺都气炸了，把脚一跺，咬着牙说："好赃官，我不杀你，誓不为人！"如果说这还是一种态度，下面的话就可见其缺少计谋了："全凭我一身能耐，进了监中，开了狱门，有一得一，是凡打官司的全放将出来，给他个净牢大赦！然后我奔知府衙，把赃官满门家眷，杀他个干干净净，方消我心头之恨！"这种不瞻前、不顾后的德行，立即遭到丁大官人的批评："事缓而别图，你这孩子老是一冲的性儿。"（均见第六十七回）

遭人物议，却不服气，于是乱来，独自去监牢救人，结果遇大锁锁着栅子门，无法撬开，艾虎极可笑地跑到狱神庙许愿求神，后来还是靠徐良的大环刀才砍断锁头、铁链。故徐良后来不无讽刺地说："我打算你有多大本事，原来就是求狱神爷的能耐。"告诫他说："从此往后行事，总要思寻思寻，胆要大，心要小；行要方，智要圆。"可谓一语中的，切中艾虎的性格要害。当然通过徐良与艾虎的对比描写，更能显示出各自不同的性格特征。

作者还善于运用夸张、浪漫、烘托、渲染等手法描绘人物。这也是平话体小说的普遍特点。如第四回说蒋平见卧虎沟铁臂熊沙龙的两个女儿凤仙儿、秋葵，一俊一丑，手法夸张、渲染、鲜明、生动：

沙员外，叫女儿，快过来，行个礼儿。蒋爷瞧，一咧嘴儿。大姑娘，叫凤仙姐儿，似天仙，生得美儿。二姑娘，叫秋葵儿。蒋爷一瞧，差点没吓掉了魂儿。虽是个女子，气死个男人儿。高九尺，有神威儿。头上发，像金丝儿。罩着块，青绢子儿。并未带，什么花朵儿。漆黑的脸，赛过乌金纸儿。扫帚眉，入鬓根儿。大环眼，更有神儿。高鼻梁，大鼻翅儿。生一张，火盆嘴儿。大板牙，乌牙根儿。耳朵上，虎头坠儿。顶宽的肩膀，顶壮的胳膊根儿。穿一件男子的衣儿，叫箭袖，青缎地儿，不长不短正合身，不瘦又不肥儿。皮挺带系腰内儿，宽了下，够四指儿。夹衬袄，黑色灰儿；绿绸裤，花裤腿儿。蓝带子，扎了个紧儿。小金莲，真有趣儿。横三下，够三寸儿。大红鞋，没花朵儿。扁哈哈，像鲇鱼儿。扑叉扑叉，登山越岭如平地儿。常入山，去打围儿。拿猛兽，如玩艺儿。走向前，施了个礼儿。一个揖作半截，往旁边,一闪身儿。蒋爷一见,把舌头一伸,缩不回儿。

小说中的赞词是韵语,可说可唱,带着说书时的说唱特点,语言工整,文字对仗,大都是"儿"化音,富有口语的特色。这实际上也是一段人物肖像描写。这种描写在《小五义》中尤其突出。如第十六回写展昭与徐庆不同的相貌就非常精彩,活灵活现,令人思之不忘:

见众喽兵押解二人,相貌堂堂:一个是宝蓝缎武生公子巾,宝蓝缎箭袖袍,鹅黄丝鸾带,月白色衬衫,青缎压云根,薄底鹰脑窄腰快靴,七尺身躯,面如美玉,顶额阔,两道剑眉,一双长目,面形丰隆,双腮带傲,方海口,大耳垂轮。一个是青缎六瓣壮帽,青箭袖丝鸾带,薄底靴,黑挖挖的脸面,两道浓眉,一双金睛暴露,狮子鼻,翻卷四字口,见棱见角。一部胡须,一寸多长,扎扎蓬蓬糊刷一样。胸宽背厚,臂膀宽堆,垒威风,垒抱煞气。闻华一见,暗暗地夸奖,侠义的英雄名不虚传。

前者为展昭,后者为徐庆,虽然长相不同,同样都有英雄气概。

小说中不少回目正文之前,都另加一段"入话",保留了说书人的程式。这种程式,只在明清之际的拟话本小说中尚有痕迹,而在文人创作的长篇小说中却是不见的。尤其是有的连续几回回目都有"入话",那是明显缺少艺术加工所致,但也由此可见《小五义》保留的平话特色。

《续小五义》

《续小五义》,一名《忠烈续小五义传》《三续忠烈侠义传》,一百二十四回,不题撰人。其序称与《小五义》同,皆系石玉昆原稿,故作者有径署玉石昆者,恐非恰当。《续小五义》亦属石玉昆子弟及再传子弟所为,实际上已与石玉昆无关。

《续小五义》的故事情节是:

众英雄齐聚襄阳,欲破铜网阵,盗取襄阳王谋反的证据"盟书"。黑妖狐智化与小诸葛沈仲元,背着大众,夜闯襄阳王赵珏王府。不料在冲霄楼智化被一口月牙铡刀卡住,不得出来,性命危急。幸得其徒艾虎借来义父北侠欧阳春的七宝刀,砍断机关,救出智化,盗得盟单。其时,南侠展昭、翻江鼠蒋平、山西雁徐良等,破了铜网阵。智化、沈仲元二人奔回巡按院衙,前来回禀大人盗书结果,于是颜巡按立即知会同城文武官员,密旨拿贼,令总镇武魁火速派兵围困王府,以捉奸王。襄阳王在雷英等人的保护下,从地道逃脱,奔了宁夏国。

查办黄河钦差李天祥，为庞太师死党，收买邢如龙、邢如虎兄弟行刺包公，黑妖狐智化与神行无影谷云飞跟踪二人。当二邢在相府遭擒后，弃暗投明，改邪归正，在相府当了差。包公要保奏智化、谷云飞擒贼有功，说："多蒙二位壮士贵驾，助臂之力，事结之后，必保二位做官。"二人表示不受。包公下朝至书斋刚落座，即有人回复昨夜发生的鼓楼东边恒兴当铺七人被杀一案，结果被冯渊、卢珍破了此案，在进京复命的南侠展昭、云中鹤魏真等人的帮助下，将凶手贾善、草桥镇恶霸路凯，押解到京。

襄阳王谋反事变后，破铜网阵、盗盟书的有关人员均进京见驾，接受封赏。巡按颜查散"察办事件，办理甚善，赏给礼部尚书"；展昭加升一级，"赏给三品护卫将军"；卢方、徐庆准其辞官，韩彰"赏给四品护卫"，蒋平加一级，"水旱三品护卫将军"。群雄朝见天子，智化、北侠、双侠、魏真均不愿为官，北侠特旨在大相国寺出家，御赐法号"保宋和尚"，魏真赐金簪道冠，双侠赏"义侠银牌两面"。白芸生、卢珍、徐良、艾虎、韩天锦分别向天子献艺，天子又知"这五个人是盟兄弟，俱是将门之后"，天子亲封为"小五义"。

一日，大内更衣殿天子冠袍带履被盗，圣旨着开封府"验勘"。包拯带展昭、蒋平往勘，发现盗贼印记粉漏白菊花。经开封府校尉，原绿林人物邢如龙、邢如虎兄弟指证，白菊花乃其师兄晏飞，外号竹影儿，又叫白菊花。其家住徐州府辖内潞安山琵琶谷，山后有一湖，名曰飘沿湖。在谷内起造了一座庄户，做了庄主，并改名尉迟良。得知这个消息后，包公着派展昭、蒋平率众会同地方官军至徐州府投文，捉拿贼寇晏飞。

邢如龙、邢如虎衔命到琵琶谷行诈，探出晏飞盗物情由，系在南阳府团城子伏地君王东方亮酒席筵前，炫技逞能而为，并已将盗来的天子冠袍带履，献于东方亮，与鱼肠剑一起，放在"藏珍楼"内。后晏飞识破邢氏兄弟行藏，相斗之中，刺瞎邢如龙左目，削去邢如虎左手四指，但二邢被南侠展昭、圣手秀士冯渊救出。晏飞逃至柳家营，与庄主青苗神柳旺合谋，将蒋、展二人陷入翻板水牢，一夜后才顺飘沿湖逃出。官军火烧潞安山，兵困柳家营。晏、柳二人又逃到周家巷。开封府校尉赵虎巧装私扮到周家巷访贼，险些丧命，又被蒋平、展昭、冯渊救出。晏飞毒镖打伤总镇。邢氏二师兄神弹子活张仙郑天惠亦弃暗投明，当了官差。

展昭与郑天惠同去鹅峰堡晏飞师傅纪强处讨毒镖解药以救总镇。晏飞怨其师父给师弟解药，于是镖打师父之女纪赛花，逼死师父、师母，然后逃走。

逃跑途中，巧遇山西雁徐良。徐良跟其父穿山鼠徐庆荣归故里——山西祁县后，嫌家清静，提早回京，去相府前当差，不料路遇展昭追踪白菊花，于是用飞蝗石打伤白菊花，白入河逃命。

小侠徐良奔南阳府东方亮处缉访白菊花，顺便"请出"万岁爷冠袍带履，盗取"鱼肠剑"。他路经金凤岭准提寺时，镖打恶僧金箍头陀邓熊飞，救出被囚的官军，放出被抓民女翠姐。在先州府，耳闻目睹恶霸金毛吼马化龙骗取知府马匹和一顶珍珠凤冠的罪行，当夜探庄，结果误入深坑，被盗凤冠的银镖小太岁石仁所救，并带他到二友庄，与尚均义之女尚玉莲定了亲。徐良又路遇落难的艾虎盟兄施俊。施俊为施昌大人的公子，襄阳知府金辉的快婿，其妻金氏被太岁坊伏地太岁东方明抢去，施俊又被县衙以"咆哮公堂"罪递解出境。徐良杀死公差，救出了施俊，又与巧遇的智化夜探太岁坊，徐良扮成吊客，智化扮成神仙，镖打东方明，救出金氏。

为追查白菊花，徐良只身奔赴南阳府，独探藏珍楼，结果误入红翠园，被东方亮的妹子东方金仙、东方玉仙拿获，智化救出他。蒋平、展昭、智化及其他四义等英雄，为请得天子冠袍履带，捉拿钦犯白菊花及反叛东方亮，齐聚南阳府东方亮的团城子五里新街，在此"打下了公馆"。众英雄在美珍楼与白菊花晏飞狭路相逢，又被白菊花借凉水河逃遁。圣手秀士冯渊用薰香在五里屯将白菊花捉住，又被他的同党莲花仙子纪小泉、风流羽士张鼎臣救走。

众英雄二探藏珍楼，险遭机关，终不得入，又未盗得鱼肠剑、请得皇冠履带。后探知设计此楼之人乃信阳州刘志齐，冯渊去讨来楼图，智化、展昭率小五义等诸人，夜闯藏珍楼，巧破机关，得鱼肠剑与天子冠袍履带。鱼肠剑为徐良所得，送给了白芸生。

东方亮勾结襄阳王，协其谋反，广纳绿林豪强，结党串连，兴风作浪，为此在白沙滩设擂会武，趁机起事。本地知府臧能，系东方亮同党，给他们出告示，以示合法，并约请总监白雄，带兵弹压地面。但蒋平、展昭把开封府文书给白雄看了，让他在打擂之际，带兵拿住东方亮和其弟东方清、知府臧能，白始知真相。及日，群雄"到了白沙滩，就见那里的人，如山如海"。擂主赛展熊王兴祖被小侠徐良打下擂台，被韩天锦、于奢劈死，生擒东方亮，杀死东方清，其余党或遭擒，或被杀，或逃遁，一时土崩瓦解。

东方亮之妹东方玉仙为复兄仇，与莲花仙子纪小泉狼狈为奸，企图在进京路上的孤峰岭拦截囚车，救出东方亮，结果中计，真的囚犯"用的是一辆太平车，走小路入都"了。抢囚车不行，他们又进京劫法场，不料包公先在城内砍了东方亮，带到法场上去的只是东方亮的尸首，劫人又落空。于是二人夜闯丞相府，行刺包公，纪小泉盗走了相印。当他又要行刺包公夫人时，纪小泉负伤被擒，招供东方玉仙携印逃到朝天岭去了。

这朝天岭山路最险，前面是十里宽的水，通着马尾江，山口左右有两座岛，一座叫连云岛，一座叫银汉岛，当中有个中平寨。这中平寨前，在两个岛口当中，隔着一段竹门，竹门之前，水内有滚龙挡，上面有刀，有水轮子，无论水性多好的人，也过不了这滚龙挡。过了竹门，有个三孔桥，内有三张卷网。因朝天岭有山有水，蒋平特遣徐良请穿山鼠徐庆相助。徐良至家始知其父外出，寻父至陕西马尾江。过山路时打死一只猛虎，且自吹是"两个嘴巴，一个掌心雷打死的"，故此引起一场风波，在店中被三千户阎正芳之女英云盗去衣服、镖囊、大环刀，公然要求比武。徐良寻至阎家遇其父，并与英云较艺，成就了姻缘。

其时，襄阳王将在宁夏兴师谋反，派先锋乜云鹏、乜云雕约会起兵，封朝天岭寨主王纪先为"天下都招讨兵马大元帅"。王纪先于是先行招降朝天岭周围村寨，然后聚兵攻打潼关，三千户阎正芳不降，砍死旗牌官王信，由徐庆、徐良打头阵，率众乡民奋勇杀敌，朝天岭人马大败而逃。攻打朝天岭，水路由蒋平率小侠艾虎、巡江太岁李珍、闹海云龙胡小纪、细白蛇阮成等人先进入竹门，用宝刀削折滚龙挡；后暗探中平寨、临河寨，李珍、阮成遭擒。此时东方玉仙、东方金仙、金弓小二郎王玉三人携印逃到朝天岭，寨主王纪先欲纳玉仙为压寨夫人；南阳府太守臧能亦逃上山来，当了幕宾。当王纪先在大厅欲看相印、知府印时，蒋平指使人在寨栅门外草堆放火，蒋平趁机盗印，结果不是相印，而是知府印。

君山寨大寨主钟雄，奉旨防守潼关，率水军四百名，二十只飞虎舟，二十只麻阳战船，四十只兵船，杀奔马尾江而来。与朝天岭水军接战，先败后胜，白芸生用鱼肠剑刺杀了王纪先，包拯相印亦失而复得。小义士从后山进寨放火，活捉了臧能。在此前，东方玉仙不从王纪先，私自下山，杀死范家镇喽兵，借民房住宿，被郑素英、阎英云二侠女捉住，杀了祭苗天雨亡灵；王玉、东方金仙寻来为玉仙报仇，亦被素英、英云活捉。将此二人与其他俘虏一起解往京都，听旨发落，后均在潼关正法。

众英雄火焚朝天岭，喜庆大捷之时，忽报白菊花与姚家寨寨主姚武等率群贼攻占五鼠据点陷空岛，卢方引众抵抗，身负重伤，被前来接应的双侠丁兆兰、丁兆蕙送到茉花村养伤。展昭、蒋平与从京城赶来的北侠欧阳春、黑妖狐智化、云中鹤魏真以及沙员外、秋葵、凤仙、甘兰、甘奶奶等，一起前去破岛。在岛上绿荫别墅内，众英雄堵住群贼，双方血战，白菊花、晏赛花、姚文等均命丧黄泉，夺回了陷空岛。

此时，又接潼关急报，襄阳王亲率宁夏国五万兵马，侵犯潼关。宁夏国大将曹雷有万夫不当之勇。总镇盖一臣、钟雄派人去城上多设灰瓶炮子、滚木擂石。两军接战，官军"阵亡四员偏将，叫人家生擒了九员大将"。蒋平、展昭等率众赶到阵前，夜探敌方营内，火烧后营，救出被俘九将，破了路素贞的迷魂帕，并用它来生擒襄阳王。襄阳王押至开封府，气绝而亡，所有平叛有功人员皆得封赏，徐良、冯渊奉旨完婚。

《续小五义》的故事情节概如上述，其中几乎没有审案断狱内容，主要是叙侠客、义士的除奸锄暴行为。小说所谴责的对象，大都是反对朝廷的"叛逆"，或是豪强恶霸。如第四十四回写的金毛狐马化龙就是个官僚恶霸的典型：

老婆子说："他们都是官官相护。这个马武举，又有银钱，又有势力。"徐良问："这个马武举，他在哪里住家？"婆子说："就在这南边，地名叫马家林。先前他在东头住，皆因他行事不端，重利盘剥，强买强卖，大斗小秤，欺压良善，可巧前几年有二位做官的告老还乡，在那里住不了啦，搬到西头住了。东头如今改为二友庄，西头仍是马家林。"

"官官相护"道出了封建社会的普遍现象，各朝各代只是程度不同而已。而二友庄的二位老英雄石万魁、尚均义，是属于"清官"之列的了。从这些方面看，作品还是有认识价值的。

小说围绕襄阳王谋反与众英雄平叛为中心，组成一个完整的有头有尾的故事，就其性质来说，与《小五义》相同，都属《三侠五义》续书；就其内容来说，与《小五义》亦同，都大体不离七侠、五义、小五义范畴，重点是小五义的行侠仗义事迹。小说或因人生事，或缘事生人，遂由数十个小故事，演出一百二十四回的长篇来。

书中有名有姓的人物达数十人，可谓"众侠"，然而全书正面人物始终以智谋出众的翻江鼠蒋平与勇武机警的山西雁徐良为主，而反面人物则以奸猾淫邪的晏飞（即白菊花）与貌美心狠的东方玉仙为配，主次分明。

在众多的英雄群像中，山西雁徐良无疑是写得最成功的一个。他绰号"山西雁"，人称"多臂熊"，俗称"老西"。他虽然"貌丑"，"一身皂衣，黑紫脸面，两道白眉"（第十八回），"往下一搭，真恰似吊客一般"（第二十回），但他机警过人，武艺高超，绿林人称他"足智多谋，鬼计多端"（第三十八回），尤其是"一手三暗器"的绝技，令人望而生畏。第十九回写徐良见驾，把他的暗器技艺作了充分的"表演"：

徐良说："我能把三种暗器一手发出，前面可得有东西挡住，不然也看不出准头来。万岁这里，可有射箭的箭牌没有？"总管说："有。"徐良说："你老人家把后头托上板子，我自有打法。"总管立刻派人，顷刻间就把箭牌取来。徐良一看，高有七尺，宽有四尺，木作的边框，底下有个木头垫子，用纸糊着，上面粘了一层白布。总管叫人把后面托上板子。徐良说："求你老人家奏明万岁，在这白牌之上，分三路，上中下，用红笔点上三个点儿，我三枝暗器，全要打中红心，方算手段。"总管说："你过于闹事哩！依咱家说，打中白牌，就算不错。"徐良说："净牌我不打。"总管无奈，只得给他奏闻天子。天子一听，更不愿意。万岁明知徐良说的话太大，遂派陈总管在箭牌上戳上三个红心。陈总管领旨，叫人搭好箭牌，自己过去，提起逍遥管，用笔蘸着朱砂墨，噗哧往箭牌上一戳，周圆也就有小核桃大了，连点了三个，叫人将牌搭在正南。徐良一看，雪白的箭牌上，配着上中下三个红心，早把自己暗器拾掇好了。你道他是什么三暗器？原来是两长夹一短，收拾两枝袖箭，装上一枝紧背低头花装弩。万岁往下传旨，着徐良试艺。陈总管过来，告诉徐良："叫你试艺。"就见徐良站起身来，冲南一点头，双手微换，微然听见点声音："噔、噔、噔。"谁也没顾得看那边，净瞧着徐良。重新又往北瞧了一瞧，再看他，一丝也不动。万岁又传旨："着徐良试艺"。总管过来说："万岁有旨，叫你试艺。"徐良冲着总管叩了一个头，说："已经打在箭牌之上，怎么还叫我试艺？"陈总管往对面一看，果然两长夹一短，正打在红心当心，暗暗吃惊，怎没瞧见打，全钉在箭牌之上？只得奏闻万岁。天子一看，果然不差，两枝袖箭，一枝弩箭，正打在红心当中。天子夸奖好俊暗器，这种暗器，可称起古今罕有。

他就用这个绝技，南征北战，诛奸除恶，效忠官家和朝廷。他曾镖打金箍头陀邓飞熊，救了民女翠姐的命；袖箭命中伏地太岁东方明，清除了地方一霸。凡是最关键的时刻，总是由他出现"一锤定音"；最重要的任务，都是由他完成的。小说最后平叛的胜利，就是以他的英雄业绩谱写成的。如路素贞以迷魂帕智擒九将时，徐良说："我们到后寨，先救九将，然后放火，我与老兄弟盗他这个旗子。要动手之时，可全都把鼻子堵住。"（第一百廿四回）然后，他也是用得到的这块迷魂帕，"以其人之道，还治其人之身"，擒

侠义公案小说（上）

住了襄阳王的。

徐良性格开朗，心地善良，看不得人家的眼泪；语言幽默，可说是滑稽刻薄，但心无芥蒂。他开口不离"鸡叭儿的""乌八的"，同时爱说大话、吹牛皮，但也颇有自知之明，是个老实人。如第二十回写他朝见献艺，蒋爷问他："你怎么样？"他回答是："也不是侄男说句大话，十八般兵器，你老人家提什么罢。"蒋爷说："准是件件精通？"徐良说："件件稀松。"虽语言谐谑幽默，也足见他的自省。

又如第一百二回"青石梁上捉猛兽"，他用镖和大环刀砍死猛虎后，当人问他是如何把虎治死的时，他竟信口开河说："我打它一个嘴巴，把它打了一个筋斗，又给它一个反嘴巴，又打了它一个筋斗，然后一撒手，一个掌心雷，就把他老虎劈了。"当店主再问他时，他也不好改口了，只好照原话重说一遍，可见他很爱面子。只有当阎英云逼他再打一个掌心雷给她欣赏欣赏时，他才说出真话，真诚地说："实在不会。"他还是一个诚实人。

当然他非完人，也并非"不可战胜"，他也有失手的时候。如在马家林，他因粗心冒进，掉进金毛犰马化龙的陷坑（第四十回）；后遇难呈祥，成就了他与尚玉莲的婚姻。他与人与友颇讲义气。虽然他经常与冯渊斗嘴，骂他是"臭豆腐"，看不上冯渊的"自私"与好出风头，但也是他常常照应冯渊，在危机时刻施出援手。在破楼取剑之时，他们差一点儿翻了脸。冯渊先得了一柄假剑，徐良误以为真，强向冯索要，使人以为他要将这剑归己，其实不然，他后来得了真剑，"将此物送与白大哥"。他对展爷说："我们五个兄弟，我与老兄弟有一宝刀，就是我们老四没有宝刀宝剑，二哥又是个浑人，此番去到藏珍楼请冠袍带履不必说，无论谁请出来，都算你老人家请出来的。我们几个人商量明白，无论谁得这口宝剑，都要送给我们大哥。倘然你老人家得了这口宝剑，恳求给我们大哥。你老人家要没有巨阙，我们天胆也不敢启齿。怎么单给大哥讨？皆因他外号玉面小专诸，为的是成全他这个外号儿，故此央求你老人家。"（第八十八回）可见他想得周全，有情有义。

总之，徐良是个"能人"，而非"完人"；是个义士，而非"菩萨"，他是一个活生生的人，活生生的形象。

艺术上，小说明显具有平话习气。它的成书是根据说书底本修改加工而成的，书中保持着说书人的风格，语言简略，富有动作，但不够连贯流畅，且有较多的重复性和程式化的缺点。今举第一回开头一段文字来说明《续小五义》的平话特点：

　　且说黑妖狐智化与小诸葛沈仲元，二人暗地商议，要去王府盗取盟单，背着大众，换了夜行衣靠。二人到了王府，直奔冲霄楼。沈仲元巡风，智化盗取盟单，正伏在悬龛之上，只听上面"咔嚓"一声，下来一口月牙式铡刀，此时万万也不及躲闪，明知此刀一下，必定拦腰铡为两段，就把双眼一闭，咬着牙关等死。只听得"当啷"一声，智爷以为他腰断两截，慢慢地睁眼一看，不觉着疼痛，就是不能动转。列公，这是什么缘故？皆因它是个月牙式样，若要是铡草的铡刀，那可就把人铡为两段。此刀当中有个过垄儿，也不甚大，正对着智爷的腰细，又遇着解了百宝囊，底下没有东西垫着，又有背后背着这一口刀，连刀鞘带刀尖，正把腰节骨护住。两旁边的钞包，尽教铡刀刃子铡破，伤着少许的皮肉，也是鲜血直流。智爷连吓带气，肋间不觉疼痛。智化命不当绝，可把沈仲元吓了个胆裂魂飞，急晃千里火，只见里边尘土暴起，赶紧纵上佛柜，蹿上悬龛，以为智爷废命。